W0202490

Gabriele Weingartner

Villa Klestiel

Gabriele Weingartner

Villa Klestiel

Roman

Limbus Verlag

Bibliografische Information der Deutschen Nationalbibliothek:
Die Deutsche Nationalbibliothek verzeichnet diese Publikation in der Deutschen Nationalbibliografie; detaillierte bibliografische Daten sind im Internet über http://dnb.d-nb.de abrufbar.

© Limbus Verlag Innsbruck 2011

Umschlagfoto © Morgan Johansson
Druck: Finidr, s.r.o.

ISBN 978-3-902534-50-7
www.limbusverlag.at

Das Schönste, was wir erleben können,
ist das Geheimnisvolle.
Albert Einstein

Die rückwärts fließende Spree

Nie dürfte ich ihn im Unterhemd erleben, dachte Frederika, als sie das Zimmer betrat und sich räusperte, damit er sie hörte. Er würde seine Würde verlieren, seine Vornehmheit. Auch der Fürst von Salina hatte sich nie so präsentiert – besser gesagt: Burt Lancaster, der den *Gattopardo* spielte.

Er schwitzte ja nicht einmal, als er mit seiner künftigen Schwiegertochter tanzte. Mit Claudia Cardinale. In weit ausgreifenden Bögen, die Kamera immer auf den beiden Gesichtern. Keine Schweißperle ließ sich auf seiner Stirn entdecken. Obwohl es auf Sizilien gewiss heißer war als hier und das schwarze Tuch des Fürsten schwerer auf der Haut wog als Herrn Friedrichs heller Sommeranzug. Aber auch er gestattete sich nicht, das oberste Kragenknöpfchen zu öffnen. Und in seinen ersten Wochen in der Villa Klestiel, fiel Frederika ein, hatte er sogar noch hellblaue Krawatten getragen.

Ich bringe Ihnen die Abrechnung, Herr Friedrich, sagte sie. *Vielleicht sollten Sie beim nächsten Mal daran denken, dass Sie der Verwaltung Ihre Pensionsbezüge vorlegen. Wir wissen zwar alles von Ihnen, aber wir wollen auch immer wissen, ob alles so bleibt.*

Gewiss, Frederika, antwortete Herr Friedrich. *Ich muss beim nächsten Mal ja nur daran denken, mehr Fotokopien zu ziehen. Wenn wir schon so ein aufwendiges Gerät hier im Haus haben, sollte ich mich seiner auch bedienen. Gegen dessen Anschaffung gestimmt zu haben, heißt schließlich nicht, es nicht benutzen zu dürfen. Oder?*

Am Anfang hatte er *Friederike* zu ihr gesagt, fiel ihr ein, in scherzhafter Anspielung auf seinen Familiennamen vielleicht, sie hörte es nicht ungern. Irgendwann nannte er sie dann aber doch *Frederika*, wie alle Bewohner des Hauses, obgleich es keinen Grund gab, eine Bürokraft mit Fachkenntnissen in Steuerrecht und Buchführung so vertraulich anzureden – außer der Tatsache, dass sie durch Heirat eine *von und zu* war und man sich auf diese Weise ihren umständlichen Nachnamen ersparen wollte. Tatsächlich erinnerte Frederika das pseudofamiliäre Gehabe nur daran, dass ihr Job – vier Vor- oder Nachmittage in der Woche in einem engen Gelass die Finanzen der Villa Klestiel sowie die Korrespondenz und Bankgeschäfte einiger älterer Menschen zu besorgen – eine Dienstbotenarbeit blieb, selbst wenn sie über die pekuniären Verhältnisse ihrer *Herrschaft* deutlich mehr erfuhr als die Dienstboten früherer Tage. Zwar ließen sich die Pensionäre im Haus – die drei oder vier gewesenen Gymnasiallehrer und akademischen Räte, die es zu keiner Professur geschafft hatten – selten in die Karten gucken. Der Kampf um Centbeträge bei der Heizkostenabrechnung mit dem Ehepaar Lichtblau freilich, das drei Mietshäuser in Mitte besaß, in der Villa Klestiel aber nur eines der beiden kleineren Apartments unter dem Dach bewohnte, erlaubte Frederika schon einige psychologische Rückschlüsse. Zu schweigen von Claudius Nist, einem trotz fortgeschrittenen Alters und zunehmender Fettleibigkeit immer noch durch Berlin und Brandenburg tingelnden Klavierlehrer, dem sie am Monatsende in zeitraubenden Sitzungen half, Dispokredite auszuklügeln, mit denen er dann über die Runden kam.

Natürlich war ihr auch bekannt, dass Herr Friedrich hin und wieder mit Aktien handelte, was sie leicht an seiner Steuererklärung erkennen konnte. Für seine bescheidenen Transaktionen frequentierte er täglich ein Internet-Café in der Meineckestraße, wie sie von Nist erfahren hatte, der im Literaturhaus nahebei die Zeit zwischen seinen Klavierstunden vertrödelte und ihm schon mehrmals an der Bushaltestelle begegnet war. Die belgischen Pralinen, behauptete Nist, die Herr Friedrich pfundweise aus dem KaDeWe mitbrachte und von denen er seine Mitbewohner kosten ließ, dienten ihm nur als Alibi, sei doch seine in den siebziger Jahren des letzten Jahrhunderts erfolgte ideologische Sozialisation so stark ausgeprägt, dass er seiner Sucht, mit Geld zu spielen, nicht ohne schlechtes Gewissen nachgehen könne.

Trotzdem griff Nist gerne zu, wenn wieder einmal eine geöffnete Schachtel auf dem Küchentisch stand, schwärmte besonders vom weißen Krokant und überlegte dabei laut, ob sich Menge und Güte der Schokoladenhappen wohl proportional zu Herrn Friedrichs Aktiengewinnen verhielten. Nur Frederika hätte das Geheimnis lüften können, aber Nist, der generell neugierig war und seinen zermürbenden Beruf wohl vor allem deshalb nicht aufgab, weil er durch seinen Privatunterricht in fremde Häuser und Wohnungen kam, konnte sie nicht dazu überreden, die jährlichen Änderungen auf Herrn Friedrichs Steuererklärungen statistisch zu erfassen.

Sie traute sich ja nicht einmal, ihm die Anschaffung eines handlichen Laptops zu empfehlen, obwohl ihm dies die üblen Gerüche der *user* hätte ersparen können, über die sie ihn manchmal klagen hörte, wenn er seine Anzüge zum Lüften auf die Terrasse hängte. Oder ihn darauf aufmerksam zu machen, dass ihm ein Netzanschluss die Möglichkeit eröffnen würde, mit seiner in New York lebenden Tochter Clara und seinen brasilianischen Freunden elektronische Briefe zu wechseln. Ohne einen Schritt vor die Haustür zu setzen, stünden ihm morgens gleich mehrere Zeitungen zur Verfügung. Und er könnte mit virtuellen Partnern sowohl Schach als auch Skat spielen.

Aber Frederika hatte sich daran gewöhnt, dass sich die Distanz zwischen ihr und Herrn Friedrich kaum verringern ließ. Wenn er also mehrmals am Tag mit dem Doppeldecker den Kurfürstendamm hinuntergondeln wollte, so würde sie ihn nicht daran hindern, genauso wenig, wie es ihr in den Sinn gekommen wäre, ihm einen Schirm aufzudrängen, wenn es nach Regen aussah. Wie oft schon hatte sie ihn völlig durchnässt – zwischen den Zweigen der Trauerweide hindurchschlüpfend – nach Hause kommen sehen und durch das schmale Fenster ihres Büros, in dem sie sich kaum um die eigene Achse drehen konnte, beobachtet, wie er sich ungeduldig das Wasser aus den Haaren und vom Mantel schüttelte. So als ob man ihm seinen Börsengang an der Nasenspitze hätte ansehen können, schlich er sich durch den Hintereingang ins Haus. Wie ein Kind, das einen Schatz in Sicherheit bringt.

Dass seine häufigen Erkältungen von seinen Exkursionen in der Nässe herrührten oder überhaupt von seiner unangemessenen Art, auf Hitze oder Kälte zu reagieren, hätte er jedenfalls nie zugegeben. Wenn er Schnupfen hatte, pflegte ihm Frederika wortlos ein Fläschchen mit Nasentropfen in die Hand zu drücken. Und besorgte Nachschub, so oft er es verlangte. Über seine dabei gemurmelte Entschuldigung, die Haltbarkeitsdauer von Nasen-, Ohren- und Augentropfen sei bekanntlich kurz, hörte sie nach einiger Zeit genauso hinweg wie über seine Vermutung, Nasentropfen könnten süchtig machen wie Kokain. Immerhin handelte es sich weder um Viagra noch um Schlaftabletten. Anders als die anderen Hausbewohner, die Klage über ihre durchwachten Nächte führten, schlief Herr Friedrich anscheinend wie ein Murmeltier und verspürte auch nicht den Wunsch, seinen sexuellen Bedürfnissen aufzuhelfen. Nie hätte er Frederika mit einem entsprechenden Rezept in die Apotheke geschickt wie Herr Sanderling, der doch verheiratet war und mit seinem Ansinnen vor allem seine Frau desavouierte.

Nein, nie wäre es ihr eingefallen, Herrn Friedrich Ratschläge zu erteilen wie Frau Wamsganz etwa, die sie erst kürzlich hatte überreden können, endlich etwas gegen ihre schlampige Kontoführung zu unternehmen. Nicht die Spur von Peinlichkeit war zwischen ihnen entstanden, als Frederika ihr anbot, die Buchungen künftig elektronisch vorzunehmen, wofür sie nur eine Bankvollmacht brauche. Im Gegenteil, Frau Wamsganz zeigte sich dankbar für den Vorschlag und lobte die Sekretärin für die Kunst, einer Flimmerkiste geheimnisvolle Befehle zu erteilen, deren Auswirkungen sich nur wenige Minuten später auf ihrem Bankkonto bemerkbar machten. Nie würde sie sie kontrollieren oder kontrollieren lassen, das wusste Frederika, wenngleich Frau Wamsganz doch selbst einen Experten in der Familie hatte, ihren angeheirateten Neffen Erik, der im IT-Geschäft arbeitete und außerdem eine Art Ein-Mann-Kundendienst unterhielt, das heißt, nach Feierabend private Computer wartete oder mit neuer Software versah. Anders als Herr Friedrich jedoch, der cool blieb, wie Frederika wusste, hatte Erik sich irgendwann verspekuliert und befand sich nun in Geldschwierigkeiten. So vertraute Frau Wamsganz ihre Geldgeschäfte lieber Frederika an als ihrem künftigen Erben. Dass sie nicht arm war, konnte er zwar an den nicht unbeträchtlichen Beträgen erkennen, die sie ihm gelegentlich zusteckte, sie war schließlich nicht knausrig. Genaueres aber brauchte er nicht wissen, weil er sonst nur auf dumme Gedanken kam.

Machen Sie nur, hatte also Frau Wamsganz Frederika aufgefordert und ihre Finger, an deren Nägel dicker, dunkelroter Nagellack trocknen sollte, kunstvoll durch die Luft gezogen, *es ist ein Glück, mit diesen dummen Zahlen nichts mehr zu schaffen zu haben. Selbst meinem Neffen, diesem Lümmel, kann man sein Geld künftig so zukommen lassen. Vielleicht könnten Sie einen Dauerauftrag einrichten, dann muss ich mir sein Gejammer nicht mehr anhören.*

Fast schien Frau Wamsganz enttäuscht darüber, dass ihre Mitbewohner, denen sie Frederikas Zaubereien weiterempfahl, ihren Geldverkehr schon seit Monaten auf diese Weise regeln ließen. Erik dagegen wollte sie schonen, er sollte nicht wissen, dass sie die elektronisch begabte Halbtagskraft über seine desolaten Finanzen informiert hatte. Auch dass sie sein lächerliches Kuchenpaket, das er bei seinen unregelmäßigen Besuchen aus einer Discount-Bäckerei mitbrachte, einfach auf dem Küchentisch stehen ließ, verbarg sie vor ihm. Irgendeiner hatte immer Hunger, nach ein paar Stunden war auch der trockenste Käsekuchen verspeist. Auf ein Tässchen Kaffee blieb er jedenfalls selten, nie zog er seinen Mantel aus. Immerzu schien er in Eile, eines Tages schenkte er seiner Tante sogar eine dänische Kaffeemaschine, nur um der umständlichen Filterpapier-Zubereitung zu entgehen, die sie, heftig auf ihn einredend, wie eine heilige Handlung zelebrierte.

Womöglich, mutmaßte Frederika, während sie die seltsame Geruchsmischung aus Staub, Schellack und getrockneten Früchten einatmete, die in Herrn Friedrichs Zimmer herrschte, womöglich befürchtete Erik ja nur, Herrn Schwartz zu begegnen. Einmal hatte sie ihn dabei beobachtet, wie er mit offenem Mund dem Schauspieler zusah, als dieser sich langsam und genüsslich ein Brötchen mit Lachs belegte. Als seine Tante ihn bat, den Gasanzünder zu betätigen, reagierte er deshalb mit Verzögerung. Und hätte sie ihn nicht gedrängt, den Wasserkessel auf die Flamme zu setzen, wäre Herr Schwartz, der sonntags Frauenkleider trug, bestimmt nicht abgeneigt gewesen, sich ein weiteres Brötchen zu richten. Auf die gleiche aufreizende Weise.

Genau solche Momente aber waren es, die Frederika die langweilige Büroarbeit versüßten und sie nachträglich in ihrem Entschluss bestärkten, nicht die Stelle in der Kartenabteilung des geografischen Instituts angenommen zu haben, die ihr das Jobcenter hatte vermitteln wollen. Manchmal, abends vor dem Einschlafen, wenn sie nicht wahrhaben wollte, dass ihr Sohn noch immer nicht zu Hause war, und sie den Reflex unterdrückte, ihn suchen zu gehen oder gar die Polizei anzurufen, rettete sie sich mitten hinein in eine dieser täglich wiederkehrenden Küchen-Szenen, sprach mit Herrn Schwartz oder mit Claudius Nist, widersprach ihnen sogar, anders als in der Realität, wo sie sich nur in Ausnahmefällen einmischte und schweigend ihren Joghurt aus dem Kühlschrank holte, während um sie herum die Diskussionen tobten.

Erik hätte es gewiss auch besser gefunden, wenn seine Tante in ein ganz normales Seniorenheim gegangen oder sogar noch einige Jahre in der eigenen Wohnung geblieben wäre, nachdem ihr dritter Ehemann verstorben war. Aber sie habe in ihrem ganzen Leben nie längere Zeit allein sein können, vertraute Frau Wamsganz Frederika gleich am Tag ihres Einzugs an. Partout nicht. Und nachdem sich ihr Gemahl nach kurzer Frist als ein solcher Hohlkopf entpuppt habe, dass sie nicht wirklich traurig gewesen sei, als er starb, genieße sie es jetzt, im Alter mit geistvollen, kulturell hochstehenden Menschen zusammenzusein. Mit einem Doktor der Philosophie etwa wie dem wunderbar zurückhaltenden Herrn Klinger, der ihr verboten habe, ihn mit seinem Titel anzureden, und ihr sein ausuferndes Wissen niemals ungefragt aufs Butterbrot schmiere. Oder eben mit dem köstlichen Herrn Schwartz, den sie einmal – war es im Schillertheater, war es

Der Floh im Ohr? – als eifersüchtigen und schießwütigen Ehemann gesehen habe. Kaum denkbar sei dies, wenn man ihn hier, in der Villa Klestiel, als so friedliebend und scheu erlebe. Aber genau darin liege vermutlich die Größe seiner Kunst: Dass er sich stets in das Gegenteil seiner selbst verwandeln könne.

Ach, wenn ich ihn doch nur dazu bewegen könnte, hier, vor uns, etwas von seiner darstellerischen Kraft zu zeigen! Ich würde ihn sogar bezahlen dafür! Genau darauf aber will er sich nicht einlassen, liebe Frederika, stellen Sie sich vor! Nie wieder wolle er für Geld spielen, hat er zu mir gesagt. Dabei weiß doch jeder, dass er sparen muss. Und der angeblich im KaDeWe gekaufte sibirische Lachs, den er verspeist, Gott weiß woher stammt. Sicher hat er sein Verfallsdatum längst überschritten.

Dass Frederika sich weigerte, ihrerseits den Schauspieler zu einem Auftritt zu überreden, verübelte Frau Wamsganz ihr so sehr, dass sie es tagelang fertigbrachte, auf Frederikas Dienste zu verzichten, das war allerdings, *bevor* sie sich in deren elektronischer Obhut befand. Und an der Gesamttendenz veränderte sich dadurch ja auch nichts. Ohne Frederika konnte niemand mehr existieren in der Villa Klestiel, sowohl in bürokratischer als auch in praktischer Hinsicht, gleichgültig, ob es darum ging, Kleinkram einzukaufen wie Kopfschmerz-Tabletten und Umschläge mit integrierten Briefmarken oder Karten für die Berliner Philharmoniker. Für Herrn und Frau Lichtblau hatte Frederika sogar eine Liste mit den Geburtstagen ihrer Enkelkinder angelegt. Sie hatten zwar nur eine Tochter. Diese hatte aber einen Industriellen geheiratet und in kurzer Zeit sieben Kinder der unterschiedlichsten Schattierungen adoptiert.

Wie soll man sich auch merken, wann die alle zur Welt gekommen sind, sagte Frau Lichtblau zu Frederika, wenn diese ihr wieder einmal – früh genug, damit das Geschenk noch rechtzeitig zur Post gebracht werden konnte – einen Geburtstag ankündigte. *Wo doch meine Tochter nie schwanger gewesen ist! Und sie manche Geburtstage einfach erfunden hat, weil sie selbst nicht weiß, wann die Bälger geboren wurden.*

Nur Herr Friedrich ließ sich die Dinge nicht aus der Hand nehmen. Ihn musste man subtiler dirigieren als Frau Wamsganz, das spürte Frederika. Damit er sich nicht noch stärker abkapselte. Noch häufiger im Internet-Café saß. Oder heftig wurde. (Irgendwie glaubte sie zu wissen, dass er im Grund seines Wesens ein Choleriker war.) Dass er sie eines Tages nicht mehr so hinreißend anlächelte, wie er es jetzt gerade tat, wollte sie nicht riskieren.

Wie stets, wenn sie das Zimmer betrat, hatte er einige Sekunden gebraucht, bis er ihre Anwesenheit bemerkte, seinen Kopf zur Seite drehte und sich umwandte. Frederika dachte flüchtig daran, dass Burt Lancaster in *Gewalt und Leidenschaft* eine Perücke getragen hatte, in dem Visconti-Streifen, in dem Helmut Berger einen abgrundtief bösen, sich verzweifelt nach Liebe sehnenden Callboy spielte. Herr Friedrichs zweifellos echte graue Haare jedoch kräuselten sich immer noch üppig über seinem Hemdkragen. Seine Zähne waren echt, Gott sei Dank. (Noch besaßen die meisten Männer und Frauen in der Villa Klestiel ihre eigenen oder allenfalls handwerklich perfekt gemachte Jacketkronen.) Und seine tiefblauen Augen verzückten Frederika wieder einmal so sehr, dass sie sich aus Verlegenheit ein weiteres Mal räusperte.

Natürlich fand sie es lächerlich, dass ihr Herz zu stolpern begann, wenn sein Blick sie traf, sie war schließlich eine Frau von fünfzig Jahren, stolz auf ihren reibungslos arbeitenden Verstand und eigentlich gefeit gegen romantische Lebensentwürfe, deren Verwirklichung außerhalb ihrer Vorstellungskraft lag. Nicht um alles in der Welt wollte sie also ihre Angst vor einem missglückten Leben mit unreifen Sehnsüchten bekämpfen, die sie aus ihrer frühesten Jugend kannte. Aber wenngleich sie es sich konsequent versagte, Herrn Friedrich in Gedanken beim Vornamen zu nennen, so durfte sie sich doch auch nichts vormachen. Eines Tages hatte sie einfach festgestellt, wie gerne sie sich in seiner Nähe aufhielt. Basta. Und sah ihn fortan nur noch mit liebenden Augen. Empfand die Art seiner zusammengewürfelten Einrichtung als angenehm unprätentiös, konnte den schief hängenden String-Regalen mit den spärlichen Büchern viel abgewinnen, ja entdeckte mit Freude, dass sich darunter drei Bände jener Vorkriegs-Fontane-Ausgabe befanden, die sie noch aus dem Bücherschrank ihrer Eltern kannte. Sie bestaunte auch den Plattenspieler, der ein sogenannter *Schneewittchensarg* und ein Designer-Modell war, wie Herr Friedrich ihr erklärte, sowie die vielen Schallplatten mit den seltenen Opernaufnahmen in den zerfledderten Hüllen, bei denen er sich offensichtlich sehr viel weniger hatte einschränken wollen. Den mürben Orientteppich wiederum, über dessen Falten er hoffentlich nicht eines Tages stürzte, hätte sie gerne abgeschafft. Und das von Holzwürmern zerfressene Schaukelpferd in der Ecke neben dem Sofa, den grau lackierten Apfelschimmel genauer gesagt, auf dessen rotem Sattel aus Samt Herr Friedrich seine Zeitungen abzulegen pflegte, schätzte sie zumindest als Kuriosität. Wer weiß, woher er den Gaul hatte und warum er ihn aufbewahrte.

Dass sie sein nicht weiter bemerkenswertes Aftershave einatmete wie eine Süchtige, es nicht lassen konnte, seine Hände mit den langen schlanken Fingern zu bewundern, als seien es lebendige Reliquien, mochte sie kaum vor sich selber bekennen. Dass sie zurückgewichen war, als sie das Fehlen des kleinen Fingers an seiner linken Hand realisierte und darüber so sehr erschrak, dass sie die Klarsichtfolie mit den Rechnungen fallen ließ, die sie ihm hatte reichen wollen, vergaß sie dagegen bald. Als sei er nie vorhanden gewesen, der Finger, so war es fortan für sie. Im Gedächtnis blieb ihr nur, dass sie und Herr Friedrich mit den Köpfen zusammengestoßen waren, als sie sich gleichzeitig bückten, und lachen mussten, als sie sich wieder aufrichteten. Und dass dies das einzige Mal gewesen war, dass sie sich direkt in die Augen geschaut hatten.

Dabei blieb es doch immer das gleiche Ritual. Nachdem er wie stets ihr Klopfen überhört hatte und sie sich erst nach ein paar Atemzügen traute, ins Zimmer zu treten, erhob er sich leicht aus seinem für seine lange Gestalt und den riesigen löwenfüßigen Schreibtisch viel zu fragilen Thonetstuhl, worauf sie ihm bedeutete, doch bitte sitzen zu bleiben. Bisweilen nahm er vorher auch den Tonarm von einer stumm rotierenden Schallplatte oder legte die Lupe beiseite, mit der er gerade eine Münze betrachtet hatte. Und dann ging es eben nur noch um den öden Bürokram, um kleine und allerkleinste Beträge, um Zinsen, Skonto, Konzertabonnements und Lotterie-Gewinne. Obwohl er sie kaum je unterbrach und ihr mit leicht verzerrtem, aber freundlichem Gesicht zuhörte – niemals hätte er in ihrer Anwesenheit an seinem Hörgerät herumgeschraubt, obwohl sie wusste, dass er es tat, wenn er sich unbeobachtet fühlte – und höchstens kurze, zustimmende Kommentare abgab, verwandelte sie sich rettungslos in das kleine Mädchen, das seinem Onkel die Zeitung ans Bett oder an den Liegestuhl im Garten brachte und (auch damals schon) verheerend genau wusste, wie hoffnungslos unerwidert die Liebe bleiben würde, in der es sich verzehrte. Zwölf oder dreizehn war Frederika gewesen und tief beschämt über ihre Gefühle, die sich erst in Luft auflösten, als der liederliche, aber charmante jüngste Bruder ihrer Mutter eine ebenso liederliche junge Frau heiratete, weil sie von ihm schwanger war, und sie alsbald wieder verließ.

Da kommt das A am Frederik, hatte er ihr immer zugerufen, darauf anspielend, dass ihre Eltern viel lieber einen Jungen gehabt hätten. Das A, das A, das A. Und dabei in ihrem signalroten Haarschopf gewühlt und versucht, sie festzuhalten, um die Sommersprossen von ihren Wangen zu küssen.

Die heutige Scham fühlte sich kein bisschen anders an. Selbst mit knapp einundfünfzig Jahren gelang es Frederika nicht, mit Herrn Friedrich anders als in abgehackten Sätzen zu sprechen, sich mühsam das dumme Pingpong jener Dialoge abzuringen, das man von der Angestellten eines – wenn auch vielleicht nicht ganz gewöhnlichen – Seniorenwohnheimes erwarten konnte. Über die monströse Hitze zu reden also, die Ostdeutschland dieses Jahr heimgesucht hatte. Die ausgetrockneten Flüsse, die plötzlich rückwärts fließende Spree, den nicht mehr stattfindenden Schiffsverkehr, den Klimawandel. Zu fragen, ob seine Tochter denn bald wieder einmal aus Amerika herüberkäme. Oder ob er neue, aufregende Briefmarken und Münzen getauscht habe, mit denen sich Geschäfte machen ließen.

Nur alle paar Wochen besaß sie den Mut, diesen belanglosen Fragen ein paar persönlichere hinzuzufügen. Obwohl es doch gar nicht so war, dass man mit Herrn Friedrich nicht hätte ins Gespräch kommen können, dass er nicht *antwortete*. Er tat es erschöpfend, bisweilen allzu mitteilsam. Nein, Clara komme erst zur nächsten Sotheby's-Auktion, in vierzehn Tagen sei Wien vorgesehen, nicht Berlin. Schade. Und unter der Hitze leide er nicht mehr, seit er als junger Mann in der Buchhaltung des Opernhauses in Manaus gearbeitet habe. So schweißtreibend, so schwül wie im Regenwald könne sich die Atmosphäre hierzulande gar nicht anfühlen. Auf die richtige Haltung komme es an, wenn einem unaufhaltsam das Wasser am Körper hinunterlaufe. Man solle es laufen lassen, man dürfe nur nicht innerlich schwitzen. Nie wieder habe er so große Decken-Ventilatoren gesehen wie damals im *Teatro Amazonas*. Aber sie hätten nur die heiße Luft verwirbelt und keine Gemüter gekühlt. Manche Leute seien trotzdem immer wieder aufeinander losgegangen.

Da Frederika schon vor acht Tagen, als das Wetter nicht anders gewesen war, die gleichen Antworten erhalten hatte, konnte sie ihm jetzt nicht wieder ähnliche Fragen stellen. Allerhöchstens auf seine Opernleidenschaft hätte sie ihn ansprechen können, überlegte sie kurz. Dieser konnte er ja im Sommer nicht nachgehen. Zudem befand sich seine gleichfalls in der Villa Klestiel wohnende Kartenlieferantin, die immer noch für kleinere Zeitungen arbeitende Kritikerin Leonor Zierer, in Bayreuth oder Salzburg, stand also nicht bereit für Gespräche über Diven, Star-Tenöre und Spitzentöne. Sollte sie ihn fragen, ob er Frau Zierer beneidete? Ihn aushorchen, ob er damals in den sechziger Jahren wegen einer Sängerin ans Teatro Amazonas gegangen war? Oder etwa revolutionäre Träume hegte wie viele seiner durch die Weltgeschichte gondelnden Altersgenossen?

Aber sie zögerte. Jetzt, Anfang des Monats, lagen Stapel von unerledigter Post in ihrem Büro, zu Hause wartete ihr

Sohn, mit dem sie zu McDonald's gehen wollte, bevor er ins Landschulheim abreiste, sie musste heute unbedingt pünktlich Schluss machen. Und auch vor drei Tagen hatte Herr Friedrich ja ihre Standardfragen nicht mit Gegenfragen beantwortet, sich etwa erkundigt, ob *ihr* die Hitze etwas ausmache. Oder wann denn endlich ihr Urlaub beginne und sie ihrem unerträglichen Kabuff entrinnen könne.

Wahrscheinlich würde er sie nie etwas fragen, wurde ihr schlagartig bewusst. Nicht wahrscheinlich, sondern ganz gewiss. Er antwortete immer nur. Er antwortete immer nur und nahm sich dafür allzu oft allzu viel Zeit, als müsse er die Frage einkreisen, die man ihm gestellt hatte, als hätte er Mühe, sie zu verstehen. Was nützte es, dass sie alles von ihm wissen durfte, wenn sie selbst ihm gleichgültig blieb und ihn zu keiner Frage reizte. Er nicht reagierte, wenn sie ihm erzählte, dass sie sich im Fernsehen ein Konzert mit Placido Domingo und Anna Netrebko angesehen hatte. (In Wahrheit war sie doch nur ihrem Bedürfnis gefolgt, ungestört und stilvoll an ihn zu denken, eigentlich hasste sie die Manieriertheit von Opernarien.) Der Halbsatz, dass sie früher, in ihrer fränkischen Geburtsstadt in einem Jugendchor den *Messias* gesungen habe, hatte ihm gleichfalls kein Lächeln entlockt. Hätte er nicht wissen können wollen, ob sie weitere Oratorien im Repertoire hatte? In welcher Stimmlage sie sang? Oder ob ihr das Singen inzwischen ganz einfach vergangen war?

Herr Friedrich ist ein Autist, dachte sie, während sie beobachtete, wie er seinen Kopf über das vor ihm ausgebreitete Formular neigte und sorgfältig, keineswegs schwungvoll seine Unterschrift an die von ihr mit Bleistift angekreuzte Stelle setzte. *Er ist ein Autist, Frederika, hörst du! Er hat ein Kindergemüt. Es wäre unerhört dumm, dir dies nicht fortwährend klarzumachen. Du bist seine Postbeamtin, seine Bankangestellte, seine Apothe-*

kengehilfin, nicht mehr. Und sein Verhalten dir gegenüber darfst du nur als die Summe einer endlosen Reihe von Unterlassungen interpretieren. Nicht als Verklemmung. Nein, bloß nicht.

So ging sie ohne einen weiteren Satz aus dem Raum. Dass sie auch gekommen war, um seinen Obolus zum Sommerfest in der nächsten Woche einzusammeln, hatte sie völlig vergessen. Warum nur sehnte sie sich so nach seinen Fragen? Und warum konnte sie nicht aufhören, ihn dazu zu animieren, sobald sie in seine Nähe kam? Am besten ging es ihr, wenn sie ihn mied, die Liebe brach ja nur aus, wenn sie ihn sah. Mindestens drei oder vier Tage wollte sie nun verstreichen lassen, bevor sie wieder das Wort an ihn richtete, und während der restlichen Zeit versuchen, wie absichtslos an ihm vorbeizuschauen. Ablenkung gab es ja genug, schließlich würde es all ihre Kräfte in Anspruch nehmen, das Sommerfest zu organisieren. Diese Lustbarkeit, für deren Ablauf sie die Preise einiger Cateringfirmen vergleichen und die Essenswünsche der Hausbewohner koordinieren musste, daran zu denken hatte, dass nicht nur der richtige Champagner bestellt wurde, sondern auch Rotkäppchensekt, Chianti und Rheinwein, darauf zu achten hatte, dass es neben leichten Gerichten auch Deftiges gab, abgesehen von Pommes, Ketchup und Cola für die Kinder.

Felix, der letztes Jahr so souverän die Grillwürste und die Hähnchenschlegel gewendet hatte, würde schon auf ihren Anruf warten, Sommerfeste in Altenheimen waren seine Spezialität, es kümmerte ihn nicht, dass sich die Bewohner der Villa Klestiel nicht als Senioren verstanden und ihm dies Jahr für Jahr beizubringen versuchten. Auch sein Freund, der Discjockey, müsste benachrichtigt werden, falls er überhaupt noch in der Stadt wohnte: unter der Bedingung, dass er keine Experimente machte, sondern nur die Schallplatten auflegte, die man ihm offerierte. Und vor allem durfte sie nicht versäumen, dem nur sporadisch auftauchenden Hausmeister Bescheid zu sagen. Seine Aufgabe war es, an einigen Stellen die Sträucher des immer stärker zuwuchernden Seegrundstücks so zurückzustutzen, dass man ohne Schwierigkeiten Tische und Bänke aufstellen konnte.

Seit es sich die Hausgemeinschaft wegen ihrer Aktienverluste und schrumpfenden Lebensversicherungen nicht mehr leisten konnte, einen eigenen Gärtner zu beschäftigen, entwickelte sich der Garten, der früher ein Park gewesen war, immer mehr zu einem Dschungel. Am schwierigsten war der Zugang zum Wasser zu bewältigen, da musste mit der Machete gearbeitet werden, längst sprachen die Bewohner vom jährlich wiederkehrenden Kampf gegen die Natur. Bestanden war er erst, wenn der Hausmeister vor Frederikas Augen auf den Holzbohlen des weit in den See hineinragenden Stegs seine berühmte Trittprobe absolviert und das dort wachsende Schilf beschnitten hatte, um den Feiernden zu vorgerückter Stunde ihr Bad zu ermöglichen. Was freilich Frederikas Furcht vor einem Unglück nicht minderte, wenn sich kurz nach Mitternacht die ersten Gäste – angekleidet oder nicht – in die Fluten stürzten.

Aber sie wusste auch, dass es nichts nützte, derlei Gewohnheitsrechte zu unterbinden. Selbst Philipp Linnenbrink, der Verwalter der Villa, mit dem sie ihre Vorbereitungen bis ins Kleinste abstimmte, schon damit er später ihre Überstunden korrekt abrechnen konnte, neigte dazu, besser kein Verbot auszusprechen. Es gab Gäste, die ließen sich ohnehin nichts sagen, Leute, die sich womöglich noch immer als 68er begriffen und es sogar fertigbrachten, dem gern mit ausgebreiteten Armen übers Grundstück kurvenden Nachwuchs in aller Öffentlichkeit ihre kindischen Joints anzubieten. Und dass es besonders die Ältesten der Villa Klestiel waren, die es ins Wasser zog, war gleichfalls kein Geheimnis. Die wenigsten wollten ihre Fitness beweisen, bemerkte Frederika schnell, sondern ihren Mut beim Spiel mit der Gefahr. So schien es ihr auch vernünftig, dass Herr Linnenbrink darauf bestand, den Zugang zum See gleich am nächsten Tag wieder mit jenem Dornengestrüpp verstopfen zu lassen, das der Hausmeister vorher abgeschnitten und an einer uneinsehbaren Stelle abgelegt hatte.

Ein bisschen Potemkin kann nichts schaden, erklärte Herr Linnenbrink, *wer sagt, dass die Senioren nur beim Sommerfest die Sau herauslassen. Wenn man erst einmal über Sechzig ist, wird man ganz von selbst zum unsicheren Kantonisten.*

Dass Frederika und er nie vergaßen, kurz vor Zwölf einige starke junge Männer am Ufer zu postieren, ließ sich jedenfalls gut begründen: vor drei Jahren hatte sich Frau Never, eine Schriftstellerin, die an Depressionen litt, die Taschen ihrer Jacke mit Wackersteinen gefüllt und war in den See hineinmarschiert, als wolle sie zu einer Nachtwanderung aufbrechen. Niemand machte sich darüber Gedanken, wie sie sich die Wackersteine hatte beschaffen können. Sicher aber war, dass Frederika in diesem Zusammenhang zum ersten Mal von Virginia Woolf hörte, denn Herr Klinger, der Frau Never vor dem Ertrinken gerettet hatte, war nicht bereit gewesen, auf Häme zu verzichten. Noch an Ort und Stelle, aber auch in den kommenden Wochen, wann immer man ihm halbherzig Gelegenheit dazu bot, mokierte er sich über *diese halbverrückte Person*, die nicht einmal beim Versuch zu sterben vor einem billigen Zitat zurückgescheut sei. In Wirklichkeit hatte er nur ihre Handgelenke umfasst und sie zurück ans Ufer geführt, das Wasser war nicht einmal in die Nähe ihres Rocksaums gekommen. Von Wagnis und Rettung konnte also keine Rede sein. Und selbst einen Arzt hätte man nicht herbeirufen müssen, wo sich unter den Besuchern der Villa Klestiel doch garantiert Mediziner befanden.

Aber obgleich Frederika es mit dem deutschen Realismus aufnahm und nahezu alles von Theodor Storm, Gustav Freytag und Fontane gelesen hatte, sogar *Soll und Haben* und den *Stechlin*, scheiterte sie kläglich an Virginia Woolf, deren Romane ihr wirr und unübersichtlich erschienen. Einmal abgesehen von der fatalen Neigung, sich immer mal wieder in zwanzig Jahre ältere Männer zu verlieben, legte sie als geistige Normalverbraucherin großen Wert auf die richtige Reihenfolge. Darauf kam es doch schließlich an, oder? Auf die richtige Abfolge von Ereignissen, im Gedächtnis und in der Realität, hatte man sie schon als Kind getrimmt.

Bloß nichts durcheinanderbringen, Rika. Erst kommt das eine und dann das andere. Gleichzeitig geschieht nichts, selbst wenn es sich manchmal so anfühlt.

Bevor sie also mit Felix, dem Grill-Experten, sprach, musste sie erst die Gästeliste zusammenstellen, auf die alle so großen Wert legten, weil sie als Ersatz für gedruckte Einladungskarten betrachtet wurde und man sie gerne kursieren ließ. Im Grunde aber war es ein nutzloses Unterfangen, fand Frederika, da die Hausbewohner sich sowieso nicht auf Beschränkungen festlegen lassen wollten, das heißt, jeder jeden zum Fest bitten durfte. Manche luden ihre weitläufigsten Verwandten ein, die dann mühsam in den umliegenden Pensionen unterbracht werden mussten. Einige besaßen überhaupt keine Familie mehr, Frau Wamsganz konnte nicht einmal mit Freunden aufwarten und ihr sogenannter Neffe – das wusste Frederika, weil er es großspurig angekündigt hatte – würde zur Zeit des Sommerfestes einen wegen der Tsunami-Katastrophe unglaublich kostengünstigen Wellness-Urlaub auf Sri Lanka verbringen.

Auch Herr Friedrich war allein, schwerlich würde er seine flüchtigen Bekannten aus dem Internet-Café einladen. Und ohnehin schien das Fest, das einige Bewohner als Ersatzfeier für kommende oder kürzlich gewesene runde Geburtstage betrachteten, eine Qual für ihn zu sein. Es gab Jahre, da buchte er eine Städtereise, wenn es herannahte. Manchmal saß er aber auch stundenlang reglos wie sein eigener Gast am Ende einer der beiden festlich gedeckten Tafeln und sah mit leeren Blicken dem Trubel zu. Sein Hörgerät blieb im Zimmer, Frederika sah ihn jedenfalls nicht daran hantieren. Überhaupt konnte sie sich kaum vorstellen, was er akustisch wahrnahm, hatte er doch seine Mimik gut im Griff. Viel mochte es nicht mehr sein, sonst wäre er womöglich nicht bereit gewesen, das bei Weitem ungünstigste, zwischen Küche und Wintergarten gelegene Apartment der Villa zu beziehen.

Seinerzeit, vor sechs Jahren, als man sich und sein jeweiliges Vermögen zusammentat, die Räume verteilte, nach stundenlangen Diskussionen so etwas wie eine Hausordnung skizzierte, welche die Protokoll schreibende Frederika später ausarbeiten musste, war sein Angebot ihr und allen anderen Anwesenden geradezu heldenhaft vorgekommen. Denn es war absehbar gewesen, dass sich in der Küche alle versammeln, mit Gerätschaften klappern und das Radio dudeln lassen würden. Und dass der Wintergarten mit seinem leise blubbernden Aquarium und den vielen Grünpflanzen kein Ruheraum bleiben konnte, nachdem man dort einen Fernseher aufgestellt und eine DVD-Bibliothek eingerichtet hatte.

Als Numismatiker und Philatelist brauche man keine absolute Ruhe, hatte Herr Friedrich jedoch lächelnd erklärt, ohne auf seine Schwerhörigkeit einzugehen, es handle sich mitnichten um Heroismus, er sei kein kreativer Mensch. Außerdem, vielleicht empfinde er ja selbst ab und zu Lust, ein bisschen Krach zu machen, Mahler und Wagner zu hören beispielsweise. Mit *Siegfrieds Trauermarsch* könne man sich nicht früh genug vertraut machen. Und erwägen ließe sich ja immerhin, die kleine Sandwich-Wohnung zu erschwinglicheren Konditionen abzugeben.

In diesem Jahr, so schien es Frederika, blieb es besonders lange hell, obwohl man sich bereits jenseits der Sommersonnwende befand. Unter den Bäumen war die Hitze halbwegs zu ertragen. Man hatte bereits um vier Uhr begonnen, genoss es, vorläufig *unter sich* zu sein, plauderte fröhlich und ungezwungen miteinander. Die Enkel- und Urenkelkinder benahmen sich noch leidlich, spielten Boccia, neckten die älteren Geschwister. Familienverbände lösten sich noch nicht auf, Jungen kickten Bälle übers Gelände, Mädchen schwangen die Federballschläger, noch wiesen ihre hellen Kleider keine Grasflecken auf. Die meisten Erwachsenen blieben einfach an der Tafel sitzen, manche auch unter der Trauerweide im bequemen Korbgestühl, das Frederika hatte herausbringen lassen. Selbst das Auf- und Abdecken des 24-teiligen Kaffee-Service, das man am Beginn des gemeinsamen Wohnens in einem Anfall von kollektivem Wahnsinn bei der Königlich Preußischen Porzellanmanufaktur in zweiter Wahl erstanden hatte, war schnell und reibungslos vonstattengegangen. Fast ein bisschen zu schnell, Frau Wamsganz protestierte, als Felix ihr den Teller wegriss, weil sie sich noch ein Stück Mohnplunder hatte nehmen wollen.

Alles geschah so, wie Frederika es wollte, sie lebte auf diese Weise Hausfrauengelüste aus, denen sie nie hatte nachgehen können. Ein Wermutstropfen schien allenfalls, dass ein anderer DJ die Platten auflegen würde. Der vom letzten Jahr, erzählte Felix, sei endgültig aus den Latschen gekippt, was immer dies hieß. Und auch bei Marcel, der eigentlich ein Künstler sei, habe es elend langer Überredung bedurft, ihn zur Arbeit in einem Seniorenheim zu überreden.

So, wie es jetzt war, hätte es bleiben können, so friedlich, ruhig und überschaubar, dachte Frederika, als sie sich auf ein Glas Mineralwasser neben Herrn und Frau Lichtblau niederließ, deren vielfarbige Enkelkinder vorhin zu ihrem Ärger eisgekühltes Coca-Cola verschmäht und trotz der Hitze auf heißem Kakao bestanden hatten. Aber so beschaulich würde es natürlich nicht weitergehen, die meisten Besucher kamen erst gegen Abend, jene vor allem, die nicht auf der Gästeliste standen. Sie würden rauchen, sie würden trinken, vielleicht sogar singen, das Gelände mit ihren lauten Stimmen füllen und das helle Kindergeschrei mit ihrer schieren akustischen Masse in den Hintergrund drängen. Das leichte Bedauern, das Frederika fühlte, verging freilich ebenso rasch wie der sich unvermittelt einstellende Schmerz darüber, dass sich Herr Friedrich noch immer nicht gezeigt hatte. Trotz des regen Betriebs im Garten stand sein Fenster sperrangelweit offen.

Das Wetter jedenfalls würde halten, trotz der Schwüle sei kein Gewitter in Sicht, hatte Philipp Linnenbrink mitgeteilt, der stündlich die meteorologischen Entwicklungen über Deutschland verfolgte und zu diesem Zweck Frederikas Computer auf Standby glimmen ließ. Irgendwann begannen auch die in den Zweigen der Bäume verteilten Lampions zu leuchten und Bratendüfte durch den Garten zu ziehen. Die an unterschiedlichen Stellen aufgestellten Bierfässer wurden angezapft, sogar eine kleine Crêpe-Bäckerei hatten eifrige Helfer installiert, weit genug weg von der Grill-Station, damit sich die Düfte nicht vermischten.

Da hatte Frederika sich allerdings längst von Herrn und Frau Lichtblau getrennt und war einem kleinen dunkelhäutigen Mädchen namens Jessica zu Hilfe geeilt, dessen große, heller getönte Brüder ihm einen schillernden Mistkäfer vors Gesicht hielten. Ging in die Küche, um nach dem Rechten zu sehen, pirschte sich an den Steg heran, nur um festzustellen, dass dort alles in Ordnung war, niemand sich schon vorzeitig die Füße kühlen wollte. Und ließ es sich gefallen, dass sie aus unerfindlichen Gründen – bislang hatte sie ja nicht einmal Gelegenheit gehabt, sich in Schale zu werfen – ständig neuen Gästen und niemals zuvor gesehenen überseeischen Angehörigen ihrer Arbeitgeber vorgestellt wurde, als gehöre *ihr* das Grundstück, obgleich sie doch nur eine Schreibkraft war, die in einem unzumutbaren Kabuff die Post erledigte.

Aber sie musste auch zugeben, dass sie es mochte, immer wieder so herzlich begrüßt zu werden und Fragen gestellt zu bekommen, so viele, dass sie sie gar nicht alle beantworten konnte. Es tat gut, wenigstens einmal im Jahr, beim Sommerfest, jene berühmten, glücklich machenden Endorphine zu spüren, von denen ihr der für den Berlin-Marathon trainierende Maximilian Klinger vorschwärmte, der in der kleineren der beiden Dachwohnungen lebte. Ja sie wollte sogar immer mehr davon haben, stellte sie fest, lässig und mit klarer Stimme Befehle aussprechend, die sämtlich und ohne Widerrede von Felix und seinen Kumpanen ausgeführt wurden. Zwischendurch gelang es ihr sogar, in ihrem Büro in ein grasgrünes Leinenkleid und dazu passende Slipper zu schlüpfen, sich ihr wild wie der Garten wucherndes und zu keiner geordneten Frisur zu bändigendes Haar zu striegeln. Und wäre bereit gewesen, einen Eid darauf zu schwören, dass sie seit dem Zeitpunkt des ersten, so schnell verflogenen Schmerzes nicht mehr an Herrn Friedrich gedacht hatte. Was immerhin schon anderthalb Stunden her war.

Aber als sie wieder aus dem Haus kam, stand er da in all seiner verblichenen Eleganz, wie immer leicht vornübergebeugt wegen seiner Größe, in einem Kreis viel kleinerer Menschen, denen er wie Gulliver vorkommen musste. Weil sich die Gruppe direkt am Fuß der Treppe aufhielt, war es nicht zu vermeiden, dass Frederika zu ihnen stieß. Und da sie sich mittlerweile daran gewöhnt hatte, den Gästen wie eine Gutsbesitzerin präsentiert zu werden, durfte sie auch dieses Mal damit rechnen, dass man sich ihren vollständigen Namen nicht entgehen ließ, den Namen ihres geschiedenen Mannes vielmehr, den abzulegen sie sich einfach nicht entschließen konnte, obgleich sie weder mit ihm noch mit seiner Familie etwas zu schaffen haben wollte. Herr Friedrich hatte ihn sich gemerkt, wer hätte das gedacht. Genauso überraschend kam ihr die Ernsthaftigkeit vor, mit der er begann, ihr alle anderen vorzustellen, Menschen in leichten Sommerkleidern und mit erwartungsvollen Mienen, die er vermutlich erst vor wenigen Minuten kennengelernt hatte.

Kein Muskel jedenfalls zuckte in seinem Gesicht, als er sagte: *Und jetzt, Frederika, möchte ich Ihnen gerne Herzeleide Glöckel von der Zeitschrift* Wetterfest *vorstellen! Sie findet es bewundernswert, wie wir hier alle so friedlich und diszipliniert zusammenleben, sie mag unser Projekt und möchte gerne etwas darüber schreiben.*

Und während die Übelkeit, die Frau Glöckels Anblick bei ihr auslöste, Frederika schlagartig den Atem nahm, fuhr Herr Friedrich fort, Konversation zu machen, sie hatte gar nicht gewusst, wie charmant er in Gesellschaft plaudern konnte. Seit ihrer Kindheit war sie nicht mehr auf jemanden gestoßen, den sie so wenig riechen konnte wie diese Dame, diese Dame, die sich nicht nur in der Dosierung ihres *Opium* vergriffen hatte, sondern auch sonst einen schockierend modrigen Geruch ausströmte, der im denkbar größten Gegensatz zu ihrer modisch perfekten Erscheinung stand.

Als kleines Mädchen hatte Frederika Schreikrämpfe bekommen, wenn sie in die Nähe solcher Figuren geriet, das kam gar nicht so selten vor, oft hatte sie ihr Onkel, der leichtsinnige Bruder ihrer Mutter, weggezerrt und auf seinen Armen in olfaktorische Sicherheit gebracht, sie dabei fragend, was um Gottes willen es sei, was diesen Würgreflex bei ihr auslöse. Wie aber sollte sie sich hier und jetzt verhalten, einer Frau gegenüber, die nicht einmal schlecht aussah, ihr schwarzes Haar raspelkurz trug – kein bisschen Kopfhaut sah man durchschimmern, sie besaß einen schönen, wie gemeißelt anmutenden, von viel Brillantine schimmernden Kopf – und sich in ein hautenges schwarzes Kostüm mit gewagtem Ausschnitt gezwängt hatte, unter dessen kurzem tailliertem Jäckchen eine strahlend weiße Korsage hervorblitzte – kurz, einem braungebrannten und sichtbar durchtrainierten Wesen gegenüber, das sich weit jenseits jener Lachlust bewegte, welche die Nennung seines absurden Vor- und Zunamens auslösen mochte.

Etwas peinlich war höchstens das Lorgnon, das auf Frau Glöckels Busen schaukelte, ein womöglich intellektuell gemeintes Accessoire, das fraglos markanter als eine halbe Brille wirkte. Nicht ganz hasenrein erschien Frederika auch ihre Brustkerbe, in deren Verschattung sich feine Falten zeigten, wenn man genauer hinsah. Und endgültig verscherzt hatte sie es sich, als Frederika bemerkte, dass Frau Glöckels Blick sie nicht einmal flüchtig streifte, als Herr Friedrich sie vorstellte, sondern weit *hinter* ihr, irgendwo im Garten bei den Korbstühlen, jemanden ganz anderes fixierte.

Gefühlsattacken konnte man nur vermeiden, wenn man ihren Anlässen konsequent aus dem Weg ging, das war eine Haltung, die man Frederika früh beigebracht hatte, die ja auch in Herrn Friedrichs Fall einigermaßen funktionierte. Nachdem sie sich also abrupt abgewandt und Jessica, die arme Kleine, die wieder einmal durch den Garten gejagt worden und ihr vor die Füße gefallen war, aufgehoben und zu ihren Großeltern gebracht hatte, nahm sie sich ihrerseits vor, die Dame nicht zur Kenntnis zu nehmen. Was sich als ein Entschluss von kaum absehbarer Tragweite herausstellte, da Herr Friedrich offensichtlich gesonnen war, den ganzen Abend nicht mehr von Frau Glöckels Seite zu weichen.

Vielleicht hat er jetzt auch den Geruchssinn verloren, dachte Frederika, *vielleicht merkt er ja gar nicht, dass Frau Glöckel wie eine Mumie riecht.*

Als es so dunkel wurde, dass man die Gesichter nicht mehr erkennen konnte, besorgte er eine gelblich schimmernde Tischleuchte für sich und seine Gefährtin, die schwülstige rote daneben ließ er stehen, das beobachtete Frederika aus den Augenwinkeln, während sie durch den Garten ging und den Inhalt überquellender Aschenbecher in einen Eimer leerte. Er holte Frau Glöckel eine Crêpe mit Vanillesauce, die auf sein Hosenbein tropfte, als er auf dem Rückweg von Jessicas wilden Brüdern angerempelt wurde. Er hörte zu und schien Fragen zu stellen, auch dies entging Frederika nicht, als sie ein paar Minuten atemlos neben den Korbsesseln verharrte, ohne dass ihr die beiden, die das Gestühl für sich erobert hatten, auch nur ein Quäntchen Aufmerksamkeit schenkten. (Ja wahrhaftig, sie hätte *Ich liebe Sie, Herr Friedrich!* schreien können, ohne dass er es hörte.)

Er ertrug sogar Herrn Schwartz, der sich – zivil gekleidet und nach einer Sitzgelegenheit spähend – in ihrer Nähe herumtrieb. Frau Glöckel kannte ihn vermutlich, denn sie strahlte ihn von unten so herzlich an, dass der Schauspieler seine übliche Zurückhaltung vergaß. Auch dass Herr Friedrich aufsprang und ins Haus spurtete, um sein Hörgerät zu holen, registrierte Frederika. Noch im Laufen nestelte er es sich ins Ohr, wahrscheinlich befürchtete er, dass Herr Schwartz in der Zwischenzeit seinen Sessel okkupierte. Und sie sah desgleichen seine Erleichterung, als er sich wieder niederließ, nach seinem Champagnerglas griff und Herzeleide Glöckel zuprostete.

Wo ist Herr Schwartz?, konnte Frederika noch von seinen Lippen ablesen, bevor ihr Felix berichtete, dass die ersten Feiernden es sich auf dem Steg gemütlich gemacht hätten. Worauf Herzeleide mit den schönen Schultern zuckte, auch das nahm Frederika noch wahr, bevor sie mit ihrem Helfer Richtung Seeufer eilte. Um halb elf schon mit den Wasserspielen zu beginnen, erschien ihr wirklich zu früh. Noch war doch Marcel, der punkartig aufgeputzte DJ und stadtbekannte Akustik-Alchemist, nicht zum Zug gekommen. Er hatte die Hausbewohner erst vor ein paar Minuten durch sein Mikrofon aufgefordert, ihm ihre Schallplatten zu bringen. Davor war er durchs Gelände gestromert mit angewidertem Gesicht, die Hände in den Taschen seiner Baggy-Hose vergraben, den Hals weit vorgestreckt, als wollte er Witterung aufnehmen.

Zur ihrer Erleichterung stellte Frederika fest, dass es nur junge Leute waren, die sich unten am See versammelt hatten – die konnten auf sich selber aufpassen. Und als sie wieder zurückkam, entdeckte sie auch Herrn Linnenbrink, den sie in der Zwischenzeit völlig aus den Augen verloren hatte. Er scharwenzelte um Frau Glöckel herum, weil er scharf auf die Reportage war, dic sie über das Projekt Villa Klestiel schreiben sollte, er schien drauf und dran, sich in Herrn Friedrichs Sessel zu setzen. Stand dieser doch inzwischen – mit einem Stapel Schallplatten vor der Brust – brav in der Schlange, die sich vor den gewaltigen Lautsprechern und den Schaltpulten des DJs gebildet hatte.

Ja, andere waren leider schneller gewesen. Aber irgendwann, vielleicht nach einer dreiviertel Stunde, während Walzer- und Polkaklänge das Areal durchströmten, Elvis Presley schluchzte und die Beatles *Strawberry Fields Forever* sangen, ja sogar Schlager der fünfziger Jahre mit *Friedel Hensch und den Cyprys* den Plattenteller eroberten, kam endlich die Musik, die er bestellt hatte. Frederika traute ihren Ohren nicht, als sie Sambaklänge hörte. Und sie traute ihren Augen nicht, als Herr Friedrich auf Frau Glöckel zuging und sie am Handgelenk aus ihrem Sessel riss. Dass diese sich zierte, war natürlich nicht zu erwarten gewesen. Noch bevor sie die Tanzfläche erreichten – eine Art Podest, das Frederika von einer nahen Kirchengemeinde ausgeliehen hatte –, schleuderte sie ihre hochhackigen Pumps ins Gras, blieb fortan barfüßig. Und auch Herr Friedrich, der dreißig Jahre alte, wenn nicht gar ältere Budapester Schuhe trug, zögerte nur kurz, es ihr gleichzutun. Allerdings stellte er die edlen Stücke ordentlich unter seinen Korbsessel, bevor er sich in den Hüften zu wiegen und mit den Schultern zu rollen begann. Beim Aufräumen am nächsten Morgen widerstand Frederika der Versuchung, die Schuhe in den See zu werfen, und ließ sie mit *Karacho* vor seiner Zimmertür zu Boden fallen.

Irgendwann, es begann schon zu dämmern zwischen den Bäumen, die kleinen Fledermäuse, die durch den Garten schwirrten und einem gelegentlich vor die Augen gerieten, hatten sich zurückgezogen, warf sich Frau Glöckel erschöpft in die Arme von Herrn Linnenbrink und wollte nur noch Blues tanzen. Und Herr Friedrich sah ihr dabei zu, auf einen Stuhl geflätzt, die langen Beine von sich gestreckt. Vage konnte Frederika die Löcher in seinen Socken erkennen. Davor aber hatte er ohne Unterlass den original brasilianischen Samba zelebriert und seine Hüften so souverän in Schwung gebracht, dass seine Partnerin einige Zeit regelrecht ins Trudeln geraten war, bevor sie die Schrittfolge begriff, sich rechtzeitig mit den Fußballen abdrücken und weich und geschmeidig wieder aufkommen konnte. Nachdem sie jedoch beide gleichermaßen Tritt gefasst hatten, dauerte es nicht lange, bis die anderen Feiernden Herrn Friedrich und seiner Herzeleide die Mitte der Tanzfläche überließen und frenetisch klatschten. Klaglos ertrugen sie es auch, dass Marcel mindestens zwanzig Mal Herrn Friedrichs 78-er Schallplatte abspielte, bevor er wild zu mischen anfing, schräge Schnitte setzte, traumverloren und mit fliegenden Fingern Mambo, Samba, Bossa Nova, Walzer, Hillbilly und Teile aus der *Matthäuspassion* zu einem Klang-Delirium aufkochte. Da hielt Herr Friedrich Frau Glöckel nur noch lose umschlungen und gab sich der Musik mit geschlossenen Augen hin.

Wir setzen uns in Tränen nieder, sangen die Bewohner der Villa Klestiel, sie waren schließlich gebildete Leute und hatten sich nur nicht getraut, ihre eigenen Passionen zur Exekution ins Freie zu tragen. *Wir setzen uns* … Herr Friedrich aber hatte sich mittlerweile aus seiner Versunkenheit aufgerappelt und bestand darauf, von dem außer Rand und Band geratenen DJ seine Platten zurückzubekommen.

Sämtliche. Sofort.

Frau Glöckel war ihm gefolgt, weil sie ihn anscheinend daran hindern wollte, dass er dem in Rage geratenen Marcel das Headset vom Kopf riss. Und Frederika konnte beobachten, dass die Journalistin ihren schwankenden Freund am Hosenbund festhielt, während sie ihm zärtlich übers Gesicht strich, als wollte sie ihm die Miene glätten. Währenddessen vom See her die ersten Juchzer zu hören waren, die Frederika automatisch in Bewegung setzten.

Schon ein paar Wochen später wusste Frederika nicht mehr, wie sie das Fest, die Nacht, den Morgen danach überstanden hatte. Zusammen mit Herrn Linnenbrink war es ihr gelungen, Hausbewohner wie Gäste unter Kontrolle zu halten. Hatte an die Wasserhüpfer und Wassertreter, die sich dieses Jahr wider Erwarten ziemlich gesittet benahmen, Handtücher und Decken verteilt. En passant einem der großen Brüder Jessicas einen Joint aus der Hand geschlagen, wütend dessen Glut im dürren Gras ausgetreten, die betrunkene Frau Wamsganz getröstet, weil niemand mit ihr hinunter ans Wasser hatte gehen wollen, dem Ehepaar Lichtblau geraten, die Enkelkinder an einer Stelle zu sammeln, damit sie von ihrer Mutter, die hingebungsvoll, die Haare als Vorhang vor dem Gesicht, mit sich selbst tanzte, endlich ins Bett gebracht werden konnten. (Ihr Mann war zu einer Aufsichtsratssitzung nach Shanghai geflogen, wusste Frederika, und das Kindermädchen hatte frei.)

Aber auch Herr Friedrich kam nie wieder auf jene Nacht zu sprechen, in der er wie ein Wilder Samba getanzt und sich kaum eine Stunde später die Schulter gebrochen hatte, weil er zu übermütig vom Podest hinuntergesprungen und über eine Baumwurzel gestolpert war. Am Ende des Festes trug er seinen Arm in der Schlinge wie ein Held, hatte seine Platten wieder und sich mit DJ Marcel versöhnt. Und weigerte sich standhaft, sich zum Röntgen ins Krankenhaus fahren zu lassen.

Frederika aber träumte in der folgenden Nacht, dass Herr Friedrich beim Sommerfest gestorben war. Dass er sich einfach ins Gras gelegt hatte mit ausgebreiteten Armen, nachdem Frau Glöckel, die unter ihrem rasch abgestreiften schwarzen Kostüm einen weißen Badeanzug trug, in Richtung Ufer gerannt war. Verführerisch wie Deborah Kerr in *Verdammt in alle Ewigkeit* sah sie aus, obwohl sie viel kürzere, muskulösere Beine hatte.

Frederika musste lachen im Traum, weil Deborah Kerrs Liebhaber in dem Film ja auch Burt Lancaster gewesen war, bloß viel jünger und schöner als im *Gattopardo*, so, wie Herr Friedrich ausgesehen haben mochte, als er im Teatro Amazonas arbeitete und sich weigerte, innerlich zu schwitzen. Ach, es hatte nichts genützt, dass Frederika sich über ihn geworfen und versucht hatte, ihn mit Mund-zu-Mund-Beatmung wiederzubeleben. Sie hätte ihn so gerne ausgezogen und seine Haut gespürt, ihren Körper auf den seinen gelegt, unbeschadet der Gaffer, die sich um sie herum versammelten und ihre Hälse reckten.

Erst viel später, da war sie dem Wachsein schon sehr nahe, gelang es ihr, sich – wie häufig in problematischen Träumen – in ein Kind zu verwandeln, das fliegen konnte. Dieses Mal allerdings kollidierte das Kind mit dem großen Ventilator, der oben an der Decke kreiste.

Altes Herz

Die Morgenkühle war noch um sie, als sie sich zu ihm legte, und er schmiegte sein Gesicht an ihren Nacken und umfasste ihren zarten Körper mit beiden Armen, da er die späten Rosendüfte aus dem Botanischen Garten an ihr riechen wollte. Schon seit über einem Jahr traf sie sich dort täglich mit Leidensgenossen zum Qigong, bei Wind und Wetter, bei Regen und Sonnenschein, bei Schnee und Eis. Und manchmal sah er sie – während sie fort und er noch einmal eingeschlafen war – in seinen Träumen über blühende Wiesen schweben, mit knappen Handbewegungen und anmutigen weiten Gebärden die Luft zerteilend. Bisweilen trat sie auch aus dichten Nebeln hervor und winkte ihm zu, so als ob sie ihn über eine Grenze ziehen wollte mit der Kraft ihrer Gedanken, dahin, wo er nie gewesen war, sie aber schon deutlichere Kunde hatte.

Er mochte ihre Kniekehlen und ihre Armbeugen, die Stellen, wo ihm ihre Haut so dünn erschien, dass er manchmal dachte, man hätte sie nur leicht kratzen müssen, damit Blut floss. Und er hatte auch nichts dagegen, dass sie ihre kalten Füße an ihm wärmte, weil er es liebte, wenn sie sich allmählich entspannte und die Embryostellung aufgab, die sie so klein machte wie ein Kind.

Es ist Herbst, flüsterte sie, *ich werde meine Thermojacke aus dem Schrank holen müssen, meine Angora-Unterwäsche und bald auch meine Mütze und die Handschuhe. Dann ist es dunkel, wenn ich morgens aufbreche. Und ich werde wieder lernen müssen, mich im Finstern anzuziehen.*

Auch dein Gesicht kann ich dann nicht mehr sehen, antwortete er, wenn es denn eine Antwort war, die er ihr gab, und fuhr mit dem Finger über ihre kurze, gerade Nase, *dabei steht dir die Mütze so gut, sie zeigt, wie hübsch und schön du bist.*

Wie hübsch und schön ich noch immer bin, korrigierte sie und klammerte sich an seinen Zeigefinger. *Wer weiß, wie es in meinem Inneren aussieht. Willst du es wissen? Ich nicht.*

Er hielt sie und spürte, wie sie noch einmal einschlief, sich auszustrecken und von ihm abzurücken begann. Regungslos, um den Prozess nicht zu stören, wartete er auf ihre gleichmäßigen Atemzüge, auf das sachte Glucksen, das er kannte, seit sie sich vor mehr als vierzig Jahren zum ersten Mal miteinander in ein Bett gelegt hatten. Allmählich schälten sich ihre Gesichtszüge aus der Dämmerung, ihr kleines scharfes Profil gegen das sich durch die Jalousien kämpfende Morgenlicht. Alles war klein an ihr, darüber musste er sich noch heute wundern, wenn er sie sah oder anfasste. Ein kleiner Mund und kleine Zähne, eine kleine Nase, nicht zu große Augen, die dazu im rechten Verhältnis standen. Kleine Ohren. Er war sich immer ungeschlacht vorgekommen im Vergleich zu ihr, mit einer Hand konnte er ihre zudecken, sodass man sie nicht mehr sah. Und wenn sie zufälligerweise hinter ihm stand, verbarg er unschwer ihre ganze Gestalt. Vielleicht war ihre Zerbrechlichkeit der Grund, dass er von Anfang an meinte, es mit einem Kind zu tun zu haben, mit einem Kind allerdings, das sich intelligenter und wacher durchs Leben schlug, als er es je getan hatte.

Auch sehr viel mutiger war Marianne gewesen in ihren jungen Jahren. Während Viktor im Seminar saß oder in der Bibliothek, versunken in die Probleme der mittelalterlichen Königswahl und die Geheimnisse des Geblütsrechts, legte sie sich auf der Straße mit Polizisten an und wollte mit ihnen über die Freiheit der Andersdenkenden diskutieren. Der harte Strahl eines Wasserwerfers hatte ihr einmal sogar – wegen ihrer zarten Knochen und weil sie partout nicht weichen wollte – den Arm gebrochen. Auch den Vopos an der Grenze gab sie Widerworte, während Viktor zitterte, wenn sie ihn zwangen, seinen Kugelschreiber auseinanderzuschrauben.

Das erste juristische Staatsexamen aber machte sie im gleichen Jahr wie er – da wohnten sie schon zusammen. Mit einer besseren Note, die ihr ein Jahresstipendium an der Harvard Law School einbrachte. Und auch die Trennung verkraftete sie gut, viel besser als angenommen. Freunde hatten damals mit ihm gewettet, dass sie viel zu kapriziös sei, einem einzigen – ihm – treu zu bleiben, er selbst hatte sich sofort nach ihrem Abflug in Tempelhof an Edelgard herangemacht, ihre Freundin, an der alles viel größer war, der Po, die Brüste, das Gesicht, an Edelgard, die sich auch heute noch gelegentlich in ihrem neuen Domizil zur Stippvisite anmeldete und Anzeichen von Eifersucht äußerte auf die nicht enden wollende gute Ehe ihrer ehemaligen Kommilitonen.

Nach dem erfolgreichen Aufenthalt in Massachusetts bestand Marianne darauf, alle zwei Jahre ein paar Wochen allein in den Staaten zu verbringen. (Edelgard ließ da nie lange auf sich warten, Viktor und sie trafen sich in einer Pension in einer der Ku'damm-Seitenstraßen.) Aber wenn Marianne es aus irgendeinem Grund nicht schaffte, besuchten ihre Freundinnen aus Boston oder New York sie in Berlin: Ann, Julia, Nan, Dotty, Leslie, wie sie alle hießen. Sie kamen, machten sich in der Wohnung breit. Ließen am helllichten Tag den Fernseher laufen. Ann schleppte sogar ihre Popcornmaschine mit, wenn abzusehen war, dass sie länger blieb. Und alle zwangen Viktor, Englisch zu reden, obwohl er auf ein altsprachliches Gymnasium gegangen war und nicht einmal über den Grundwortschatz verfügte. Während er ihnen das Abendbrot servierte, redeten sie davon, den Männern die Schwänze abzuschneiden, wenn sie sich nicht schleunigst besserten, freiwillig die Reinigung der Familientoilette übernähmen zum Beispiel oder die Haare aus den Waschbecken entfernten. Und natürlich erwähnte Viktor nicht, dass *er* es heute und gestern und vorgestern gewesen war, der die Tochter vom Kindergarten abgeholt und für sie und Marianne gekocht hatte. Ja überhaupt für den Haushalt zuständig war und außerdem wirklich der Meinung, dass die alte Rollenverteilung nur zum Schaden der Männer existierte.

Leslie war übrigens die einzige der Freundinnen, mit der Marianne noch Kontakt hatte, alle zwei bis drei Jahre kam sie zu Besuch, wenn ihr Mann, ein renommierter Rechtsphilosoph, über dessen Spezialgebiet alle rätselten, an Europas Universitäten Vorträge hielt. Dann sprach sie mit glockenheller Stimme, lachte oft aus nicht ganz erkennbaren Gründen und hatte auch ihre unglaubliche Anmut und ihren zarten Nacken nicht verloren, gegen dessen besondere Attraktion Viktor – in fernen Anti-AKW-bewegten Zeiten, als Marianne und Leslie aus reiner Lust Thoreaus Schrift *Über die Pflicht zum Ungehorsam gegen den Staat* übersetzten und tagelang den Küchentisch blockierten – gewiss vergeblich angekämpft hätte, wäre sie je auf einen seiner Flirtversuche eingegangen. Damals lief im Lichtblau'schen Bekanntenkreis das Gerücht um, dass Leslie die Geliebte von Max Frisch gewesen war, sie sich näher gekommen seien vielmehr, als der Autor eine Tournee an der Ostküste absolvierte und sie ihm als Übersetzerin und Managerin seiner Lesungen diente: was Viktors Entflammtheit vorübergehend noch verstärkte.

Alle, wirklich alle, also auch Marianne und er, obwohl er sich für Belletristik kaum erwärmen konnte, hatten sich damals begierig auf *Montauk* gestürzt und in der Erzählung die amerikanische Freundin wiedergefunden, in sämtlichen Details, inklusive der Beschreibung ihrer kleinen Brüste. Dass Marianne selbst dann nicht von ihren Erkenntnissen abrückte, als sie Jahre später – Frisch war da schon tot – zufällig in der Zeitung las, dass es eine ganz andere gewesen war, mit der der Schriftsteller seine damalige Gattin betrog, rechnete Viktor ihrer Unfähigkeit zu, sich von Träumen zu verabschieden. Es sei doch sehr die Frage, hatte sie trotzig gesagt, als sie Viktor die Passage aus dem Artikel wiedergab, in der sogar der Name der Ostküsten-Liebe vorkam, ob das nicht einfach nur *einer* Variante von Wahrheit entspreche. Frisch sei bekannt für seinen Frauenverschleiß, ein Blaubart sei er gewesen, nichts anderes. Außerdem hätte ihn keiner daran hindern können, gleich zwei Frauen in eine Gestalt zu gießen. Schließlich habe er Literatur produziert.

Ja, Marianne war ein Kind. Viktor musste lächeln. In weniger als drei Stunden würde das andere Kind kommen, Jessica, seine Enkelin, die zwei Wochen bei ihren Großeltern verbringen sollte. Er konnte nicht sagen, dass er sich freute. Traudls auf dem Schwarzen Kontinent zusammengesammelte Adoptivkinder blieben ihm fremd. Er sah keinen Sinn darin, dass seine Tochter die Zeugungsunfähigkeit ihres Mannes ausgerechnet in Afrika kompensieren musste. Und auch die Schnelligkeit, mit der sie sich mit dessen an der Börse verdienten Millionen angefreundet hatte, war ihm suspekt. Jessica, das jüngste Mädchen mit der dunkelsten Hautfarbe und den größten Augen von allen, hatte Probleme mit ihren älteren Brüdern, sie musste heraus aus dem Familienverband, so hatte Traudl dies auf den Punkt gebracht, wenigstens für ein paar Tage, aber doch in einer Atmosphäre bleiben, in der sie geliebt würde. Viktor fiel ein, dass Jessica beim letzten Sommerfest von ihren Brüdern ständig übers Grundstück gehetzt worden war, aber auch Herrn Friedrich ein Bein gestellt hatte, sodass dieser sich die Schulter brach, als er vom Tanzpodium fiel und über eine Baumwurzel stolperte.

Davon abgesehen hatte sich Herr Friedrich, der wohl ungefähr so viele Jahre zählte wie er selbst, den ganzen Abend über ziemlich unwürdig benommen und war bis an die Grenzen der Schicklichkeit einer aufgedackelten Journalistin nachgestiegen, die etwas über den Geist des Wohnprojekts schreiben wollte, dem alle Bewohner der Villa Klestiel sich verpflichtet fühlten. Viktor erinnerte sich daran, dass Marianne und er mindestens eine Stunde lang nichts anderes getan hatten, als ihrem zuvor nicht weiter auffälligen, ja eher als scheu empfundenen Mitbewohner beim Sambatanzen zuzuschauen, hin- und hergerissen zwischen Bewunderung und Entsetzen. Marianne hatte Viktor mehrere Male leicht am Arm gezupft und wäre wohl auch gerne auf das Podium gestiegen, vielleicht um Herrn Friedrichs Extravaganzen ein Ende zu bereiten, sie konnte es schlecht ertragen, wenn andere Leute sich in den Vordergrund spielten. Er aber war nicht darauf eingegangen, sondern sitzen geblieben, ihre Hand in der seinen, mit ihren schmalen Fingern spielend, und hatte Herrn Friedrichs Gebaren bis zum bitteren Ende im Blick behalten, das heißt, bis zu seinem Sturz, verursacht vom ausgestreckten Bein seiner Adoptivenkelin.

Aufgefallen war das vermutlich keinem. Auch entsann er sich – jetzt, da seine Frau sich von ihm löste und er seine Arme wieder an den eigenen Körper legte –, dass Frederika, die Sekretärin, Jessica sofort geschnappt und einem Helfer übergeben hatte, der sich mit dem Kind auf die Suche nach seiner Mutter machte. Das Geheimnis aber, das er mit seiner Enkelin teilte, begann Viktor plötzlich zu drücken, ganz unabhängig davon, dass Jessica vermutlich nie erfahren hatte, wie sehr sich Herr Friedrich noch Wochen nach dem Sommerfest quälte. Gleich am folgenden Morgen war sie zusammen mit ihrer Mutter und den Brüdern in einer unangenehm protzigen Limousine nach Würzburg zurückgereist. Sollte er sie zur Rede stellen, sie mit den Konsequenzen ihres Tuns konfrontieren? Oder es der zarten Kinderseele ersparen, einem alten Herrn einen Knochenbruch zugefügt zu haben?

Ach, er bezweifelte, dass sie eine zarte Seele besaß. Denn er konnte nicht leugnen, beobachtet zu haben, wie sie verächtlich den Mund verzog, als sie das Bein hob, und zwar in beträchtliche Höhe, so wie sie es seit einem halben Jahr mit viel Spaß in einer Ballettschule an der Stange übte. (Traudl hatte davon erzählt, sie legte Wert darauf, dass ihre Kinder sich musisch betätigten.) Und genauso wenig war zu übersehen gewesen, dass Jessicas Gesicht ernst und angespannt blieb, während die Erwachsenen in kurzfristiges Gelächter ausbrachen, als Herr Friedrich fiel. Wenn sie wirklich überrascht gewesen wäre, hätte sie dann nicht auch lachen müssen? Wie jeder, den Herrn Friedrichs Sturz entweder an die dummen Amateur-Video-Programme im Privat-Fernsehen oder an Stummfilme erinnerte?

Viktor ärgerte sich. Er wollte nicht über ein Ereignis nachdenken, das den Charakter seiner Enkelin in Frage stellte, er wollte sich nicht dabei ertappen, Gründe dafür zu suchen, warum er das Kind nicht mochte. Vielleicht war es ja nur so, dass er es nicht schaffte, seine Tochter zu lieben, vielmehr nicht aufhören konnte, ihren Widerspruchsgeist zu hassen, den er ja auch bei seiner Ehefrau nur tolerierte, weil sie hübsch genug war. Und dass ihm jetzt noch einfiel, wie gern er als Kind seinen Stiefvater zu Fall gebracht hätte, der es gewagt hatte, ihn aus dem Bett seiner Mutter zu vertreiben, machte ihn noch viel ärgerlicher. Psychokisten, Spekulationen über Vererbung und Sozialisation waren ihm von jeher verdächtig erschienen, jetzt, mit neunundsechzig, durfte er damit nicht anfangen. *Für das Jewesene jibt der Jude nüscht*, pflegte seine Mutter, deren Ehemann vermisst war, bevor sie den schrecklichen Finanzbeamten heiratete, zu sagen, wenn ihr etwas aus der Hand fiel und zu Bruch ging. Viktor hatte sich für diesen Spruch geschämt.

Aber natürlich gab er ihr recht. Selbstmitleid war grässlich, Selbstmitleid machte schwach. Er sollte sich ein Beispiel an Marianne nehmen, die sogar bei Minusgraden zum Qigong in den Botanischen Garten ging. Die weiter stoisch an ihren das humanitäre Völkerrecht betreffenden Übersetzungen arbeitete, wenngleich vorwiegend im Bett. Aber auch Auslandsreisen auf sich nahm, wenn der betreffende Autor aus irgendeinem Grund nicht zu ihr nach Berlin kommen konnte. Nein, er musste aufstehen und so wie seit Jahren, nicht erst seit sie beide die Dachwohnung in der Villa Klestiel bezogen hatten und Marianne krank geworden war, das Frühstück zubereiten. Davor noch seinen Laptop anzuwerfen, um seine tägliche poetische Sendung in Empfang zu nehmen, hatte er sich dagegen erst seit Kurzem angewöhnt.

Wenn ihm das Gedicht nicht zu schwierig erschien, das lyrikmail.de ihm zusandte, eine Sentenz vielleicht nur war oder der abgerissene Gedanke eines nicht weiter bemerkenswerten Poeten, dann versuchte er sich im Auswendiglernen. Was er nicht schaffte, wurde wieder gelöscht, bislang noch ohne das Gefühl einer Niederlage. Merkwürdig erschien ihm nur, dass er es nicht über sich brachte, Marianne davon zu erzählen, womit er seit Wochen sein Gehirn trainierte. Vielleicht weil sie ohnehin nur gefragt hätte, ob er an Alzheimer-Angst leide? Seit sie an ihrer zweiten Krebserkrankung laborierte, schien sie zu keinerlei sprachlichen

Umwegen mehr bereit. Oder wollte er nur vermeiden, dass sie mit ihm wetteiferte? Marianne war groß im Memorieren, fiel ihm ein, während er sich über das zum Leben erwachende elektronische Gerät beugte. Mit welcher Leichtigkeit hatte sie Paragrafen gebüffelt oder auf Anhieb zitiert, wenn sie sie brauchte. Noch heute sang sie mühelos das Lied *Von der Unzulänglichkeit menschlichen Strebens* und andere vielstrophige Songs aus der *Dreigroschenoper.* Ganz abgesehen davon, dass sie sich mit dem Gedanken trug, bei Claudius Nist, diesem abgehalfterten Musikus, Klavierunterricht zu nehmen. Ihr Vertrauen in die eigenen geistigen Fähigkeiten ließ sie sich von einer banalen Krebserkrankung nicht kaputtmachen.

Hinter ihm knisterte die Kaffeemaschine. Ohne dass Marianne einen Finger geregt oder einen Laut von sich gegeben hätte, war es ihm gelungen, sich ins Wohnzimmer zu schleichen. (Es war eine Art Spiel, vielleicht tat sie ja auch nur so, als ob sie schlafe.) Aber er sah schon, dass die heutige Botschaft von lyrikmail.de zu lang war, er müsste sie später ausdrucken, wenn seine Frau mit Frederika unten im Büro die Rechnungen durchging. Thematisch passte es allerdings nicht schlecht, dieses sich über das Älterwerden beklagende Herbst-Gedicht eines Poeten namens Anastasius Grün. *In meinen späten Tagen / Was treibst du, altes Herz? Was will dein tolles Schlagen, / Dein wonnevoller Schmerz?* Marianne fände diese Verse kitschig, das wusste Viktor. Sie würde lästern, sie lästerte gerne. Und liebte außerdem heroischere Gedichte, Goethes *Prometheus* zum Beispiel, den sie gleichfalls noch vollständig im Kopf hatte und mit Emphase aufsagen konnte. *Und übe dem Knaben gleich der Disteln köpft* …, flüsterte Viktor vor sich hin und räusperte sich. Vielleicht wäre es doch besser, auf die morgige Post zu warten oder sich die von vorgestern noch einmal anzuschauen.

Dieser Herr Friedrich, er sieht Burt Lancaster ähnlich bis zur Lächerlichkeit, sagte Marianne, als sie sich dann an den gedeckten Tisch setzte. Fast fühlte er sich ertappt. Wie nah sie sich manchmal in ihren Gedanken waren und dann doch sternenweit entfernt!

Glaubst du, dass er das weiß? Dass er es darauf anlegt? Wenn ich unten bei Frederika bin, höre ich aus seinem Zimmer Mahler-Symphonien. Am hellen Vormittag. Ich glaube, er ist schwerhörig.

Sie rührte gelbes Pulver in ein Glas mit Wasser und begann ihre Medikamente zu schlucken, dabei warf sie bei jeder Tablette den Kopf zurück und schüttelte sich leicht. Seit einigen Wochen gestattete sie es sich, im Bademantel zu frühstücken, er war ihr viel zu groß, ihre Arme verschwanden beinahe in den langen Ärmeln, die sie zwischendurch immer wieder aufzukrempeln versuchte. Der Rest ihrer braun getönten Locken, die sie demnächst, bevor die neue Chemotherapie begann, gänzlich abschneiden lassen würde, stand ihr ungekämmt um den Kopf. Eine Weile hinter ihr verharrend und zärtlich ihren Nacken massierend, überlegte er, ob er etwas Gutes über Herrn Friedrich sagen konnte, aber ihm fiel nichts ein. Wie er ja auch Burt Lancaster nie etwas hatte abgewinnen können, in seinen Augen war er ein *Frauenmann*, bestimmt wusste Herr Friedrich gar nicht, dass er ihm ähnelte, er selbst wäre ja auch nie auf die Idee verfallen, dass er einem Schauspieler gleiche und dies womöglich schmeichelhaft war. Auf seine Weise aber erschien ihm dieser Mann nicht weniger tapfer als Marianne. Alle, die in seinem Alter allein in einem Zimmer lebten, waren Helden, Helden, die gegen schwarze Löcher kämpften. Ihre Einsamkeit umwehte sie wie eine Gloriole.

Aber ob ihm die Zweisamkeit wirklich weniger abverlangte? Mariannes wochenlange Übelkeitsattacken. Ihre Trostlosigkeit, wenn sich der Tag der *Tumorwerteverkündigung* näherte. Und erst vorgestern Abend hatte sie ihm Kleinmütigkeit vorgeworfen, als er sich weigerte, ihr den Kopf kahl zu scheren und sie gleich am folgenden Morgen zur Perückenmacherin zu begleiten.

Irritiert wandte sich Viktor ab und ließ zwei Orangenhälften auf dem Entsafter rotieren, als könne das Geräusch der Maschine alle weiteren häretischen Gedanken unterdrücken.

Aber wir haben uns doch jahrelang gegenseitig die Haare geschnitten, hatte sie gejammert und vergeblich versucht, sich zu beherrschen, *das war lustig, ja sogar progressiv, den Friseuren nicht das Geld hinterherzuschmeißen. Wir kamen uns so junggeblieben dabei vor. So jung.*

Zum ersten Mal hatte er sie nur mit Mühe ablenken können und musste mit der Ankunft Jessicas argumentieren, die bekannt war für ihre bohrenden Fragen.

Da wäre es doch nicht gut, wenn du dir etwas Derartiges zumutest. Außerdem, wenn es denn so weit ist, mu…musst du einfach wiederkommen, als hättest du dir eine neue Frisur gegönnt. Ich werde mich überraschen lassen. Ich weiß, dass du mir gefallen wirst.

Unten im holzgetäfelten Flur, dessen Düsternis fast verhindert hätte, dass Marianne und er vor drei Jahren in die Villa Klestiel einzogen, traf er Frederika in einem ihrer giftgrünen Kleider, einen Leitzordner unter den Arm geklemmt. Wie immer, wenn er Mariannes Zierlichkeit noch auf der

Netzhaut hatte, kam ihm die Sekretärin riesenhaft vor. Ihr kupferroter Haarwust, ihre weiße Haut leuchteten.

Ihre Tochter geht auf eine Weltreise, wie schön, Herr Lichtblau, sagte sie in jenem munteren Ton, der ihn immer hilflos und wütend zugleich machte, *und Sie holen jetzt Ihre Enkelin ab. Schade, dass sie nicht alt genug ist, ein Taxi zu nehmen. Das wäre doch viel bequemer für Sie.*

So kann ich mir aber wenigstens den neuen Hauptbahnhof anschauen, antwortete Viktor. Von einer Weltreise wusste er nichts, sicher hatte Marianne sie erfunden, um die Probleme zu vertuschen, die in Traudls zusammengekaufter Familie herrschten. Er musste lächeln. Marianne und ihre Notlügen! Eigentlich waren es gar keine Notlügen, weil sie ja ohne Not log. Heutzutage jedenfalls. Früher, für das Flüchtlingsmädchen aus der Barackensiedlung, mochte es nötig gewesen sein, dass es sein Leben mit Glanz überzog. Vielleicht war es ja einfacher gewesen, eine neue Vergangenheit zu erfinden, als die verschwundene zu ertragen. Von dem Gutshof in Schlesien zu erzählen also, den die Familie Hals über Kopf verlassen musste, von dem virtuos Klavier spielenden älteren Bruder, der an einer rätselhaften Erbkrankheit gestorben war, von der Kindheit an einem geheimnisvollen Fluss, an dessen Ufer Marianne mit den Söhnen der Pächter Hütten baute.

Fragen brachten sie nie in Verlegenheit, sie beantwortete jede. Und zur Aufklärung war es nicht etwa dadurch gekommen, dass ihr Lügengebäude mangelhaft konstruiert gewesen wäre. Eines Nachts, nach einem besonders köstlichen Beischlaf, hatte sie es freiwillig zerstört, mit Genuss die Legenden zerpflückt, die Viktor ans Herz gewachsen waren. Die Hände erhoben und sie in komischer Verzweiflung auf die Bettdecke fallen lassen, sein Gesicht gestreichelt und in seine Schulter gebissen. Ihr Bruder spielte nicht Klavier. Und er war auch nicht tot. Die Krankheit, an der er angeblich gelitten hatte, existierte nicht in der Familie. Und der von Marianne zärtlich als künstlerisch angehaucht beschriebene Vater war in Wahrheit ein trunksüchtiger, prügelnder Mensch gewesen.

Monatelang hatte Viktor nicht mehr gewusst, was er ihr glauben sollte, zeitweise war er sogar in Versuchung geraten, sich von ihr zu trennen, weil der Groll über die Kaltblütigkeit, mit der sie die Erbkrankheit bei ihren Schwangerschaften als Faustpfand für sich und ihre Ängste eingesetzt hatte, sein Erbarmen über ihre schwierige Jugend überstieg. Irgendwann aber stellte er fest, dass es ihm gleichgültig geworden war, ob Marianne log oder nicht, solange es plausibel blieb, was sie ihm erzählte. Mit der Wahrheit auf Kriegsfuß zu stehen, gehörte zu ihrem Kindsein, sie durfte gar nicht erwachsen werden. Die Tochter jedenfalls ging aus dem Haus, ohne ihre Mutter als Lügnerin entlarvt zu haben. Vielleicht hatte sie ja auch das Lügen eingestellt seit jener Nacht, wer weiß. Oder log nur noch hin und wieder – wie jeder Mensch, der sich zur Gesichtswahrung kleine Abweichungen gestattete.

Eine Weltreise? *Eine Weltreise.* Viktor sah in Frederikas freundliche Augen und nickte.

Er mochte es, S-Bahn zu fahren, vielleicht weil er sich noch so gut an jene Zeiten direkt nach dem Mauerbau erinnern konnte, als es – in einem anderen Sinn als heute – für einen Westberliner politisch nicht korrekt gewesen war, das von der *Deutschen Reichsbahn*, also von Ostberlin aus betriebene Verkehrsmittel zu benutzen. Er fuhr gegen die Fahrtrichtung, schaute durch zerkratzte Scheiben auf den vorüberfliegenden Grunewald, die Schrebergärten mit den Satellitenschüsseln. Auf Tennisplätze, auf denen er und Marianne sich gegenseitig bewiesen hatten, wie unsportlich sie waren. Die scheinbar rückwärts treibenden Autos auf der AVUS, das angeschwemmte Perlmutt eines bläulich-gelb verfärbten Himmels. Ihm gegenüber saß nur der Junge mit den Rastalocken, den er schon seit einigen Sommern in der Nähe der Villa Klestiel hatte herumlungern sehen, zusammen mit einer ganzen Schar von Jugendlichen, die von einem Tag auf den anderen verschwanden, sobald es kalt wurde. Selbst Frederika hatte nie herausgefunden, ob diese halben Kinder, denen man rund um den Schlachtensee begegnen konnte, die dort im Gras lagen oder sich wie Affen an die Äste der Bäume hängten und brüllten, sobald sie Spaziergänger sahen, wirklich obdachlos waren oder sich nur so gebärdeten.

Heim, heim, ab ins Heim!, hatte der Junge gerufen, als er in Nikolassee zugestiegen war, und sich Viktor so aggressiv genähert, dass dieser seinen Atem spüren konnte, der überraschenderweise nach Zahnpasta roch. *Aber du kommst ja schon aus'm Heim*, hatte er lachend sich selbst zur Antwort gegeben, *du kommst ja schon aus'm Heim.* War durchs Abteil getänzelt und hatte sich auf den Sitz fallen lassen, als gehe ihm plötzlich die Kraft aus.

Jetzt zog er Viktors Blicke auf sich, bot ihnen seine unreine Haut zur Wanderung dar, seinen rissigen Kindermund, seine Fingerknöchel, die Falten seines speckigen alten Bundeswehr-Parkas, an dessen Ärmel mit Sicherheitsnadeln sowohl die sowjetische Flagge als auch ein Totenkopf mit gekreuzten Knochen geheftet waren. Und störte ihn beim Denken. Störte Viktor bei jenen direkten, einfachen Gedanken, denen er sich in der letzten Zeit gerne überließ, Gedanken, die Vergangenheit und Zukunft auf eine atemberaubende Nichtigkeit zusammenschrumpfen ließen. Auf die Frage, warum der Mensch so am Leben hing, eine Antwort zu finden, beispielsweise. Und warum Marianne und er nicht fähig waren, über den Tod zu reden.

Woran hatte er gedacht, bevor der Junge aufkreuzte? Daran, wie bewusst achtlos er an der Betonmauer mit den Negativabdrücken menschlicher Körper vorbeigehastet war, vor der seine Frau jedes Mal ein paar Sekunden stehen blieb, wenn sie vom Bahnhof Grunewald aus in dic Stadt fuhren. (50 000 Berliner Juden waren von hier aus in die Konzentrationslager transportiert worden, Zahlen hatte sie immer genau im Kopf.) Daran, dass er sich geweigert hatte, die enervierende Debatte um das Holocaust-Denkmal zur Kenntnis zu nehmen, obgleich Marianne ihm die wichtigsten Sätze in den einschlägigen Artikeln im *Tagesspiegel* mit Textmarker anstrich. Dass es ihm stets gelungen war, sich von Orten wie Auschwitz, Sachsenhausen oder Buchenwald fernzuhalten. Selbst nachdem er in der Wehrmachtsausstellung ein Foto mit seinem Vater entdeckt hatte, ein harmloses Foto eigentlich nur, das den Mann, dem er so ähnlich sah, wie seine Mutter behauptete, als Wachsoldaten auswies, der im Warschauer Ghetto mit ausgebreiteten Armen und nicht etwa aufgepflanztem Bajonett vermeintliche Gaffer von einem nicht erfassten Ort des Geschehens fern hielt, änderte sich nichts daran. Marianne hatte ihm sofort eine Reise nach Hamburg ins Institut für Sozialforschung anempfohlen, er müsse doch herausfinden, was an dieser leeren Stelle geschehen sei, es könne doch sein, dass sich sein Leben dadurch verändere. Ja, auch daran hatte er gedacht. Sowie daran, dass das bewusste Bildchen mit dem gezackten Rand in der zweiten Ausstellung fehlte und wie froh er darüber war, nicht nach Hamburg gefahren zu sein und auch keinen Brief an Herrn Reemtsma geschrieben zu haben.

Wenn Marianne mit den amerikanischen Rechtsgelehrten, deren Bücher sie übersetzte, aus Buchenwald zurückgekehrt war, träumte sie schlecht, und es dauerte lange, bis er sie wieder in den Schlaf gewiegt hatte. Von ihrer Fassungslosigkeit und ihrem Horror aber erzählte sie ihm mit dem gleichen Schluchzen in der Stimme wie vom Virtuosentum ihres Bruders und seinem frühen Sterben. Und er selber kam sich so ungetröstet vor wie damals, als der Finanzbeamte ins Bett seiner Mutter gekrochen war. Leider nützte es nichts, dass er sich hier in der S-Bahn sofort von diesem Gefühl distanzierte. Kindheitsverletzungen, die sich im fortgeschrittenen Alter wieder entzündeten, fand er mindestens ebenso peinlich wie den Samba tanzenden Herrn Friedrich, der für einen Abend seine angeborene Zurückhaltung vergessen hatte. Und trotzdem war es merkwürdig, dass er in letzter Zeit so häufig an den Liebhaber seiner Mutter denken musste, ja sogar von ihm träumte. Als ob dieser mediokre Mensch namens Schulz, den er irgendwann unter Qualen Onkel nannte, ihm allein die Kindheit verhunzt hätte. Als ob es nicht vielmehr seine Mutter gewesen wäre, die seinen damals noch vermisst gemeldeten Vater verraten hatte.

Ich bin feige, dachte Viktor und bemühte sich, nicht zu seufzen, während er das Gesicht des Jungen studierte, der heftig auf seiner Unterlippe kaute, trotzig seinem Blick standhielt und nicht aufhörte, seine Nase hochzuziehen. *Feige, feige.* Marianne hätte sofort ein Gespräch begonnen und ihn gefragt, wo seine Eltern wohnten. Er dagegen zog es vor, die Dinge aus sicherer Entfernung zu betrachten. Sein Mut hatte sich immer nur darauf beschränkt, die Türme gotischer Kathedralen zu besteigen, um dort die Wasserspeier zu fotografieren, während ihm der Wind die Tränen in die Augen trieb. Oder allenfalls darauf, sich im Delikatessengeschäft gegen vertrockneten Serrano-Schinken zu wehren, nicht aber gegen die grau gewordene Kalbsleberwurst, die man ihm als Alternative anbot.

Ach, Marianne. Morgen werde ich dir den Kopf rasieren. Was kann daran so schlimm sein. Und dir danach versichern, dass du einer ägyptischen Prinzessin gleichst. Du meine Liebste, du meine Schönste. Wir lassen uns nicht unterkriegen. Wir werden den Krebs besiegen.

Als der Zug am S-Bahnhof Charlottenburg stand, suchte er vergeblich die Straßen nach der Pension ab, in der Edelgard und er vor mehr als dreißig Jahren abgestiegen waren. Und spätestens nach dem Savignyplatz, viel zu spät also, probierte er es aus, sich selbst mit den Augen des Jungen zu sehen. Längst waren sie ja nicht mehr allein im Abteil. Neben ihm saß eine Frau mit Stiefeln aus falschem Krokoleder, aufgetürmten Haaren und einem unnatürlich langen Hals, weswegen sie Viktor, der auch nicht klein war, überragte. Und neben dem Jungen ein anderer Junge, der – wie sein ältester Enkel – die Stöpsel eines iPod in den Ohren trug, die ihn von der Außenwelt abschotteten.

Wen könnte er sehen? Wen sah er? Einen alten Mann mit Baskenmütze und dunkelblauem Mantel, der an den Fingern seiner schwarzen Lederhandschuhe zupfte. Einen alten Mann, der sich heute Morgen mit der Nagelhautschere seiner Frau die Haare abgeschnitten hatte, die ihm aus Nasenlöchern und Ohrmuscheln wuchsen. Einen Mann, der zur Fülle neigte, weil er es liebte, abends im Bett Häagen-Dazs zu löffeln, einen, der anders als Herr Friedrich, den der Rastalocken-Junge vom Sehen wahrscheinlich ebenfalls kannte, niemals leicht und elegant einer Klatschkolumnistin hätte nachsteigen können. (*Aufpassen musst du, dass du nicht schwammig wirst*, hatte Marianne dieser Tage zu ihm gesagt und ihm ihre kleine Hand auf den Bauch gelegt.) Seine Brillengläser hatten zehn Dioptrien, irgendwann einmal würde er zum Lesen eine Lupe brauchen. Aber seine Zähne waren noch echt.

Und weil er seine Enkelin abholen fuhr, murmelte er gelegentlich *Gleis 10, Wagen 13, Sitzplatz 165* vor sich hin.

Was treibst du, altes Herz? Was will dein tolles … Die Verse des E-Mail-Poeten waren so lächerlich wie sein Name, Viktor erinnerte sich nicht mehr, wie er hieß, nur noch daran, dass es ein Farbenname war wie sein eigener. Stattdessen fiel ihm ein, dass bei der Eröffnung des Hauptbahnhofs ein Jugendlicher mit einem Butterflymesser Amok gelaufen war und man seltsamerweise schon wenige Tage danach nichts mehr darüber in den Zeitungen hatte lesen können.

Immer mühseliger wurde es, sich vorzustellen, was der Junge sah und hörte. Vielleicht das Stöhnen, das sich mit Macht aus dem Körper des alten Mannes befreite. Die Frau mit der toupierten Frisur, die sich über ihn beugte und ihm hektisch den Schal aus dem Mantel riss. Dass Viktor sich an die Brust griff …

Der erste Jude

Leonor Zierer fror; es war jenes Frieren, das sie im Winter befiel, seit sie in der Villa Klestiel wohnte. Es begann in den ersten kalten Tagen als kaum wahrnehmbarer Fleck unterhalb des rechten Rippenbogens und breitete sich aus wie eine schwimmende Insel, die bald hierhin, bald dorthin driftete. Auf dem Höhepunkt füllte das Frieren Leonors ganzen Brustraum aus und ließ sie kaum mehr atmen. Dann blieb sie in ihrer Anderthalbzimmerwohnung mit integrierter Küchenzeile im zweiten Stock, ließ ein Elektroöfchen laufen, das unglaublich viel Strom fraß. Und verließ es nur mehr zu ein, zwei Opern-Premieren, deren Besuch unvermeidlich war, wenn sie nicht auf die Mitarbeit bei einer Wiener Zeitung verzichten wollte, die sich etwas darauf zugutehielt, auch aus der deutschen Hauptstadt zu berichten. Es waren höchstens siebzig, achtzig Zeilen, die sie abliefern musste, kaum der Rede wert also. Frederika, die gute Seele, nahm die handschriftlich verfassten Artikel mit nach unten, tippte sie ab und schickte sie dann als Mail an die Redaktion.

Da sein Apartment im Erdgeschoss über dem nicht unterkellerten Teil der Villa lag und ausgesprochen fußkalt war, besuchte Leonor in der dunklen Jahreszeit nicht einmal Herrn Friedrich, mit dem sie in die Oper zu gehen pflegte. Meist saß sie nur da, in ihrem schottenkarierten Ohrensessel, mit einer Decke auf den Knien, auf dem Tischchen neben ihr grüner Tee in einer Meißner Tasse, um die sich ein grüner Lindwurm ringelte. Er schmeckte ihr nicht, der Tee, er wärmte sie nicht, weil sie ihn immer vergaß und kalt werden ließ. Er war genauso reizlos wie viele Intellektuelle, die behaupteten, ihn gerne zu trinken, weil er sie geistig rege halte. Vielleicht sprach es ja für Herrn Friedrich, dass er grünen

Tee genauso hasste wie sie. (Ein Intellektueller zumindest war er nicht.) Aber er hatte ja auch niemanden, der meinte, ihm grünen Tee zum Geschenk machen zu müssen. Wie ihre Kollegen vom Bürgerkanal, die ihn bei ihren literarischen Talkshows gleich literweise tranken und im chinesischen Großmarkt Mengenrabatt erhielten. Dass sie Leonor immer wieder mit einer der schönen bunten Dosen bedachten und sie damit ungefragt eingemeindeten in ihren Club, sprach Bände über die Blindheit ihrer Gefühle.

Leonor wusste nicht einmal, welche Bücher sie für ihre Januar-Diskussion ausgesucht hatten, die ehemaligen Kritiker, die es nicht lassen konnten, zu kritisieren und in der Öffentlichkeit ihre Mäuler zu wetzen. Den schon vor vierzehn Tagen angekommenen Brief mit der Liste hatte sie nicht geöffnet, sich also auch nicht für ein Buch entschieden, das sie dann vorstellen und gegebenenfalls verteidigen sollte. Stattdessen wartete Heinrich Manns *Henri Quatre* neben der Teetasse. Und für alle Fälle ein paar dickleibige Romane von Henry James, die sie sich nun schon seit Jahren in Griffweite legte, nur weil ihr der Charme seiner von James Ivory verfilmten morbiden Liebesgeschichten so gut gefallen hatte. Sentimentalität auf hohem Niveau durfte man sich fraglos gestatten.

Ach, sie war erleichtert über ihren Entschluss, in diesem Winter die Kritikerrunde ausfallen zu lassen, nicht gezwungen zu sein, dem faltigen, in uringelbe Nyltest-Hemden gekleideten Herrn Sawatzki gegenüberzusitzen, der schon bald nach deren Konstituierung begonnen hatte, sich als Hahn im Korb aufzuspielen und seine belletristischen Vorlieben für sakrosankt zu erklären. Den übrigen Kolleginnen, die so taten, als hegten sie keinerlei Konkurrenzgefühle, obgleich sie davon ganz zerfressen waren. Leonor verabscheute ihre Art, sich in existenzialistisches Schwarz zu hüllen, sie konnte auch die affektierte Sprechweise nicht ausstehen, in der sie sich attackierten, sobald die Scheinwerfer auf sie gerichtet waren. Und noch viel weniger verstand sie sich selbst, dass sie sich auf diesen verschrobenen Rentner-Talk, der ja nur der Abklatsch eines anderen Debattier-Clubs war, eingelassen hatte, sie, die doch viel lieber schrieb als redete, jeden Satz dreimal vorformulierte, bevor sie ihn aussprach, ja sogar an einer Neigung zum Stottern litt. Eigentlich war es schierer Verrat, seine literarischen Faibles in einem Studio voller Leute hinauszuposaunen, die sich an den Bestseller-Listen des *Spiegel* orientierten und sich von ein paar Wichtigtuern weismachen ließen, wie fundamental der Unterschied zwischen amerikanischem und australischem Englisch war. Schon in der Schule hatte Leonor es gehasst, ihre Gedicht-Interpretationen laut vorlesen zu müssen, und später noch viel mehr jene öden Seminare, in denen sie in sogenannten *papers* Texte des späten und des frühen Fontane miteinander vergleichen sollte.

Sie legte beide Hände um die kalte Teetasse, in dem sie lächeln machenden Bewusstsein, eine falsche Geste zu zelebrieren, die stimmig wurde, nur weil sie sie dauern ließ und keinen Finger rührte. Wenn sie nicht so fröre, könnte sie den Winter als Exerzitium betrachten, überlegte sie, wenn sie nicht so fröre, könnte der Winter dazu dienen, ihr Klarheit darüber zu verschaffen, wen sie in Zukunft noch zu ihren Bekannten und Freunden zählen wollte. Oder ob ihr die Hausbewohner genügen könnten, Herr Friedrich etwa, dessen Geist nach seinem frühen Südamerika-Aufenthalt erstaunlich weltoffen geblieben war, obgleich er sich jahrzehntelang als Einkaufschef einer kleinen Armaturenfabrik eigentlich nur mit Dichtungen aus Gummi beschäftigt hatte: unbeschadet der Tatsache, dass er sich selbst als links begriff und manchmal die Internationale vor sich hin pfiff. Seine Liebe zur Oper zeigte sich erfreulicherweise so wenig angekränkelt von tief schürfenden Gedanken, dass Leonor nie mit ihm über Regietheater oder historische Instrumentierungen zu diskutieren brauchte und ihm deswegen auch leicht verzeihen konnte, dass er erwog – wie er ihr erst kürzlich bekannt hatte – auf seine alten Tage Gesangsunterricht zu nehmen. Außerdem sah er so gut aus, dass es Spaß machte, sich mit ihm zu zeigen.

Selbst die freundliche Frederika, an der offensichtlich ein geheimer Kummer nagte, würde es ja verdienen, dass man sich mit ihr befasste. (Für geheimen Kummer war Leonor immer zu haben, das war auch der tiefere Grund, weshalb sie so gerne Romane las.) Nur jemand, der ihr näher stand, hätte der Sekretärin sagen können, dass sie sich im Dienst der Villa Klestiel viel zu sehr verausgabte, dass ihr pubertierender Sohn, der hin und wieder Steine kickend im Vorgarten auf seine Mutter wartete, einen vernachlässigten und traurigen Eindruck machte. Ganz abgesehen von dem Hinweis, dass es immer noch genug Männer gebe für Frauen jenseits der Vierzig, vor allem, wenn sie so hübsch und vital wirkten wie Frederika.

Sie müssen nicht von mir auf sich schließen, hatte Leonor ihr einmal zugeflüstert und dabei auch eine Berührung nicht gescheut, weil sie den Duft von Frederikas altmodischer Lavendel-Seife mochte. *Dass ich alleinstehend bin und niemals geheiratet habe, heißt nicht, eine Kostverächterin gewesen zu sein. Sie sollten sich nur klarmachen, dass es undankbar ist, sich so viele Stunden am Tag unter alten Menschen aufzuhalten. Es könnte sein, dass Sie dabei schneller Falten kriegen. Es könnte sein, dass Sie dabei erstarren.*

Sogar Marianne Lichtblau und Frau Wamsganz, deren Vorname ihr gerade nicht einfiel, waren letztlich für einen gelegentlichen Kaffeeklatsch nicht zu verachten, wobei Frau Lichtblau für Leonors Geschmack etwas zu kaltschnäuzig und besserwisserisch auftrat und ihr zudem fragwürdige Romane aufschwatzen wollte, die sie, als sie noch geschäftlich verreiste, in Bahnhofsbuchhandlungen gekauft hatte und jetzt anscheinend nur noch loswerden wollte. Als unangenehm dagegen erwiesen sich die Eheleute Sanderling – Egmont und Margarete – sowie Maximilian Klinger, weil sie sich von früher kannten. Phasenweise gefiel es ihnen nämlich, in einer Art von romantischem Rückfall sich wie 68er zu gebärden, wenngleich sie vermutlich nie welche gewesen waren. Mit den ideologisch sattelfesten Hardlinern, denen Leonor im Studentendorf begegnet war, konnte man sie jedenfalls nicht vergleichen. Wenn ihnen die Gelegenheit freilich günstig erschien – etwa Abstimmungen über gemeinsame Anschaffungen anstanden oder wieder einmal der Dschungel im Garten gerodet werden musste –, zeigten die drei geradezu totalitäre Tendenzen, wollten das Leben der Hausgemeinschaft in Paragrafen niederlegen und entwarfen utopische Pläne für die künftige Bewirtschaftung von Haus und Garten, die für alle regelmäßige Dienste vorsahen, von denen man sich allerdings auch freikaufen konnte. Claudius Nist, der doch mit seiner DDR-Vergangenheit ganz anders hätte ticken müssen, schloss sich ihnen von Fall zu Fall an. Und zusammen war es ihnen zum Beispiel dann auch gelungen, die Hausgemeinschaft zu überreden, jetzt, im dritten Jahr des Irakkriegs, den Ölverbrauch in der Villa Klestiel rigoros zu drosseln. Der Beschluss war einstimmig gefasst worden, und nicht nur Leonor hatte das Gefühl gehabt, sich auf einer Vollversammlung zu befinden, bei der nur noch – wie früher an der Uni – Wandzeitungen mit revolutionären Sprüchen hätten ausgerollt werden müssen.

Dass sie sich dann später aus schierem Trotz der Sammelbestellung von ökologisch getesteten Filzhausschuhen verweigert hatte, bedauerte sie allerdings inzwischen. Schließlich litt sie schon seit Jahren an kalten Füßen – nicht nur im Winter – und hätte die Gelegenheit wahrnehmen sollen, sich quasi anonym und ohne großen Aufwand gute, mit Lammfell gefütterte Pantoffel zu besorgen. Wenn es mit dem Frieren so weiterging, bliebe ihr ohnehin bald keine Alternative mehr. Dann müsste sie eines Tages ganz im Bett bleiben. Oder sich doch in eines der wenigen einschlägigen Geschäfte trauen. (Irgendwie hatte sie die Vorstellung, dass in diesen Läden noch rot glühende Kanonenöfen standen wie in ihrer Jugend und die Verkäuferinnen Norwegerpullover und gestrickte Handschuhe trugen.)

Immerhin, der prächtige Tannenbaum wurde jedes Jahr aufgestellt, ohne dass die Sanderlings oder Maximilian Klinger opponierten. Er war über drei Meter groß, mit dem der Villa Klestiel vererbten Silberschmuck eines unmittelbar nach seinem Einzug verstorbenen Ehepaars behangen und ragte so weit in den zweiten Stock des Treppenhauses hinauf, dass man seine mit einem Stern bewehrte Spitze hätte berühren können, wenn man sich ein bisschen vorstreckte. Dass seine Kerzen ihren bläulich und viel zu kalt leuchtenden Glanz aus der Steckdose bezogen, schwächte seine hehre Wirkung deutlich ab. Alle, die sich am späten Nachmittag des vierundzwanzigsten Dezember um ihn herum versammelt hatten, sahen in seinem Schein blass und kränklich aus.

(Leonor war da zum letzten Mal draußen vor der Tür gewesen. Und sie konnte nicht behaupten, dass ihr jetzt, Mitte Januar, ihre Hausgenossen schon fehlten, sie würde es noch viel länger aushalten können ohne sie. Es genügte ihr völlig, wenn Frederika einmal am Tag kam, um den Einkaufszettel zu holen, und sich beim Hinausgehen ungeniert über die bei ihr herrschende *Bullenhitze* aufregte.)

Brav auf der Treppe aufgereiht und mit jener spürbaren Distanz bewaffnet, die solche gemeinsamen Abende erträglich machte, hatten die Bewohner der Villa Klestiel der Weihnachtsmusik von Corelli gelauscht – abgespielt auf Herrn Friedrichs altem Plattenspieler, was wirklich vorsintflutlich war – und dann diverse Lieder gesungen, mehrheitlich gehörten sie schon zu jener Generation, die die Texte nicht mehr auswendig wusste. Außer Leonor war Claudius Nist der Einzige gewesen, der *In dulci jubilo* noch zusammenhängend singen und nicht nur mitsummen konnte. Sein rundliches Kindergesicht strahlte und strafte das Gerücht Lügen, dass er bis vor seinem Einzug Jahr für Jahr immer am vierundzwanzigsten Dezember für eine Agentur tätig gewesen war, die grimmige Weihnachtsmänner in deutsche Haushalte schickte und Kinder mit der Rute bedrohen ließ. Herrn Schwartz aber, dem Schauspieler, war es auch dieses Mal gelungen, mit einem trickreich zusammengestellten Rezitationsprogramm dafür zu sorgen, dass sich die zwar kollektiv unterdrückten, womöglich aber doch noch vorhandenen kindlichen Weihnachtssehnsüchte nicht unerwartet Bahn brachen. Eigentlich schätzte ihn Leonor nicht, sie hatte ihn in ihren Berichten für Wien bisweilen hart kritisiert, zumeist aber übergangen. Anders als mit anderen Bewohnern wollte sie mit ihm auch kein Schwätzchen halten, wenn sie ihn traf. Sie grüßte ihn, wenn sie ihn zufällig entdeckte, in der Staatsoper, im Schlossparktheater oder im Konzerthaus, immer dann jedenfalls, wenn er er selbst war und nicht als verkleidete Frau auftauchte, wie einmal, als sie ihm zufällig auf der Damentoilette begegnete. Sie wäre jedoch nie auf die Idee gekommen, sich auf dem Nachhauseweg in der U- oder S-Bahn neben ihn zu setzen oder sich gar ein Taxi mit ihm zu teilen.

Am Bescherungstag aber jubelte sie Herrn Schwartz zu wie alle anderen, rief *Dacapo* und konnte nicht genug bekommen von seiner kultivierten, für seinen zarten Körper erstaunlich sonoren Stimme. Wobei es ein freches Programm war, das er präsentierte, eines, das keine sentimentalen Regungen bediente, sondern mit Gedichten von Kästner und Klabund, den schrägsten Passagen aus E. T. A. Hoffmanns *Prinzessin Brambilla* und Loriots Poem über einen waidmännisch seine Ehefrau zerlegenden Förster die ironische Stimmung adäquat unterstützte. Dass er so provozierend mit seiner Homosexualität spielte, die Augendeckel blau geschminkt hatte und sich mit seinem Seidenschal neckisch den Schweiß von der Stirn abtupfte, ja gelegentlich ein schnarrendes Lachen produzierte, das an O. E. Hasse erinnerte, hätte zwar nicht unbedingt sein müssen, fand Leonor. Auch nicht das leidenschaftlich falsche Falsett, mit dem er Händels *Tochter Zion* als Zwischenmusik zum Besten gab. Die Routine freilich, mit der er dafür sorgte, dass an diesem kritischen Tag niemand öffentlich in Tränen ausbrach, sich keiner verdrucken wollte oder gar auf selbstzerstörerische Gedanken kam, konnte sie nur bewundern. Er war ein Profi, so viel stand fest, und Profis hatte Leonor Zierer noch nie ihren Respekt versagt.

Sogar Frau Lichtblau, deren Mann nun seit drei Monaten in der Charité im Koma lag, schaffte es, seinen Darbietungen mit konzentriertem, keineswegs gequältem Gesichtsausdruck zu lauschen. Klein und schmal, mit raspelkurzer, nicht sehr fachmännisch geschnittener Frisur stand sie da, neben einem großen grauhaarigen Mann, der Leonor seltsam bekannt vorkam, hoch oben, fast unter den dunkel gebeizten Deckenbalken der Eingangshalle. Beide Arme auf die Brüstung gelehnt, dic Hände gefaltet, verbreitete sie eine Aura von stillem Heldentum, die sich niemand zu stören traute, wenngleich jeder wusste (und es einige vielleicht sogar gehört hatten), dass sie völlig außer Rand und Band geraten war, als sie der Anruf mit der Nachricht erreichte, man habe ihren Mann mehr tot als lebendig in der S-Bahn aufgefunden.

Soweit Leonor wusste, hatte die Bedauernswerte noch mit keinem darüber gesprochen. Es war Frederika, die die Bewohner über das Befinden des Ehepaars Lichtblau auf dem Laufenden hielt, und sie tat es auch nicht heimlich, sondern geradezu offensiv, weil sie der Meinung war, dass man ruhig übereinander Bescheid wissen sollte, wenn man schon in einer so traditionsreichen Villa wohnte, in der früher, immerhin bis 1938, eine fröhliche und kultivierte Industriellenfamilie gelebt hatte, die für ihre Hauskonzerte und rauschenden Feste bekannt gewesen war und ein Gästebuch besaß, das die guten Wünsche von *tout Berlin* aufwies. Akademisch gebildete Menschen besaßen die verdammte zivilisatorische Pflicht, gut miteinander auszukommen, schien die so patente, aber halt auch sehr idealistisch gesonnene Frederika zu denken, obwohl sie dies wahrscheinlich keinem persönlich auf die Nase gebunden hätte.

Nicht nur einander achten, sondern auch *aufeinander* achten sollte man, so oder so ähnlich hatte sie es im Gründungsprotokoll zur Gedächtnisstütze für alle Anwesenden niedergeschrieben und es auch vor kaum einem halben Jahr, beim Sommerfest, der Journalistin Herzeleide Glöckel in den

Notizblock diktiert, nachdem niemand aus der Hausgemeinschaft dieser aufgetakelten Person Rede und Antwort stehen wollte. Die euphorische Reportage über das Projekt Villa Klestiel erschien schon wenige Wochen danach im Seniorenmagazin *Wetterfest* und lag dann in mehreren, bald völlig abgegriffenen Exemplaren in Frederikas Büro. Auch Leonor hatte den Bericht gelesen. Und sich gewundert, wer die – Gott sei Dank nicht kommentierten – Fotos aufgenommen haben mochte, die einen völlig selbstvergessenen Herrn Friedrich beim Sambatanzen zeigten und einige Gäste beim Jointrauchen in den Büschen. Ebenfalls groß im Bild erschienen waren DJ Marcel vor seinen Geräten und die Schlange aus Hausbewohnern, die ihm brav – wie einem Gott – ihre Schallplatten zum Opfer darbrachten.

Frederika erzählte auch ohne Scheu und mit einer von Gespräch zu Gespräch nicht nachlassenden Anteilnahme, wie schwierig es gewesen war, Jessica, *das arme kleine Mädchen*, zu finden, das nach seiner Ankunft auf dem Hauptbahnhof noch eine ganze Stunde lang greinend auf dem Bahnsteig hin und her gelaufen war, bevor eine Mitarbeiterin der Berliner Stadtmission es aufspürte. Wenigstens ein paar Tage hatte Frau Lichtblau Jessica in der Villa Klestiel gelassen, bevor sie sie wieder nach Hause schickte, zu ihren Geschwistern, die sie bekanntlich nicht ausstehen konnten. Und natürlich war es Frederika gewesen, die sich um Jessica gekümmert hatte, wenn ihre Großmutter zu ihrem an Schlauchen angeschlossenen Ehemann ins Krankenhaus fahren musste. Hin und wieder sah Leonor die Kleine bei ihr im Büro auf dem Schreibtisch sitzen, mit den Beinen baumelnd, die Hörer eines iPod auf den Ohren. Dass sich sogar Herr Friedrich einmal bereiterklärt hatte, auf die Kleine aufzupassen, und mit ihr in die Staatsoper zur Kindervorstellung der *Zauberflöte* gefahren war, sprach sich schnell im ganzen Haus herum, ebenso wie die Tatsache, dass er das Kind zu seinem Glück hatte regelrecht zwingen müssen, weil es lieber vor dem Fernseher im Wintergarten sitzen geblieben wäre.

Keiner jedoch konnte so recht verstehen, warum sich ihnen auch Frederika anschloss, obgleich sie sich an diesem Nachmittag die Steuererklärung von Frau Wamsganz hatte vornehmen wollen. Diese saß dann für ein paar Stunden mit ihrem Schuhkarton voller Rechnungen in der Gemeinschaftsküche im Erdgeschoss und machte ihren Ärger öffentlich. Nie wäre sie auf die Idee gekommen, schon einmal mit dem Sortieren zu beginnen. Sie war eine der unselbständigsten und weinerlichsten Frauen, die Leonor kannte. Und nicht nur ihr selbst, wie sie wusste, sondern auch anderen Hausgenossen blieb es ein Rätsel, wie es Frau Wamsganz, dieser schlichten Person, gelungen war, auf der Warteliste so schnell nach vorne zu dringen, dass sie schon zwei Wochen, nachdem der aidskranke Journalist Reuter sich in ein Hospiz in der Uckermark hatte einweisen lassen, in die Villa Klestiel einziehen konnte. Wer weiß, ob sie ihren Fragebogen korrekt ausgefüllt hatte. Und wer weiß, ob sie nicht sofort eine kleine Spende springen ließ, damals, als ihr Ehemann starb und sie so schnell wie möglich aus ihrer Wohnung hinauswollte, nur weil sie den Geruch nicht mehr ertrug, mit dem der an Darmkrebs Erkrankte die Polstermöbel imprägniert hatte.

Wo sie sich doch nur neue hätte kaufen müssen. Leonor zückte ihren silbernen Taschenspiegel, sperrte den Mund auf und zwang sich, ihr geschwollenes, in letzter Zeit so leicht blutendes Zahnfleisch zu betrachten. Es wurde Zeit, dass sie an die Zukunft dachte, an ihren Zahnarzttermin nächste Woche beispielsweise. Wahrscheinlich würde ihr dort ein Milchzahn gezogen werden, der ihre Kindheit überlebt hatte.

Und auch an diesen ihr so seltsam vertraut erscheinenden Bekannten von Frau Lichtblau könnte sie ein paar Gedanken verschwenden, der womöglich ein neuer Mitbewohner würde, wenn diese irgendwann – falls ihr Mann nicht mehr zurückkehrte, falls es ihr selber immer schlechter ging – ihr Apartment aufgab. Einer, dem man morgens, noch ungeschminkt und mit Schlaf in den Augen, im Treppenhaus begegnen konnte, einer, der spät in der Nacht im Wintergarten saß, sich im Kabelfernsehen einen alten Spielfilm ansah und den man ermahnen musste, sich doch bitte einen der bereitliegenden Kopfhörer aufzusetzen.

Es nützte nichts, Vergangenheit und Gegenwart zu vergleichen, ohne daraus Schlüsse zu ziehen. Wenn sie ihre Hausgenossen weiterhin in dieser Weise Revue passieren ließe, käme sie für den Rest des Tages nicht aus ihrer schlechten Laune heraus, dann fiele ihr auch wieder ein, dass Herr Friedrich nach altem Staub roch, gelegentlich wenigstens, wie lüstern und blöde er jungen Mädchen hinterherglotzte. Und dass sie Herrn Brandis, den schweigsamsten und wahrscheinlich tückischsten aller Hausbewohner, neulich dabei beobachtet hatte, wie er mit einer aus dem Kühlschrank in der Gemeinschaftsküche entwendeten Flasche Rotkäppchensekt vorsichtig um sich blickend die Treppe hochlief. Er bewohnte oben, gleich neben den Lichtblaus, eines der winzigen Apartments, die man genau wie das ihre mit einer Küchenzeile versehen hatte. Er hätte seinen Sekt also auch oben unterm Dach kalt stellen können.

Es war merkwürdig – oder vielleicht auch nicht, weil sie diesen Zustand fortschreitender Trübseligkeit kannte –, je länger sie ihre Nachbarn nicht sah, desto monströser und unbegreiflicher erschienen sie ihr. Während sie ihre Blicke weiter über ihr Gesicht wandern ließ, den Arm anwinkelte und sich auch auf den Kopf mit den dünnen blonden Haaren schaute, die dringend der Färbung bedurften, weil sie oben, am Ansatz, grau zu werden begannen, grübelte sie darüber nach, warum sie um Gottes willen immer wieder jenen Zeitpunkt verpasste, an dem ihre scheinbar so ziellosen Überlegungen menschenfeindlich zu werden begannen.

Es war immer dasselbe: Irgendwann, im Bruchteil einer bewusstlosen Sekunde, geriet sie hinein in dieses verhängnisvolle misanthropische Delirium, hatte schon einige Runden darin gedreht, bevor sie es recht bemerkte, und blieb dann lange gefangen in dem Kreislauf aus quälenden Gedanken. Exerzierte schiefgegangene Talkrunden durch, bei denen Herr Sawatzkis Meinung obsiegt hatte, erinnerte sich an die getrocknete Spucke in den Mundwinkeln dieses *terrible simplificateur*, an seine nikotinverfärbten Fingerkuppen, ertappte sich selbst im Nachhinein bei krassen literarischen Fehlurteilen, nur weil der Widerspruch sie wieder einmal hingerissen hatte. Erlebte die grausamen Zeiten in jener norddeutschen Stadt wieder, als man ihr fristlos kündigte, nur weil sie es in einer Kritik nicht verdammenswert genug gefunden hatte, dass ein junger Regisseur auf die Idee verfallen war, in einem Sartre-Stück ein Klo auf die Bühne zu stellen. Ein Klo, auf dem die Schauspieler, laut stöhnend und mit hochrotem Kopf, ihre Monologe zum Besten geben mussten.

Dabei tat man ihr unrecht, im Grunde war sie konservativ eingestellt und litt schon früh unter den Anfängen dessen, was man später Regietheater nannte. Sie hasste es, wenn Schauspielerinnen barbusig über die Bühne liefen, sich halb nackte Liebespaare schreiend auf dem Boden wälzten oder sich mit Schlamm bewarfen, was ihr dann in Berlin, wohin sie – mit einer halbwegs annehmbaren Abfindung versehen – umzog, ständig widerfuhr. Und natürlich wand sie sich auch bald unter dem zotigen Vokabular, das die Studentenbewegung dort mehr und mehr salonfähig gemacht hatte. *Ficken* wurde zum Reizwort für sie, obwohl sie es gelegentlich freiwillig in den Mund nahm, um sich daran zu gewöhnen, einmal schrieb sie es sogar sechsmal untereinander auf ein Stück Papier, um daraus Anagramme zu basteln. Wohingegen sie *Fotze* nie über die Lippen bringen konnte, vielleicht lag es an dem schrecklichen O, das sie an ein Loch erinnerte.

Fast musste sie jetzt in ihrem Sessel darüber lachen, wie frag- und wehrlos sie sich damals dem Verdikt überlassen hatte, dass irgendetwas mit ihr nicht in Ordnung war, nur weil sie die antiautoritäre Bewegung nicht auch als individuelle Befreiung empfand. Während sie sich in der einsetzenden Dämmerung immer wieder über Stirn und Wangen strich, sich bis zur Schmerzgrenze in jeden einzelnen Finger biss, den letzten Schluck ihres eiskalten Tees trank, weil sie den Geschmack nach Blut vertreiben wollte, musste Leonor an den Zeichenkurs denken, in welchem sie, auf dem Höhepunkt ihrer Selbsterprobungen, mit jener ausgeflippten Freundin gelandet war, die sie Jahre später, einige Sekunden lang wenigstens, strickend und zahm geworden bei einer Pressekonferenz der Grünen im Fernsehen wiedergesehen hatte.

Kursziel war gewesen, den weiblichen Körper zu erkunden, was Leonor allerdings erst bei der zweiten Sitzung begriff. Eigentlich war sie hingegangen, um ihrem verschütteten Zeichentalent aufzuhelfen, mit Hingabe hatte sie Bleistifte der unterschiedlichsten Härtegrade eingekauft und ihren seit Schulzeiten verschmutzten Malkasten mit neuen Farbtöpfchen ausgerüstet. Aber es wurden nur Handspiegel verteilt, mit deren Hilfe die Frauen ihre Vagina betrachten sollten oder eben andere Stellen, an die sie mit ihren Augen sonst nicht herankamen.

Versonnen und nackt saßen sie dann auf dem speckigen Linoleum einer von außen einsehbaren Kreuzberger Ladenwohnung und beugten ihre mageren Rücken. Leonor sah die Szene noch vor sich, auch sich selbst, an die Wand gelehnt, halb ausgezogen, unschlüssig die Jeans in der Hand. Sie hätte die Wirbel der Frauen zählen können, die Leberflecke, die sich auf ihrer Haut verteilten. Selbst an das prekäre Gefühl aus Neid und Scham konnte sie sich erinnern, mit dem sie die Frauen beobachtet hatte, die noch in hockender Stellung begannen, wie wild die vor ihnen liegenden Skizzen-Blöcke vollzukritzeln. Später legte die Kursleiterin – gleich drei- oder viermal hintereinander – eine Janis-Joplin-Schallplatte auf, die rauschte so lange, bis alle wieder angezogen waren. Und erst in der U-Bahn wurde Leonor bestraft: dort rieben die Zeichenschülerinnen zärtlich ihre von den Kohlestiften verschmierten Wangen aneinander, bevor sie begannen – mit Spucke und laut lachend – sich gegenseitig zu säubern. Leonor würdigten sie keines Blickes mehr in dieser Nacht.

Sie seufzte. Es war ein Seufzer, den sie ganz weit von unten, aus dem Bauch holte und der oben lauter wurde, als sie beabsichtigte. Fakt blieb, dass sie Frederika belogen hatte, als sie behauptete, keine Kostverächterin gewesen zu sein. Vielmehr hatte sie ihr ganzes Leben lang Wert auf das Geheimnis gelegt, dass sie, Leonor Zierer, die ursprünglich Hannelore hieß und zur Leonor nur wurde, weil sie *Fidelio* und überhaupt Hosenrollen liebte, sich sogar noch Jungfrau nennen konnte. Damals, in jenen Tagen, als alles offen lag, man nichts für sich behalten durfte im Studentendorf der Freien Universität, wo sie kurzfristig nach ihrem Rausschmiss gelandet war, obwohl sie längst nicht mehr studierte, war es natürlich nicht zu verheimlichen gewesen, dass Leonor weder auf Männer noch auf Frauen ansprach, sich abseits hielt, wenn die großen Feten begannen, nie auch nur in der Nähe eines nackten Körpers gesichtet wurde. So blieb es auch nicht aus, dass man ihr irgendwann eine Liste mit Namen von Therapeuten in die Hand drückte, die auf die Behandlung sexueller Störungen spezialisiert waren.

Helfen aber konnte ihr keiner. Sie war in ihrer Kindheit weder belästigt noch missbraucht worden, ihre Eltern waren liebe Leute, die stolz auf ihre kluge Tochter waren und ihr nicht einmal übel genommen hatten, dass sie ihre Examensarbeit nicht zu Ende schrieb, als sie feststellte, dass sie über Benn in seiner uneingestandenen Beziehung zu Heidegger nicht weiter nachdenken wollte. Gespräche in dieser Richtung liefen also stets ins Leere, einmal hatte Leonor auf Kosten der Krankenkasse eine ganze Stunde lang schweigend auf der Couch gelegen, mit den Zehen gespielt und sich die aberwitzigsten Geschichten ausgedacht, sie dann aber doch nicht laut werden lassen. Kurios erschien ihr eher, dass sie sich in der Gesellschaft von menschlichen Wesen, die von sich selbst behaupteten, befreit zu sein, ständig gegen Übergriffe wehren musste, dass es ausgesprochen mühselig war, ungeschoren davonzukommen, weder Männer noch Frauen einsehen wollten, dass sie nicht betatscht oder penetriert werden wollte. Selbst die Therapeuten nahmen es ihr übel, dass sie es nicht wenigstens einmal mit einem Mann – in Gottes Namen auch mit einer Frau oder mit sich selbst – versuchte. Bald reagierte Leonor auf das Wort *Orgasmus* ähnlich wie auf *Fotze*. *O-Wörter* waren ihr ein Graus.

Um ihr Lust zu machen, gab man ihr Henry Miller oder Anaïs Nin zu lesen. Man ließ *Je t'aime* für sie laufen, obwohl sie weder den hässlichen Gainsbourg noch die zickige Birkin ausstehen konnte, man versetzte sie in einen Drogenrausch oder gab ihr Wodka zu trinken, die ansehnlichsten Kerle sollten sie verführen, es wurden Wetten abgeschlossen, wie lange sie dem schönsten von ihnen widerstehen könnte. Leonor durchschaute alle Bemühungen. Zum Glück aber konnte sie dann von einem Tag zum anderen das Studentendorf verlassen, weil sie in Charlottenburg bei zwei alten Damen ein möbliertes Zimmer fand: weiterhin unberührt, wenn auch nicht unverletzt. Tatsächlich hatte die Verteidigung ihrer Jungfernschaft einmal zu einer Keilerei geführt, die bei der Polizei endete.

Seitdem sie jedoch bei Lotte und Monika wohnte, die bald begannen, ihre Konzertabonnements mit Leonor zu teilen, musste sie keine Auskunft mehr über ihr Liebesleben geben, wollte keiner mehr wissen, was sie in ihrer Freizeit trieb, sagte niemand mehr: *Leonor, du bist zu jung, um nicht geküsst zu werden.* Und auch der vage Schmerz über den kryptischen Satz des letzten Therapeuten verflüchtigte sich schneller als angenommen. *Es muss da doch etwas gegeben haben*, hatte er zu ihr gesagt, beim Abschied auf dem Treppenabsatz vor seiner nach Petersilie riechenden Praxis, die eigentlich eine Wohnung gewesen war. Sein schlaffer Händedruck ähnelte dem der Frauenärztinnen, die sie dann einmal im Jahr frequentierte. Auch die rieten zur Psychotherapie, als sie entdeckten, dass Hannelore Zierer eine *virgo intacta* war, und erreichten doch nur, dass sie im nächsten Jahr nicht wiederkehrte. Irgendwann, auf der Höhe der Wechseljahre, hatte sie ganz aufgehört, sich um gynäkologische Termine zu kümmern. Unvorstellbar, noch einmal auf einen dieser grässlichen Stühle zu steigen, unzumutbar, einem jungen Ding in Weiß zu erklären, warum sie es vorgezogen hatte, nicht nur allein, sondern auch *intakt* zu bleiben. Wo sie es doch selbst nicht wusste, jahrelang nicht darüber nachdachte, ja sogar den Tatbestand vergaß.

Ach, es war schade, dass Frederika es heute nicht mehr schaffen würde, noch einmal bei ihr vorbeizuschauen; Leonor spürte, dass sie die Traurigkeit wieder einholte, nachdem sie die Erinnerungen an ihre frühen Berliner Jahre kurzfristig aufgeheitert hatten. Wenn Frederika rechtzeitig genug kam, schaffte sie es meist, Leonor aus ihrem destruktiven Strudel zu reißen, hinderte sie daran, ins Bodenlose zu fallen, erlöste sie aus der Fixierung, in der tosenden Stille, in welche die Villa Klestiel nach achtzehn Uhr stürzte, darauf zu hören, wie ihr die Haare ausfielen, die Zähne klapperten, die Knochen knarrten. Und Frederika half ihr auch, den schweren Sessel Richtung Fernseher zu drehen, jenes unverwüstliche Ungetüm aus der Erbmasse der beiden alten Damen, die in ihrem Faible für Sir Walter Scott und Schottland aus ihrer Wohnung ein karierte Hölle gemacht hatten. Erst kürzlich hatte es Leonor zum x-ten Mal mit einem Tartan-Muster überziehen lassen.

Nun war sie gezwungen, gleich ins Bett gehen, da sie keine Lust hatte, auf die schwarze Fläche des französischen Fensters zu starren, durch das sie tagsüber – im Winter zumindest, wenn die Bäume kahl waren – auf die Straße hinabsehen und die überdachte Bushaltestelle in den Blick nehmen konnte, die direkt gegenüber lag. Manchmal standen dort Patienten der nahen Lungenheilstätte und rauchten. Seit sie hier wohnte, beobachtete Leonor deren Sucht. Wie sie die Zigaretten aus den Packungen fingerten, gierig ein paar Züge taten und sie sofort wieder auf den Boden warfen. Oder sie hastig, wenn jemand vom Pflegepersonal sich der Haltestelle näherte, den jungen Obdachlosen in die Hände drückten, die gleichfalls dort herumlungerten. Selbst hinter geschlossenen Scheiben roch sie das Nikotin – mindestens genauso intensiv, wie es manchmal auch aus dem Fernseher zu ihr drang, wenn Schauspieler in Chabrol-Filmen sich eine Gauloise ins Gesicht steckten.

Um nicht ganz und gar in der eigenen Jämmerlichkeit zu versinken, stand sie auf, fast wäre sie über das Heizöfchen gestolpert. Ging zum Lichtschalter, zur Spüle, wusch ihre Tasse aus, öffnete den Kühlschrank, richtete sich einen Magermilch-Joghurt, ließ von hoch oben ein paar Tropfen flüssig gewordener Erdbeermarmelade hineinfallen, was sie ihr Parsifal-Erlebnis nannte. Es waren leere Rituale, kaum dass sich in letzter Zeit ein Hungergefühl in ihr regte. Heroisch wehrte sie sich gegen die Versuchung, die Klingel zu betätigen, um Frederika oder wenigstens die Frau des Hausmeisters herbeizuzitieren, die mittwochs immer die Küche putzte. Klingeln war in diesem Hause ebenso wenig erwünscht wie Rauchen. Verwarf auch die leise sich rührende Idee, Marlene, eine der beiden Kritikerinnen aus der Talkrunde, mit der sie eine Art Hassliebe verband, anzurufen. Und zwang sich stattdessen, an jenen Herrn zu denken, der während der Weihnachtsfeier neben Frau Lichtblau gestanden hatte. Wer weiß, vielleicht würde er sich auf der nächsten Hausversammlung vorstellen, nachdem sie, in der die Metastasen streuten, auf diese unverbindliche Weise schon einmal ihren Nachfolger eingeführt hatte. Eine Hand auf dem polierten Knauf des Treppengeländers war er reglos dagestanden, sich hin und wieder mit allen zehn Fingern in seinen dicken grauen Haarschopf greifend, als befalle ihn ein Juckreiz. Und selbst aus ein paar Metern Entfernung hatte Leonor registrieren können, dass er sehr bewegliche Augenbrauen besaß, die er vor allem während der Schwartz'schen Rezitationen hob und senkte. Jetzt fiel ihr auch wieder ein, an wen er sie erinnerte. An Ludovik Birnbaum, ihren ersten Juden.

Nicht, dass sie ihn gut gekannt hätte. Er begegnete ihr nur in wechselnden Abständen, bei den wilden Vollversammlungen im Audimax, bei Demonstrationen in der Hardenbergstraße, deren Anlässe ihr nicht mehr einfallen wollten. Im Philosophischen Seminar, in den berühmten Gurres-Vorlesungen, wohin die Freundin aus dem Zeichenkurs sie häufig mitschleppte, da sie der Meinung war, dass Leonor – die mittlerweile halbtags in der Presseabteilung der Akademie der Künste Artikel ausschnitt – sich geistig nicht auf die faule Haut legen dürfe. Leonor hatte nicht gewusst, dass Ludovik Jude war, Juden, die man anfassen konnte, kamen in der Bundesrepublik und in Westberlin ja auch so gut wie gar nicht vor.

Es schien aber schon aufregend genug zu wissen, dass Jacob Gurres einer war, dieser wohlbeleibte, ewig bramarbasierende Mensch, der in seine geschichtsphilosophischen Vorträge in Fortsetzungen, auf die man warten konnte, bitterböse Bemerkungen über Sophie von Burano, seine zweite, feministisch gesinnte Ehefrau, flocht. Die Brillanz des großen wütenden Gelehrten hatte Leonor damals wenig beeindruckt, vielleicht war sie zu dumm dazu gewesen. Aber sie erinnerte sich daran, dass sie keine seiner Vorlesungen hatte versäumen wollen, manchmal alles stehen und liegen ließ bei ihrer Arbeit, nicht einmal die Kleisterflasche zuschraubte oder die Schere zuklappte, und durch die halbe Stadt hetzte nur wegen der ausgesuchten Bösartigkeiten, die Gurres unfehlbar – auch über andere Frauen, die ihm zufällig durch den Blick liefen – von sich gab.

Wenn Leonor genauer darüber nachdachte, war es freilich Ludovik gewesen, der dafür sorgte, dass sie jeden Montag- und Freitagnachmittag nach Dahlem fuhr: Ludovik, ein hochgewachsener junger Mann mit rotblonden, für die damalige Zeit erstaunlich kurz geschnittenen Haaren und einigen versprengten Leberflecken auf den Wangen, in dessen Nähe sich Leonor gerne setzte, wenn es sich machen ließ. In immer nähere Nähe sogar, bis sie irgendwann direkt neben ihm saß und seinen Oberarm und seinen Oberschenkel an ihrem Körper spüren konnte. Als hätte sie ein Kettenhemd an, kam es ihr damals vor, ein Kettenhemd, das sich elektrisch auflud, wenn er auftauchte. Abends beim Ausziehen wunderte sie sich, dass sich ihre Haut nicht gerötet hatte und keine Striemen zu sehen waren.

Aber ins Gespräch kamen sie auch, beim vierten, fünften oder sechsten Mal. Ludovik fragte, ob sie denn überhaupt ein Wort verstehe von Gurres' so schnell dahinschießenden Sätzen, er selber nämlich kapiere nichts. Und sie wiederum sprach von der Faszination, die der sich wiegende Oberkörper des fetten Mannes jedes Mal auf sie ausübte.

Juden scheinen unheimlich in Fahrt zu kommen, wenn sie reden, flüsterte sie Ludovik ins Ohr, *weißt du, warum das so ist?*

Und er lachte und antwortete, dabei auf den Boden sehend: *Es ist eine Bewegung, die durch mehrere tausend Jahre Gelehrsamkeit geht. Was für kleine Füße du doch hast, wenn man bedenkt, dass du so groß gewachsen bist.*

Wie naiv sie gewesen war. Erst Wochen später erfuhr sie, dass er – Sohn von Emigranten, die in der Schweiz wohnten – eigens wegen Gurres nach Berlin gekommen war, dass er sogar eine Doktorarbeit bei ihm schrieb und sich wohl aus einer Art Masochismus heraus immer wieder die Vorlesungen seines Herrn und Meisters antat. Aber auch durch die im Studentendorf stattfindenden Feten streunte Ludovik gelegentlich, lässig, lächelnd, die Hände in den Taschen seiner ramponierten Cordhose vergraben. Und in den Spätvorstellungen der Dahlemer und Zehlendorfer Kinos – im Capitol, im Bali – konnte man ihn gleichfalls treffen, allein, an irgendeine spiegelnde Wand gelehnt, wo dann sein Profil sichtbar wurde. Jedes Mal nickte er Leonor freundlich zu, wenn er sie sah, wie einer alten Bekannten. Und ihr Kettenhemd klirrte so stark, dass sie glaubte, er müsse es hören können.

Auch hier, in den Filmtheatern, wie sie damals noch hießen, gelang es ihr bisweilen, sich neben ihn zu setzen. Wie im Philosophischen Seminar aber wusste sie zu seinen Kommentaren, auf die er auch im Dunkeln nicht verzichten mochte, wenig zu sagen. Erst nachts im Bett fielen ihr mögliche Antworten ein. Wirklich adäquat, geschweige denn adäquat witzig, erschienen sie ihr nie, weswegen sie froh war, nicht allzu redselig gewesen zu sein. Fest stand, dass Ludovik etwas bei ihr auslöste. Sie wurde ganz weich und schwach und offen, wenn sich ihre Körper berührten, sogar auf das Kettenhemd hätte sie manchmal gerne verzichtet, wenn sie ihn sah und fühlte. Und auch ihm schien das kunstvolle Spiel aus Druck und Gegendruck nicht schlecht zu gefallen, sonst hätte er es gewiss nicht so häufig herbeiführen wollen.

Wenn sie sich im Audimax der FU in der Garystraße begegneten, was im Sommer öfter vorkam, weil man dessen weit geöffnetes Foyer gerne als Abkürzung auf dem Weg zur U-Bahn benutzte, konnte es sogar vorkommen, dass er sie am Arm packte, sie neben sich auf die Treppenstufen zog und ihr Fragen stellte. Weder hier noch anderswo aber schaute er sie dabei an, sondern fixierte irgendeinen Punkt in der Ferne: einen Studenten etwa, der gerade die Halle betrat, Gurres, der wütend seine Unterlagen in seine Aktentasche stopfte, oder die Kartenabreißerin im Kino, die in der Pause zwischen Vor- und Hauptfilm durch die Reihen ging und Eiskonfekt verkaufte.

Hättest du Ulrike Meinhof versteckt, wenn sie bei dir auf der Matte gestanden hätte?, *Wirst du zu Holger Meins' Beerdigung gehen?*, *Lebt dein Vater noch?*, *War er im Krieg?*, *Isst du gern Fisch?*, *Bist du katholisch?*, wobei er nicht sonderlich interessiert an ihren Erwiderungen schien. Einmal fragte er sie sogar, ob ihr das Wort *Entfremdung* gefalle, das schönste Wort, das bei Karl Marx zu finden sei. Als sie versuchte, in ihrem Gedächtnis nach einer Begriffsbestimmung zu stochern – schließlich hatte sie gerade die Anfangssitzungen eines *Kapital*-Kurses hinter sich gebracht –, unterbrach er sie jedoch ungeduldig. *Ich habe es poetisch gemeint, vergiss es. Wie dieser Scheiß-Marx es meinte, ist mir völlig egal. Keine Ahnung, ob er den Begriff überhaupt erfunden hat.*

Leonor seufzte. Wenn es ihr nicht peinlich gewesen wäre vor den Hausbewohnern, hätte sie sich gerne wieder Hannelore oder sogar Lore genannt, weil ihr Leonor plötzlich so affektiert erschien. Mit zunehmendem Alter wurden die Garnierungen, die man irgendwann einmal in seiner Jugend um das eigene Ego geschlungen und an deren Wahrheit man wenigstens eine Zeitlang mit Inbrunst geglaubt hatte, immer beschwerlicher. Was würde es Herrn Friedrich, diesen unaufhaltsam seine Bude vollstopfenden alten Messie kümmern, wenn er sie künftig Lore rief? Er würde kurz lächeln, gewiss nicht nachfragen und ihr dann den Gefallen tun. Garantiert würde er sich auch nicht daran stören, dass seine Opern-Freundin niemals einen Universitätsabschluss gemacht, geschweige denn Musikwissenschaft studiert hatte oder gar Noten lesen konnte. Gesetzt den Fall, sie würde es ihm bekennen. Gesetzt den Fall, sie fände den Mut dazu. Ihr Leben würde sich nicht im Geringsten ändern, nichts geriete aus dem Lot. Sie könnte weiterhin in der Villa Klestiel leben, lesen, lange Briefe schreiben, aus dem Fenster schauen, irritiert höchstens – nach fast vierzigjähriger Abstinenz – durch die stärker werdende Sehnsucht nach einer Zigarette, deren Duft ihr die Penner und Lungenkranken vor dem Haus mit schöner Regelmäßigkeit in die Nase steigen ließen.

Herr Schwartz lief in Frauenkleidern durch die Küche. Und *sie* durfte nicht rauchen. *Das* war ein Skandal. In der beginnenden Dunkelheit sah sie draußen, im mit Graffiti besprühten Glasgehäuse der Bushaltestelle, zwei rote Pünktchen glimmen. Im trüben Licht der Straßenlaterne konnte sie auch erkennen, wer die Raucher waren, die dort, seltsam verrenkt, ja ineinander verflochten, vorm Nieselwetter Schutz gesucht hatten: der Junge mit den Rastalocken und seine langbeinige dürre Freundin, die Leonor – vielleicht wegen ihres rabiaten Haarschnitts – an die arme Frau Lichtblau erinnerte. Abwechselnd steckten sich die beiden Zigaretten in ihre Münder, es qualmte rings um sie her, der Rauch, den sie ausstießen, ließ sich von der Atemluft, die sie ohnehin produzierten, nicht unterscheiden. Im Sommer, bei ihren Spaziergängen auf der Sonnenseite des Schlachtensees, war Leonor dem Pärchen öfter begegnet, es gehörte zu den Jugendlichen, die sich einen Spaß daraus machten, Leute anzubetteln und – einmal mit und einmal ohne Beute – wild auflachend davonzulaufen, sobald jemand sein Portemonnaie zückte. Was aber taten diese Kinder hier, wenn doch definitiv kein Bus mehr kam nach zwanzig Uhr? Und wie lange würden sie es aushalten in der Kälte?

Leonor ertappte sich dabei, dass sie zu winken begann: erst mit der linken Hand, während sie mit der rechten ihr Handgelenk festhielt, dann mit einem Arm, dann mit beiden, sogar ihren Oberkörper bewegte sie hin und her, so weit sie es vermochte. Auch das Fenster öffnete sie nach einer Weile, überwältigt von der feuchtkalten Luft, die ins Zimmer drang. Aber es dauerte, bis das Liebespaar zu ihren Füßen reagierte und sich aus dem Halbschatten löste, in den es sich zurückgezogen hatte. *Was willst du, Alte?*, hörte sie den Jungen schließlich mit überkippender Stimme rufen. *Hast du Probleme, du blöde Tusse?*

Das Mädchen stakste unwillig hinter ihm her, als er die Straße überquerte. Beinahe wäre es über den immer noch nicht abgeholten Weihnachtsbaum gestolpert, der im Rinnstein vor der Villa Klestiel lag.

Der Kühlschrank für die Allgemeinheit

Xaver Brandis liebte die Morgenstunden in der großen hellen Küche. Obwohl man ihm nachträglich eine Art Kochstelle mit Hängeschrank und Kühlschrank in sein Apartment unterm Dach einbaute, auf die er allerdings gerne verzichtet hätte, weil sie seine dunkle Behausung fast in eine Abstellkammer verwandelte, war es ihm bald nach seinem Einzug zur Gewohnheit geworden, an der Stirnseite des langen Eichentisches sein Frühstück einzunehmen: so lange und ausführlich, wie er es sich während seiner Berufstätigkeit nie hatte leisten können.

Noch wurden ihm Rührei und Schinken, diverse Sorten Marmelade, zwei in der Mikrowelle aufgebackene Brötchen und ein großes Glas Orangensaft nicht zu viel, noch liebte er es, in aller Ruhe ein Schale Himbeerquark zu löffeln und dabei in den Garten hinauszusehen, der allmählich wieder – nach langem, schneereichem Winter – seine Dschungelqualitäten zu entfalten begann, jenen unglaublichen Wildwuchs, der letztes Jahr ausschlaggebend gewesen war für seine Entscheidung, nach Zehlendorf zu ziehen. Zwar musste er einige nicht ganz aggressionsfreie Wortwechsel hinter sich bringen, bis seine Mitbewohner ihm gestatteten, seine Lebensmittel hier unten, im Kühlschrank für die Allgemeinheit, aufzubewahren: wozu hatte man ihm schließlich die Küchenzeile installieren lassen und den Baulärm in Kauf genommen. Sein Ultimatum jedoch, dass er Tageslicht brauche, wenn er morgens aufstehe, und er ja auch wieder ausziehen könne – noch sei die Kaufsumme nicht gänzlich überwiesen, noch befinde er sich ja sogar in einer Art Probezeit –, hatte Frederika auf den Plan gerufen. Und ihr war es dann auch gelungen – in therapeutischen Einzelgesprächen, wie sie es später belustigt nannte –, die Hausgemeinschaft zu überzeugen, dass es nichts Schlimmes sei, wenn Herr Brandis seine Eier, seine Milch und seine Marmeladengläser im ohnehin meist leeren Kühlschrank verstaue. Schon damals, tat sie kund, als man das silberne Ungetüm gekauft hatte, habe sie über dessen Übergröße den Kopf schütteln müssen. Wozu *Um Himmels willen* brauche man ein solches Ungetüm? Doch wohl hoffentlich nicht wegen der integrierten Eiswürfelmaschine.

Zwei Kompromisse wurden Brandis dann doch abverlangt. Er musste seine Käsevorräte im stillgelegten Speiseaufzug verstauen, jene Rohmilch-Käsesorten aller Arten und aller Länder, die er sich seit einiger Zeit in über ganz Berlin verstreuten, zuvor im Internet recherchierten Spezialgeschäften kaufte, und trug die sorgsam in Plastikfolie verpackten Schätze – Yak-Käse aus Tibet, Blue Stilton aus Australien, Urnäscher Mutschli aus der Schweiz, aber auch Beaufort aus Frankreich, Friesekaas aus Holland oder Munster Käse aus dem Elsass – auf einem Tablett in sein Apartment, anstatt sie in der Küche auszuwickeln. Um sich dann gelegentlich, bei seinen einsamen Abendessen unterm Dach, darüber zu wundern, wie sehr sich doch mit zunehmendem Alter seine Toleranz gegenüber streng riechenden Käsesorten vergrößert hatte.

Verallgemeinern ließ sich seine Gelassenheit gegenüber Düften des Verfalls aber offensichtlich genauso wenig wie die Lust am Geruch von Scharfgebratenem, denn man legte ihm auch nahe, auf seinen geliebten Speck zu verzichten, dessen aufbauende Wirkung er bei seinen anstrengenden Inspektionsreisen auf den Bohrinseln der Nordsee so schätzen gelernt hatte. Nur die Tür zuzumachen, erklärte ihm Frederika, während er gerade nach alter Sitte in einem verkohlten Pfännchen seinen englischen *bacon* anbriet, genüge nicht. Einige der Bewohner seien schließlich Vegetarier. Und vor allem Frau Lichtblau in ihrem kranken Zustand könne dieses aufdringliche Fett- und Fleisch-Aroma nicht zugemutet werden. Sie sei es auch gewesen – vehement unterstützt von Frau Zierer –, die sich über Brandis' Frühstücksgewohnheiten beschwert habe.

So aß er Schinken statt Speck und schnitt auch keine Zwiebeln mehr in sein Rührei. Aber er bestand weiterhin darauf, mindestens eine Stunde, wenn nicht länger, in der Küche zu verweilen, zu träumen und zu kauen und durch das riesige kassettierte Fenster nach draußen in die allmählich aufblühende Wildnis zu schauen, ja sich gegebenenfalls eine zweite Kanne Kaffee aufzubrühen, wenn er keine konkreten Pläne hatte. Die vier Tageszeitungen, die Frederika am anderen Ende des Tisches schon ausgebreitet hatte, bevor er nach unten gekommen war, ließ er links liegen. Politik interessierte ihn nicht, höchstens den *Technik und Motor*-Teil klaubte er sich bisweilen aus den Blättern heraus und nahm ihn unter seiner Jacke mit nach oben.

Dass die *Intellektuellen* – wie er sie nannte – sich fast jeden Morgen wegen der Zeitungen in die Haare bekamen, ja regelrechte Kämpfe ausbrachen, wenn das Lehrerehepaar Sanderling aus dem ersten Stock sich gleich zwei davon greifen wollte, amüsierte Brandis. Unglaublich, dass man wegen einiger Seiten bedruckten Papiers, die morgen schon der Schnee von gestern waren, so böse werden konnte. Das Vokabular der Verwünschungen, die Frau Zierer ausstieß, wenn sie feststellte, dass irgendwer ihr Lieblingsfeuilleton entwendet hatte, konnte man nur als pubertär bezeichnen. Und selbst Frau Lichtblaus Sätze angesichts der Tatsache, dass ihr ein ganz bestimmtes Blatt weggeschnappt worden war, kamen Brandis nicht ganz stubenrein vor. Die verbale Kraftmeierei dieser zierlichen, ihm fast nicht mehr von dieser Welt erscheinenden Person versetzte ihn immer wieder in Erstaunen.

Aber auch hier griff Frederika ein. Als der Streit zu eskalieren drohte, kam sie wie absichtslos aus ihrem Büro herübergeschlendert – erst gestern, als er ihr seine Heizkostenabrechnung überreichte, hatte Brandis festgestellt, dass es nicht mehr als ein Kabuff war – und gab zu bedenken, dass die meisten Hausbewohner doch den ganzen Tag über Zeitung lesen könnten, oder nicht? Wozu also die Aufregung? Sie selbst wolle bei der nächsten Hausversammlung sogar vorschlagen, die Abonnements überhaupt zu reduzieren. Vier seien eindeutig zu viel, zwei würden völlig genügen, zwei, die ungefähr das politische Spektrum der Menschen abdeckten, die in der Villa Klestiel wohnten. Auch auf eine bestimmte Wochenzeitung könne man sich eventuell einigen. *Liberal sind wir doch alle hier, nicht wahr!* Außerdem gebe es das Internet. Und die meisten seien fähig, es zu nutzen. So sprach und argumentierte sie. Wenn es um Geld ging, war sie unglaublich eloquent, niemand wagte, ihr zu widersprechen.

Und Brandis blieb sitzen, rührte zu viel Zucker in seinen Kaffee und hörte nicht auf, sich zu wundern. Auf was für eine fremde Welt hatte er sich da eingelassen. Vielleicht war es wirklich zu voreilig gewesen, mehr als ein Drittel seiner Abfindung in diese enge Wohnung, in dieses in die Jahre gekommene Haus zu stecken. Beim Sommerfest, als von Frau Glöckel zufällig angeheuerter Fotograf für das Seniorenmagazin *Wetterfest*, wollte er noch euphorisch über dessen inneren und äußeren Verfall hinwegsehen. So gut gefiel ihm, dem von entfernten Freunden mitgeschleppten Gast, das Fest. So eindrucksvoll fand Brandis das Wohn-Konzept der Villa Klestiel und ihrer Bewohner, dass er auch später, am Computer, nicht in Versuchung geraten war, seine wilden Schnappschüsse zu korrigieren. Allesamt unverfälscht kamen sie als Fotostrecke in Frau Glöckels Magazin, selbst die Szenen, die sich hinter dem Haus, vor der ramponierten Wetterseite der Villa, abspielten. Und sie waren seither nicht selten betrachtet worden, wie Brandis an den zerfledderten Belegexemplaren in Frederikas Büro feststellen konnte. Dass einige schon leicht derangierte Herrschaften abgelichtet worden waren, als sie gerade einen Joint kreisen ließen, wurde zwar allseits missbilligt. Keiner aber wusste den Namen des nur mit einem Kürzel versehenen Fotografen, es waren an diesem Abend einfach zu viele Kameras in die Luft gereckt worden. Was vielleicht auch der Grund dafür gewesen war, dass die undankbare Frau Glöckel sich nicht bemüßigt fühlte, *BIS* ein Honorar anzuweisen. Es hätte schließlich jeder sein können. Brandis, der ihr damals aus der Verlegenheit geholfen hatte, weil der von ihr georderte Fotograf nicht erschienen war, wäre nie auf die Idee gekommen, es einzuklagen.

Meist blieb er ungestört, während er frühstückte. Claudius Nist jedenfalls, der sich einmal zu ihm an den Tisch gesetzt und so lange mit dem *Tagesspiegel* geraschelt hatte, bis Brandis ihm eine Tasse Kaffee anbot, traute sich dies nie wieder. Und seine Hausgenossen sagten ihm ohnehin nicht *Guten Morgen*, wenn sie die Küche betraten und sich ihre Zeitung griffen. Vielleicht hofften sie ja, er würde auf diese Weise nicht zur Kenntnis nehmen, dass sie im Bademantel erschienen und löchrige Pantoffel trugen. Frederika aber sagte immerhin *Grüß Gott*, wenn sie den Raum betrat, *Grüß Gott* mit rollendem R. Menschen aus Bayern, selbst wenn sie schon so lange in Berlin lebten wie er, dürfe man so ansprechen, sagte sie fröhlich, in Franken sei das in ihrer Jugend gleichfalls üblich gewesen. Dort sei ihr sogar reflexhaft ein *Gelobt sei Jesus Christus* entschlüpft, sobald sie Priestern und Nonnen begegnete, was Brandis bestätigen konnte, der als Externer Schüler eines katholischen Internats gewesen war, bevor seine Mutter mit ihm aus der brachialen Ganghofer-Idylle eines Gebirgsdorfes namens Ammenschwend nach München zog.

Geradezu grotesk kämen ihm heute solche Begrüßungsformeln vor, erwiderte Brandis, hier, im gottlosen Osten. Aber auch damals in Westberlin, unter den revolutionären Studenten, sei das Bekenntnis einer wie auch immer gearteten Konfession nicht ratsam gewesen: höchstens Buddhist durfte man sein. Mit der Flucht vor der Bundeswehr und seiner Ankunft in einer chaotischen Wohngemeinschaft, deren Adresse ihm ein Wehrdienstverweigerer direkt vor dem Kreiswehrersatzamt zugesteckt hatte, habe er deshalb – quasi vorsorglich – alle katholischen Eierschalen abgestreift. Tatsächlich sei er nie wieder in einem Gottesdienst gewesen seither, nicht einmal zu Weihnachten in der Christmette, obwohl er noch kurz vor dem Abitur der Überzeugung war, eine Todsünde zu begehen, wenn er die Sonntagsmesse versäumte.

Von der Leere, auf die er stieß, seit er mehr Zeit hatte, in sich hineinzuhorchen, von dem leeren Raum in seinem Brustkorb, der sich anfühlte wie ein totes, ungeheiztes Zimmer in einem ansonsten lebendigen Haus, wagte er nicht zu sprechen. Und raffte sich stattdessen auf, Frederika – auf deren Gesicht er eine leichte Irritation entdeckte, weil er anscheinend wieder einmal zwischen seinen Sätzen zu lange geschwiegen hatte – zu versichern, dass ihm der gigantische Christbaum in der Eingangshalle sehr gut gefallen habe.

Und das Singen fand ich auch wunderbar. Obwohl ich unmusikalisch bin. Leider. Sonst hätte ich ein paar bayerische Weihnachtslieder beigesteuert. Solche, die man hier in Preußen nicht versteht.

Dass er bei Frederika auf seine übliche Zurückhaltung manchmal verzichtete, war wirklich nicht schwer zu begreifen, dachte Brandis, am Küchentisch verharrend, während irgendwo über ihm ein Tintenstrahldrucker anfing zu rattern und die Dielen knarrten, weil nunmehr alle Bewohner mit ihrem Tag begonnen hatten. Es lag an ihm, dass die liebenswürdige und zudem so ansehnliche Sekretärin annähernd fünf Monate nach seinem Einzug noch immer seine bevorzugte Gesprächspartnerin war. Es war seine Schuld, dass die Kommunikation mit den Hausgenossen scheiterte. Dass sich zwischen ihm, der sich als Schweiger begriff, und ihnen, die sich nur für Bücher, Politik, Musik und Zeitungen interessierten und auf ihre alten Tage nichts Wichtigeres im Kopf hatten als die nächste Konzertsaison oder allenfalls das Programm der Arthouse-Kinos, kein echter Dialog entfalten konnte. Er war Diplomingenieur, ein Macher und Tüftler, einer, der sich in den letzten dreißig Jahren um die Sicherheitsbestimmungen von Bohrinseln gekümmert, nie im Leben jedoch einen Roman gelesen hatte, geschweige denn ein Sachbuch über kulturhistorische Zusammenhänge, deren Relevanz für den Fortbestand der Menschheit in gewissen Kreisen unbedingt diskutiert werden musste. Seine Mutter las Lore-Heftchen, wenn sie sich entspannen wollte. Und er konnte weder damals noch heute etwas Verwerfliches daran finden.

In der Villa Klestiel jedoch kam es vor, dass man Brandis mit bioethischen Problemen konfrontierte: nachdem Viktor Lichtblau in der S-Bahn zusammengebrochen und nicht mehr zurückgekommen war, brach unter seinen Mitbewohnern prompt eine Debatte über die *Apparatemedizin* und die unweigerlich damit zusammenhängende *Patientenverfügung* aus, in die man auch ihn einbezog. Die Anmerkung, dass er den so wunderbar distinguierten Herrn Lichtblau nur einmal beim Sommerfest und dann ausgerechnet an jenem Unglückstag gesehen hatte, als er aufbrach, um seine Enkelin abzuholen, wollte man nicht hören, seinen hilflosen Satz, Herr Lichtblau habe zu diesem Zeitpunkt keineswegs krank ausgesehen, nahm man nicht zur Kenntnis, weil es ja um Grundsätzliches ging. Und nicht viel weniger prinzipiell zeigten sich andere Hausgenossen, wenn sie von ihm wissen wollten, welche Einspielung des *Wohltemperierten Klaviers* er bevorzuge: die von Glenn Gould oder die von Svjatoslav Richter. Es gab wahrhaftig Leute, die in Streit gerieten, welcher von beiden zu viel Pedal benutzte, und ihn, Xaver Brandis, als Schlichter anriefen, er konnte es nicht fassen. Und nicht viel angenehmer empfand er auch, dass man von ihm so apodiktisch erwartete, sich an jenen Diskussionen zu beteiligen, bei denen es um die Frage ging, wo und wie man sich in Berlin beerdigen lassen solle. Jeder für sich im Stahnsdorfer Ruhewald? Oder auf dem idyllischen, so schön von Bahngleisen umrahmten Friedhof Grunewald, wo man sich in einer aufgelassenen Familiengruft, die man natürlich richten lassen müsse, sozusagen für immer zusammentun könne? Ach, er solle doch bloß nicht so tun, als hätte er noch nie darüber nachgedacht.

Wenn alles nichts half, wies Brandis höflich mit dem Zeigefinger auf seinen vollen Mund oder antwortete so langsam und umständlich, während er zu Ende kaute oder wenigstens so tat, dass kaum einer die Geduld aufbrachte, zu warten, bis er seinen Gedankengang abschloss. Entweder man fiel ihm ins Wort, oder man wendete sich ab. Und untereinander äußerte man sein Bedauern darüber, dass man dem neuen Bewohner – als er sich vor einem halben Jahr der Hausversammlung vorstellte – nicht stärker auf den Zahn gefühlt hatte.

Wieso haben wir nicht gemerkt, wie indolent er ist? Wie konnten wir uns so etwas antun?, so fragten sie sich mit einem Glas Rotkäppchensekt in der Hand, weil wieder einmal jemand Geburtstag hatte. Als sie merkten, dass Brandis unter der Küchentüre stand, schwiegen sie. Selbstbewusst und gar nicht betreten.

Dabei war es nicht so, dass seine Hausgenossen ihn schnitten nach der Entdeckung seiner Unbedarftheit. Sie zeigten auch keine Neigung, ihn zum nächsten Mobbing-Opfer der Villa Klestiel zu erklären, im Großen und Ganzen wenigstens, obgleich sie sich eine Zeitlang über seinen bayrischen Akzent und seinen merkwürdigen Vornamen lustig machten. Noch aber hatte man Frau Wamsganz nicht aus dieser Rolle entlassen, Frau Wamsganz, bei deren unwürdigem Schuhschachtel-Auftritt am Küchentisch – als sie wild schnaufend und auf die untreue Frederika schimpfend in ihren Quittungen gewühlt hatte – Brandis Zeuge gewesen war, Frau Wamsganz, die in seinen Augen tatsächlich einer gestopften Gans glich. Besonders Leonor Zierer tat sich als Lästermaul hervor und hörte nicht auf, laut darüber zu grübeln, wie es gekommen sei, dass die mit irdischen Gütern so reich gesegnete *Dame* derart schnell die Nachfolge von Herrn Reuter habe antreten können. Wobei ihr täppischer Neffe Erik und sein Hang zu Pferderennen zusätzlichen Gesprächsstoff lieferten. Kaum dass er und seine Tante den Raum verlassen hatten, begann man nicht nur seinen Billig-Kuchen zu verspeisen, sondern auch über ihn selbst herzuziehen, sogar Brandis aß mit schlechtem Gewissen ein Stück

Bienenstich mit, wenn man ihn drängte. Und nachdem Frau Zierer gegangen war, fingen Claudius Nist und Maximilian Klinger ihrerseits an, die Kritikerin durch den Kakao zu ziehen. Es dauerte nie lange, bis der erste böse Satz fiel, da hatte sie vermutlich von außen noch die Klinke in der Hand. Womöglich blieb sie auch stehen und lauschte, eines ihrer großen fleischigen Ohren an die Türe gepresst.

Einträchtig äußerten Klinger und Nist dann ihr Mitgefühl darüber, dass Brandis auf seinen gebratenen Speck habe verzichten müssen, ihnen habe dessen Zubereitung nie etwas ausgemacht, im Gegenteil, man könne ja einmal zu dritt frühstücken, mit heißer Blutwurst, sauren Nieren und anderen schlimmen Sachen, wovor sich Vegetarier ekelten, wie *wäre das*, gegen emanzipierte Frauen müsse man zusammenhalten. Abgesehen davon: Leonor Zierer sorge gleichfalls für fiese Gerüche. Sie habe nämlich angefangen zu rauchen oder – wer weiß – wieder mit einem alten Laster begonnen. Überall könne man es riechen. Außerdem erhalte sie Besuch von einem jungen Pärchen, das augenscheinlich zu den Obdachlosen von gegenüber gehöre und ebenfalls nicht nach Veilchen rieche.

Er kenne die beiden schon lange vom Sehen, sagte Klinger, der eine seltsam gepresste, perfekt zu seinem durchtrainierten Körper passende Stimme hatte und so unschuldige blaue Kinderaugen, dass hinter seinem Rücken schon der Verdacht geäußert wurde, er trage gefärbte Kontaktlinsen. Nun aber seien sie ihm schon öfter auf der Treppe begegnet, wenn er frühmorgens vom Joggen zurückkehre.

Rastalocken hier und blond gefärbtes Zottelhaar da, sag ich nur. Das Mädchen ein Knochengestell, der Junge starrt vor Schmutz. Eigentlich ist das Haus noch nicht geöffnet um diese Zeit. Ich frage mich also:

Wie und wann sind die zwei hereingekommen? Haben sie bei Frau Zierer übernachtet?

Fahrlässig, ja, fahrlässig verhalte sich Leonor, sprachen die Hausgenossen und wiegten ihre Köpfe, sie bringe ihre Mitmenschen in Gefahr, das alte Haus sei doch morsch und brenne bestimmt wie Zunder. Vielleicht rauche sie sogar im Bett, die Gute, und schlafe dabei ein wie einst Ingeborg Bachmann oder Clarice Lispector … Frauen, von denen Brandis nie etwas gehört hatte. Dass er fortan beschloss, unauffällig die Richtung zu wechseln, wenn er die beiden männlichen Klatschbasen von ferne sah, nutzte ihm nichts, denn auch einzeln erwiesen sich Klinger und Nist als eitle, nicht unbedingt geistvolle Spötter, die Absurditäten liebten und sich keine Gelegenheit entgehen ließen, ihre Zungen an Brandis mangelnder Bildung zu wetzen: ihn etwa zu fragen, was ihm der Kategorische Imperativ bedeute, oder ob er mit Thomas Brandis, jenem legendären ersten Geiger der Berliner Philharmoniker, verwandt sei, der in den späten Siebzigern auch ein Quartett gegründet habe.

Wenn, dann doch *sehr, sehr entfernt*, hatte Brandis darauf geantwortet. Und sich irgendwann sogar schuldig bekannt, dass er nie im Leben in der Philharmonie gewesen sei, überhaupt Symphonie-Orchester und glamouröse Dirigenten nicht ausstehen könne und sich freiwillig nie eine Oper angetan habe.

Operetten höchstens, früher, mit meiner Mutter, am Fernseher, wobei ich vor allem die offenherzigen Sopranistinnen schätzte.

Aber das sagte er nicht.

Er wusste schon, was die beiden – und nicht nur sie – dachten, und welches Klischee ihn in der Villa Klestiel eingeholt hatte: dass er, der Riese Brandis mit der breiten Brust, ein gutmütiger Bär sei, einer, der sich gerne einen Nasenring verpassen ließ, einer mit Hausmeisterqualitäten, der problemlos eine Abflussverstopfung beheben und garantiert dabei helfen konnte, Frau Lichtblaus gigantischen Gründerzeit-Schreibtisch die Treppe herunterzutransportieren – wenn sie sich denn endlich entschloss, ihre Wohnung aufzugeben, und in ihre Krankheit schickte. Bären aber waren nicht harmlos, sondern Menschenfresser, das wusste Brandis, seit er seinen Chef nach Kanada auf die Jagd begleitet und dort erlebt hatte, wie rabiat einer der Wildhüter von seinen Armen und Beinen getrennt worden war. Und selbst er, dem seine Mutter einst einen Plüschbären geschenkt hatte, den sie frei nach dem legendären Steiff-Teddy gestaltete, obgleich der Arme ohne die richtigen Knöpfe für die Augen auskommen musste, was sie sehr unzufrieden machte, täuschte seine Harmlosigkeit ja nur vor, weil er sich von den Opern-Cracks und Zeitungs-Junkies der Villa Klestiel nicht drangsalieren lassen wollte.

Dass es sich mit der Einsamkeit, die man ja gleichfalls mit Bären assoziierte, anders verhielt, hätte Brandis übrigens ohne Weiteres zugegeben. Denn um dieser – wenigstens teilweise – zu entfliehen, war er schließlich in die Villa Klestiel gezogen, nachdem er sich letztes Jahr auf dem Gartenfest so spontan, ja geradezu hirnlos in die lockere Lebensart verguckt hatte, die man dort pflegte. Herzeleide Glöckel schien zwar gleichfalls angetan vom Konzept des würdigen Miteinander-Altwerdens und hatte Frederika nach allen Regeln der Kunst, ja geradezu aufdringlich ausgefragt. Dann aber beschränkte sie sich nur auf eine euphorische Reportage, was alle enttäuschte, die mit ihr ins Gespräch gekommen waren.

Die *Wetterfest*-Belegexemplare versandte sie mit der Post und ließ sich ansonsten nicht mehr blicken, obwohl sie doch damals – in beschickertem Zustand und noch schwindlig vom Tanzen – sogar versprochen hatte, künftig für das Haus zu werben und geeignetere Kandidaten als die unglückliche Frau Wamsganz vorbeizubringen.

In einer Gesprächsrunde am Rande der Tanzfläche verglich sie damals deren – wie sie es ausdrückte – geringe Komplexität mit der Beschränktheit einer gewissen Frau Stöhr, einer Dame, die Brandis nicht kannte, und warnte – dabei heftig und ziellos flirtend, praktisch jeder konnte sich angesprochen fühlen, auch die Frauen – vor von guten und schlechten Russentischen ausgehenden Vibrationen, die das Zusammenleben in der Villa stören könnten, was Brandis' Verwirrung komplett machte. Warum sie in jener Sommernacht ausgerechnet Herrn Friedrich, dem ältesten Bewohner des Hauses, ihre Gunst geschenkt und ihm mit ihrem atemberaubenden Ausschnitt so gnadenlos den Kopf verdreht hatte, würde sich ihm wohl niemals erschließen.

Herrn Friedrich konnte es jedenfalls nur recht sein, dass Frau Glöckel nicht mehr auftauchte, mutmaßte Brandis, der den Samba-Tänzer in zwiespältiger Erinnerung hatte. Zwar nahm er, nachdem sein Schulterbruch verheilt war, sein unauffälliges Leben wieder auf. In der Zeit seiner Schwäche aber – so kolportierte man hinter vorgehaltener Hand – hatte Frederika ihn zum Kauf eines Notebooks überreden können. Was dazu führte, dass er das Haus – als nunmehr an der *online*-Börse notierter Mensch und eifriger Mitbieter bei *ebay*-Auktionen – nur noch selten verließ. Von diesen berichtete er dann manchmal in seiner bedächtigen Sprechweise, wenn er – auf neue Preise für Briefmarken und Münzen wartend – sich für ein paar Minuten an den Küchentisch setzte. Brandis mochte Herrn Friedrich. Obgleich auch seiner Wohnung kein Wohlgeruch entwich, wenn er die Türe offen stehen ließ.

Ja, er war ein einsamer Bär! So hätte Brandis sich selbst gleichfalls verstanden in diesem vergangenen Winter, als er stundenlang durch Brandenburgs weiße Weiten trottete, weil er der abrupten Entschleunigung nach seiner Entlassung das Erlebnis der Stille hinzufügen wollte. Dass wenigstens Frederika ihn nicht als Knuddeltier zu betrachten schien, änderte daran nichts. Der seltsamen Sehnsucht nachgebend, sie wissen zu lassen, wo und wann er sich der Kälte stellte, flocht er bisweilen seine Schnee-Exkursionen in die läppischen Wettergespräche ein, die mehr oder minder alle in der Villa Klestiel zelebrierten, wenn sie sich über den Weg liefen. Wobei er natürlich kein Wort über den *einen* Ausflug verlor, jenen Gewaltmarsch in der Nähe des Klosters Chorin, als er – hilflos in einem Entwässerungsgraben steckend – unter einem klaren Winterhimmel fast erfroren war. Damals hatte er Sternennamen zitiert in seiner Not, es war, als ob er zu den Plejaden, zu Kassiopeia, zu Widder und Krebs betete, deren Formationen er seit einer Sternensucht in frühen Jahren im Gedächtnis trug. Noch aber wirkte Frederikas so gleichmäßig jedem zuteilwerdende Freundlichkeit auf ihn wie eine Barriere, die er nicht einmal gedanklich überwinden durfte. Noch wollte er auch seinen Gefühlen für sie nicht trauen, schon weil er den schwer verliebten, glotzäugigen Claudius Nist so grässlich fand.

Einmal jedoch befand sie sich – wie stets im grünen Kleid, den obligatorischen Leitz-Ordner unterm Arm – gerade in der Diele, als er von einem seiner Gänge zurückkehrte. Schneebestäubt, wie er war, mit Eisklumpen auf Mütze, Schnurrbart und Augenbrauen, zögerte sie nicht, die Akten abzulegen und ihn so heftig wie herzlich abzuklopfen. Wo um Himmels willen er gewesen sei, fragte sie, ihn mit Vor- und Zunamen zugleich ansprechend, was sie bei einigen Bewohnern der Villa Klestiel tat, beileibe aber nicht bei allen. Sie blieb auch noch besorgt, als sie erfuhr, dass es nur ein Spaziergang um den Schlachtensee gewesen war. Und hätte ihm wohl gerne die mit Fell gefütterten Stiefel ausgezogen, diese Ungetüme mit den dicken, eingekerbten Sohlen, die er sich eigens für den Berliner Winter angeschafft hatte. Auf jeden Fall rubbelte sie ihm die Hände, tat ihre Verwunderung darüber kund, warum ein erwachsener Mann es nicht fertigbrachte, sich ordentliche Handschuhe zu kaufen. Und während sie ihn nötigte, den Reißverschluss seines Anoraks zu öffnen und – nachdem es ihm nicht gelang – selbst Hand anlegte, ja mit dem Zeigefinger die Nässe aus seiner rechten Augenbraue wischte nebenbei, brach sozusagen das Eis zwischen ihnen. *Vielleicht ja auch nur zwischen mir und ihr*, dachte er, weil er sich nichts einbilden wollte und die mögliche Einseitigkeit von Gefühlen nicht anders auszudrücken vermochte. Vermutlich hätte sie jeden Bewohner so versorgt, wenn er verfroren und mit erstarrten Gesichtszügen im Treppenhaus der Villa Klestiel aufgetaucht wäre.

Seither hatte sich das Klima zwischen ihnen geändert. Sie blieben nun öfter beieinander stehen, wenn sie sich trafen. Brandis empfand es als wohltuend, dass sie niemals den Versuch machte, ihn zu examinieren, obwohl sie es gleichfalls mit den *Intellektuellen* hielt, wie er feststellte, gut mithielt jedenfalls, wenn sich die Konversation um Musik, Bücher oder Theaterpremieren drehte. Sie besaß ein feines Gespür dafür, was sie mit wem besprach, und auch ihr Geschick, bei einer zufälligen Begegnung in der Küche ein stimmungsaufhellendes, nicht zur Länge verpflichtendes Gespräch in Gang zu setzen, fand er bemerkenswert. So konnte er, während er frühstückte, zum Beispiel erleben, wie sie sich mit Frau Wamsganz über die Gefährlichkeit von Schnellkochtöpfen austauschte, ohne dass das geringste Anzeichen von Herablassung auf ihrem Gesicht erschien. Im Gegenteil, sie fügte Frau Wamsganz' Erfahrungen eigene hinzu und fasste sich nicht etwa in die Haare oder zwirbelte sich gelangweilt einen Zopf im Nacken, wie sie es häufig tat, wenn sie sich unbeobachtet fühlte. Mit der exzentrischen Frau Zierer wechselte Frederika ein paar Halbsätze über deren letzten Auftritt im Offenen Kanal, die wirklich so klangen, als hätte sie die Sendung gesehen. Und als Maximilian Klinger ihr mit großer Intensität die Vorteile eines zweiten Komposthaufens erläuterte, gab sie sich nicht weniger interessiert. Das Quäntchen Erleichterung, das Brandis zu sehen glaubte, als dieser mit seinem Vortrag zu Ende kam, bildete er sich wahrscheinlich nur ein. Denn auch mit ihm sprach sie ja über alles: über den neuen Bioladen in der Nähe der S-Bahn-Station genauso wie über die Architektur der Zisterzienser in Brandenburg, von der er ihr vorschwärmte. Nur nicht zu lange durfte die Unterredung dauern, denn Frederika hatte immer viel zu tun innerhalb der abgemessenen Stunden, die sie im Haus verbrachte. Und sie war auch selten geneigt, die Zeit zu überziehen, zumal, wenn ihr Sohn – ein echtes Früchtchen, wie alle fanden – im Vorgarten schon begonnen hatte, Kieselsteine an ihr Bürofenster zu werfen.

Im Grunde redete Brandis jetzt sogar ziemlich viel mit der Teilzeit-Sekretärin der Villa Klestiel, mehr als mit jedem anderen seiner Hausgenossen, unbeschadet der Tatsache, dass ihre Unterhaltungen Stückwerk blieben, das heißt, sich aus vielen nicht zu Ende geführten Dialogfetzen zusammensetzten, weil Frederika gewissermaßen eine öffentliche Person war, die allen zur Verfügung stand und von allen angesprochen werden konnte. Manchmal wusste Brandis nicht mehr genau, was er ihr tatsächlich gesagt hatte oder nur gerne hätte sagen mögen, was wiederum daher rührte, dass er zu Selbstgesprächen neigte, respektive sich selbst ins Gespräch zog, wenn es nicht anders ging, nicht nur im Kopf also, sondern laut und vernehmlich, wenn sich keiner in seiner Nähe aufhielt. Wichtig war, dass er bescheiden blieb und sich nicht aufdrängte wie Claudius Nist, der Frederika mit den Augen verschlang und auch ansonsten versuchte, sie bei jeder Gelegenheit in den Arm zu nehmen. (Jemandem zu viel werden, das war der Horror seiner Kindheit. *Du wirst mir zu viel*, hatte seine Mutter häufig zu ihm gesagt und ihn an den Schultern weg von sich gerückt.)

Beim nächsten Gespräch würde es weitergehen, wusste Brandis, sie fingen nie von vorne an. Erst neulich – als er ihr die Abrechnung in ihr vollgestelltes, ungemütliches Büro gebracht hatte und einmal nicht vor der Türe stehen blieb, sondern einige Minuten lang dieselbe stickige Luft atmete wie sie – hatte der ausgespannte Gesprächsfaden problemlos von der Backsteinkathedrale in Tangermünde zu den vielen grauen Feldsteinkirchen rund um Berlin gereicht, deren Schlüssel zu ergattern für ihn jedes Mal zum Abenteuer geriet. Im Winter zumal, wenn sich keiner auf der Straße blicken ließ, niemand Fahrrad fuhr und auch kein Auto zu sehen war.

Man könnte ohnmachtig werden, so überwältigend ist der Salpetergeruch da drinnen, hatte Brandis zu Frederika gesagt, aber er kam nicht mehr dazu, ihr von der zahnlosen Alten zu erzählen, der er in die Hände gefallen war, weil die engelhaft zerzauste Frau Lichtblau, deren Haare wieder zu sprießen begonnen hatten, sich an ihm vorbeidrängte und die Sekretärin bat, ihr ein Taxi zu rufen. Ach, Sch…, sie habe mal wieder vergessen ihr Mobil-Telefon aufzuladen, *Idiotin*, die sie sei, und müsse jetzt dringend in die Klinik.

Während er in der Kirche fotografierte, führte die alte Frau ihren Hund aus. Danach aber passte sie ihn ab und brachte es fertig, ihn in ihr Häuschen zu lotsen, wo sie ihm eine Tasse Tee anbot, was ihm wegen der Kälte nicht unrecht war. Am Küchentisch auf einer Bank sitzend, vor einem rot glühenden Kanonenofen, der ihm bald angenehm den Rücken röstete, hörte er dann zu, wie sie ihre abgerissenen Lebensfäden zu einem wirren Knäuel rollte, inklusive der ausführlichen Schilderung vom Ableben ihres dementen Ehemanns, dessen Demenz sie aber offensichtlich gar nicht registriert, sondern als unbändigen Freiheitsdrang empfunden hatte. Dass sie dabei die ganze Zeit mit dem großen Schlüsselbund klapperte, an dem noch andere mit enormen Bärten versehene Schlüssel für andere Kirchen in der Umgebung hingen, machte ihn nervös, ihre Vertrauensseligkeit wütend. Später fühlte er sich dagegen oft den Tränen nah, wenn er an sie dachte. *Immer, immer*, so lange sie lebe, könne er zu ihr kommen und sich die Schlüssel holen, hatte sie ihm feierlich erklärt, sich die Hand vor den Mund haltend, damit er ihre Zahnstümpfe nicht sah. Es gebe Kirchen mit bunt bemalten Kanzeln, mit einem Schnitzwerk aus wilden Tieren und merkwürdig verwachsenen Männern und Frauen, die auf ihren Buckeln die heilige Kirche trügen. Dort habe ihr Mann gepredigt, bevor man ihn erwischte und in ein Heim brachte. Abwechselnd, immer schön der Reihe nach. Jeden Tag in einem anderen Gotteshaus habe er das Wort ergehen lassen.

Irgendwo in seinem Computer – wenn er nur endlich dazu käme, seine Dateien zu ordnen – musste noch eine Aufnahme von dieser wunderlichen Alten sein, die es ihm erlaubt hatte, sie zu fotografieren, und dabei den Kopf so kokett schief hielt, als posiere sie für ihn. Mit einem kleinen abschätzigen Lächeln in den schwärzlichen Mundwinkeln war sie bereit gewesen, zu warten, bis sich seine Kamera von der Kälte auf die Raumtemperatur einstellte, sie reichte ihm sogar ein nicht ganz einwandfreies Handtuch zum Trockenreiben des beschlagenen Objektivs, das er aber nur pro forma benutzte. Und auch als er seinen Fotoapparat längst wieder in seinem Rucksack verstaut hatte, war sie noch eine Weile sitzen geblieben, bevor sie ihn zur Tür begleitete. Natürlich würde er nicht wiederkehren, das wusste er schon, als er sich dann verabschiedete und sie seine Hand nicht loslassen wollte.

Aber er hatte viele andere Feldsteinkirchen besucht in den kommenden Wochen, nachdem er sein Auto los war und es zu genießen begann, mit der Regionalbahn über Land zu fahren, in kargen Pensionen und Gästezimmern übernachtend gelegentlich, wenn er es – dem Fahrplan unterworfen – nicht mehr nach Berlin zurückschaffte. In die Altmark vor allem trieb es ihn, an Orte, die Packebusch und Siedengrieben, Jeggeleben und Quadendambeck hießen, Namen, die er nie im Leben vergessen würde, weil die Kirchen dort so einzigartig waren, mit der Schönheit von verwischten, pastellfarbenen Fresken gesegnet, mit wackeligen Emporen auf vom Holzwurm zerfressenen Holzsäulen, mit breiten Rissen in krummen Wänden, die wie Kontinentalplatten auseinanderzudriften schienen. Es regnete oder schneite durchs Dach, während er die Kirchlein besichtigte, ihr Durchmesser war manchmal nicht sehr viel breiter als die Spannweite seiner ausgestreckten Arme. Der Schimmel blühte bläulich und grün, die Arabesken rankten ins Unendliche, manchmal scheinbar aus der Tür hinaus, in die Landschaft ausgreifend. Und auch er wäre gerne – wie der Ehemann der Alten – zum

Predigen auf die baufälligen Kanzeln gestiegen, wenn sich der tapsige Bär in ihm getraut hätte und der Salpetergeruch und der damit einhergehende Brechreiz ihn nicht vertrieben hätte. Nach den schmalen Kanzeln zu schließen, mussten die Pfarrer, die hier vor vierhundert Jahren oder mehr zu ihren Gemeinden sprachen, Hänflinge gewesen sein, so schmal wie ein Hering zwischen den Augen, wie seine Mutter zu sagen pflegte, kaum so voluminös wie Luther, dessen Körperfülle er sich in einer Feldsteinkirche nicht vorstellen mochte.

Natürlich konnte Brandis Frederika nicht zwischen Tür und Angel erzählen, dass er inmitten der immer wieder neu entstehenden Schneelandschaften des letzten Jahres entdeckt hatte, dass er ein Melancholiker war. Dass der Schnee vor und in und um Berlin groteske Anfälle von Schwermut bei ihm auslöste, die Masse von vielgliedrig fragilen Kristallen eine Helligkeit in seinem Kopf produzierte, die man auch Hellsichtigkeit nennen konnte. Vielleicht war es die geheimnisvolle Zusammenballung von zu viel Symmetrie, die sein Bewusstsein erweiterte und ihn zum ersten Mal etwas in sich spüren ließ, was er – unsicher tastend – Tiefe hätte nennen mögen. Dass diese ihn nicht ängstigte, sondern frohlocken ließ, erwies sich als weitere Überraschung. Ja doch, anfänglich freute es ihn, dass er traurig war und lange nicht wusste, warum. Keinen konkreten Grund fand jedenfalls für seine Schwermut außer der frostklirrenden Einsamkeit, die ihn umgab, wenn er auf seinen Wanderungen so ziellos wie tollkühn in weiße, weiche, sanft ansteigende Hügel hineinlief, auf Wege geriet, wo ihm niemand begegnete, er höchstens auf Spuren von Hasen, Rehen oder Füchsen traf, deren Pfotenabdrücke er nicht voneinander unterscheiden konnte. Wie überlebten Tiere im Winter? Indem sie ihre Körpertemperaturen herunterfuhren, das wusste er noch aus der Schulzeit. Sie dachten sozusagen über sich selbst hinaus, etwas, wozu er nie fähig gewesen war in seinem Leben.

Als Kinder, in Bayern, hatten Brandis und seine Freunde sich manchmal Schnee in den Mund gestopft in dem Bewusstsein, Atome zu essen, ein Wort von großer, tödlicher Bedeutung, von dem man damals, kurz nach den Bomben auf Hiroshima, überall las und sprach. In Brandenburg aß Brandis jetzt ebenfalls Schnee. Und weil er sich bald an die durchnässten, schwer an ihm hängenden Interlock-Trainingshosen erinnerte, mit denen er vom Schlittenfahren nach Hause gekommen war, an seine feuchten Strümpfe und die Löcher in den Sohlen seiner Schuhe, feierte er die Entdeckung seiner Melancholie mit dem Kauf von wasserabstoßender, leichter Winterkleidung, welche die Verkäuferin, die ihn nicht dazu bewegen konnte, die Hosen und den Anorak anzuprobieren, Funktionskleidung nannte. Auch zum Erwerb eines anspruchsvolleren Fotoapparats rang sich Brandis durch, nachdem ihn die Bilder der kleinen Digitalkamera, mit der er Unter den Linden das preußische Berlin und die Bauwerke des von ihm geschätzten Schinkel ablichtete, nicht zufriedengestellt hatten. Schinkel musste ein Workaholic gewesen sein, reimte er sich aus den Minimal-Texten des schmalen Bildbands zusammen, den er in einem Andenkenladen in der Nähe des Brandenburger Tors gekauft hatte, einer, der nicht aufhören konnte zu arbeiten und darüber verstarb. Aus Liebe zu Schinkel vertiefte sich Brandis dann auch seufzend in die 350 Seiten lange Gebrauchsanweisung für die Kamera. Mit gelbem Textmarker bewaffnet und sich bewusst, dass er wahrscheinlich ein Legastheniker war, brauchte er Tage dazu, wie früher als Student, als er sich durch den unvermeidlichen sprachlichen Teil der Standardwerke seines Fachs gequält hatte. Wo ihm doch die Formeln völlig genügt hätten.

Das Porträt der Alten war das erste ernstzunehmende Foto mit dem neuen Apparat, er hatte es ohne Blitz gemacht. Die Stimmung in der Kate am Tisch vor dem Ofen schien ihm perfekt wiedergegeben, die eingekerbten Falten auf den Wangen der Frau ließen an Präzision nichts zu wünschen übrig, selbst die Borsten an ihrem Kinn. Und dennoch trat die Dämmerung hervor, in der sie beide in der Stube zusammengewesen waren, dieses so malerisch wirkende, gelblich gefärbte Licht, das aus der Aufnahme im Nachhinein fast ein Gemälde machte. Davor hatte er graue, nach Ernst Thälmann oder Clara Zetkin geheißene Gutshäuser fotografiert, in denen häufig Altersheime untergebracht waren. Wegen ihrer so schön geschwungenen Treppenfluchten, die er aus einem weiteren Bildband kannte, traute er sich manchmal hinein und wurde prompt gefragt, ob er Interesse habe, einzuziehen. Und das Schiffshebewerk Niederfinow, dieses Zeugnis anbetungswürdigster Ingenieurskunst, zog ihn ebenfalls eine Zeitlang in seinen Bann, bis er vor den unendlichen Details der Konstruktion und deren Vielschichtigkeit fotografisch kapitulierte.

Und jetzt? Jetzt wollte er nichts lieber als weiße Flächen fotografieren, jene bis an den Horizont reichenden, bläulich schimmernden, vielfarbigen Ebenen in den Urstromtälern Brandenburgs, die ihn mit seiner Traurigkeit konfrontierten, mit dem Unglück auch, was seiner Mutter widerfahren war, als sie mit ihm auf der Flucht aus Pommern in den Westen wollte und ihn an einer Hand hinter sich hergezerrt hatte. (Auch in Bayern wollte sie nicht aufhören, ihn hinter sich herzuzerren, weswegen er als Kind gern trotzig die Arme verschränkte.)

Es dauerte eine Weile, bevor er alles gleichermaßen sah, sich den Regenwolken und Wolkengebirgen entgegenstemmen konnte, die auf ihn zustürzten, die gezackten, weit übers Land führenden Linien der schneeüberzuckerten Hecken erkannte und die Umrisse der froststarren Wälder. Dass ihn die glutvollen Sonnenuntergänge, die wie Lava die Wolken färbten, am meisten entzückten, verstand sich nicht von selbst. Auch die Nachmittagshimmel bekam er nicht aus dem Sinn, die mit ihrer hinterhältigen, violett gefärbten Schönheit Schneestürme ankündigten. Und den keilförmigen Flug der Wildgänse, die über ihn hinwegschwangen, wollte er ebenfalls im Kasten haben.

Dazu brauchte er keine Handschuhe, obwohl ihm zwischendurch fast die Finger abfroren und es ihm schwerfiel, die Objektive zu wechseln. Nur die Reaktivierung seines Gedächtnisses strebte er an, mehr nicht. Wie die zerstörte Festplatte eines Computers sollte der in seinem Kopf gelegene Teil seines Zentralnervensystems beim Anblick der weißen Weiten mit alten Informationen neu beschrieben werden, so stellte er es sich vor, unpoetisch wie er war. Kam doch die Traurigkeit nicht aus dem Nichts. Er hatte sie bloß nicht gekannt, sie war ihm unbekannt geblieben, sie hatte sich in seiner Seele angelagert, ohne dass sie ihn beschwerte oder bekümmerte. Solange er sich bewegte, solange er sich auf den Bohrinseln herumtrieb, wo ihm die Erinnerungen aus dem Schädel geblasen wurden, und er immer nur kurzfristig nach Berlin zurückkehrte, in sein mit grauem Teppichboden ausgelegtes Apartment in der Ansbacher Straße. Gleich in der Nähe befand sich das *Schipkupas*, dort aß er – noch in den Reisekleidern – Schweinebraten und böhmische Knödel, am Weihnachtsabend sogar. Trank Pilsner und traf Freunde, die zufällig da waren. Es tat ihm nicht weh, dass es das Lokal eines Tages nicht mehr gab und die Freunde verschwanden. Nichts und niemand tat ihm weh, auch die eilends herbeitelefonierten jungen Damen nicht, die ihm die Gleichgültigkeit aus dem Körper trieben und sich gutmütig über die nicht enden wollende Länge seiner Extremitäten beklagten.

Wenn er abends in die Villa Klestiel zurückkehrte, dauerte es lang, bis er die Kälte aus seinen Füßen hinausgestampft hatte und die Starre von ihm wich, trotz der klobigen Stiefel und der Daunenkleidung, in der er sich so lächerlich aufgeplustert vorkam. Manchmal behandelte er die Frostbeulen an seinen Händen mit Rheumasalbe, oder er legte sie in eine Schüssel mit Salzwasser, bis seine Finger wieder beweglich wurden. Sobald er sich aber einigermaßen erholt hatte, nicht selten, nachdem er sich aus dem *Kühlschrank für die Allgemeinheit* eine Flasche Rotkäppchensekt stibitzt hatte, die er am Tag darauf reumütig zurückerstattete, begann er mit seinem Ritual. Warf seinen Computer an, holte – immer noch unbeholfen – den Speicherchip aus der Kamera, überspielte die Fotos auf die Festplatte und wartete aufgeregt auf die Verdoppelung seiner Schnee-Wanderungen. Manchmal hatte er Pech und wurde angesprochen unten im Erdgeschoß, saß jemand im Wintergarten vor dem blubbernden Aquarium, der danach gierte, mit ihm, der ungeeignetsten Person, über die *nouvelle vague* oder andere Wellen zu diskutieren. Einmal hatte ihn auch Egmont Sanderling in die Klauen bekommen, der gerade mit versteinertem Gesicht eine Sitcom über sich ergehen ließ, weil seine Frau sich oben – zum angeblich dritten Mal – eine Dokumentation über die Befreiung von Auschwitz ansah. Er könne die Leichenberge nicht mehr ertragen, sagte er zu Brandis, der die Sektflasche hinter seinem Rücken verbarg. Deutschland sei ja ein wunderbares Land. Aber seine schreckliche Vergangenheit wolle er nicht mehr länger ertragen.

Natürlich ließ sich das, was vor dem Monitor in seiner Dachwohnung geschah, nicht mit der Realität messen. Die winterliche Stille in der Schorfheide war eine andere Stille als die Stille am Rande von Zehlendorf, in einem hellhörigen Haus zumal, wo nicht wenige allmählich schwerhörig werdende Menschen lebten, deren Fernseher zu laut liefen. Auch Stimmen hörte Brandis, die der genau unter ihm wohnenden Eheleute Sanderling etwa, die sich darüber stritten, welche Bücher man auf die bevorstehende Schiffsreise mitnehmen sollte. (Garantiert würden sie sich auf der Rückfahrt darüber zanken, welche Mitbringsel sie kaufen sollten, sie konnten einfach nicht normal miteinander reden.) Oder Frau Zierer auf dem gleichen Stockwerk schob unter lautem Stöhnen ihren Ohrensessel vor den Fernseher.

Fest stand jedoch, dass, sobald die Bilder nacheinander als Diashow auf dem Schirm erschienen, ihn das, was man in der Villa Klestiel als Stille bezeichnen konnte, wie eine wattierte Decke umhüllte. Es waren hunderte von Bildern, genauer gesagt, er konnte nie genug kriegen und würde sich demnächst einen schneller arbeitenden Computer kaufen müssen, damit er nicht so lange auf deren Sichtbarwerdung warten musste. Er war süchtig nach seinen Fotos geworden, erkannte er, im dunklen Zimmer vor der leuchtenden Benutzeroberfläche sitzend, die ihm nach und nach enthüllte, was er tagsüber gesehen hatte. Er wollte nicht mehr auskommen ohne die elektronische Reproduktion seiner Erlebnisse, ohne dieses in Millionen von Pixeln gefasste Surrogat von Kälte in der Wärme, das ihn jedes Mal neu in einen psychedelischen Zustand versetzte.

Erst vor dem Notebook, während unaufhörlich neuer Schnee vom Himmel fiel, den er am nächsten Morgen von den Dachluken fegen müsste, machte er sich klar, welche

Wege er zurückgelegt, welche Dörfer und Straßen er passiert hatte. Von Herzsprung nach Bölkendorf, von Melchow über Spechthausen nach Eberswalde (und mit der Eisenbahn wieder zurück, anstatt weiter nach Stettin zu fahren, was ihn gereizt hätte), von Kirchmöser aus um den Wusterwitzer See. Und von Schwedt über die Oder nach Krajnik Dolny, wo er auf der Brückenstraße – wie auch immer, es ließ sich nicht rekonstruieren – seine russische Pelzmütze verlor, jenes schöne, seine Ohren so wunderbar wärmende Stück, das er im Kupfergraben vor dem Bode-Museum einem jungen Händler abgekauft hatte, der noch viele andere Devotionalien der untergegangenen Sowjetunion feilbot. Da war es allerdings schon Anfang März gewesen. Und die Vogelkundler im Naturpark Unteres Odertal, wo sich Brandis ausnahmsweise einer Exkursion namens *Nächtliche Singschwansinfonie* angeschlossen hatte, behaupteten, es gehe geradewegs auf den Frühling zu, schon weil diese wunderbaren Tiere sonst nicht so schön trompeten könnten.

Kilometerweit war Brandis gelaufen, allein mit sich selbst, ein Bär in grenzenloser Landschaft, der sich manchmal – leichtsinnig von der Straße abweichend – auch verirrte, über Maulwurfshügel und Fuchsbauten stolperte und einmal sogar in einen Graben fiel. Wenn ihn eine Horde Jugendlicher nicht aus der unerkannten Vertiefung herausgezerrt hätte, in die er gestürzt war, weil er wieder einmal der Verführung einer unberührten weißen Fläche nicht hatte widerstehen können – sie sangen und waren alkoholisiert –, dann wäre er vielleicht wirklich erfroren. Ein kräftiger junger Mann hätte gewiss keine Schwierigkeiten gehabt, die steile Böschung wieder hinaufzuklettern. Er aber, schwer und breit und groß, arthritisch und ein bisschen benebelt vom Punsch, den er zuvor in einem Gasthaus getrunken hatte, versank bis zur

Hüfte im Schnee und sah nirgendwo einen Ast oder Strauch, an dem er sich hätte herausziehen können.

Die Hysterie, die bei ihm ausbrach, hätte er später gerne verleugnet. Aber auch damals schon, gleichsam von der Mitte des Geschehens aus betrachtet, erschien ihm sein Gefühlsausbruch unangemessen, ohne dass er deswegen fähig gewesen wäre, sich zusammenzureißen. Nie und nimmer würde er irgendeinem Menschen erzählen – nicht einmal Frederika, der er inzwischen so vieles erzählte –, was ihm, während die Dunkelheit über ihn hereinbrach, unmittelbar vor der Klosterruine Chorin, die er natürlich kannte aus sommerlichen Tagen, zwischen Bushaltestelle und Parkplatz, geschehen war. Dass er die Sterne anbetete und nach seiner Mama schrie. Dass er wütend war und schluchzte, dass er gleichsam aus sich selbst hinaustrat wie aus einer Höhle und heulte wie ein wildes Tier. Er, ein Mann zwischen Sechzig und Siebzig. Er, der über Jahre dem Wind über der wogenden Nordsee standgehalten hatte.

Erst auf der Rückfahrt wurde ihm bewusst, dass es der sechste Januar gewesen war, als ihn die Jugendlichen aus dem Schnee zogen. Dreikönig feierten sie gewiss nicht im heidnischen Osten, aber irgendetwas feierten sie, das merkte Brandis, als sie ihn in einen mit Girlanden geschmückten Gemeindesaal schoben, wo gerade eine Veranstaltung im Gange war und ein Sänger in rotem Lederanzug auf der Bühne Faxen machte. Sie riefen sogar einen Arzt, der ihm den Puls nahm und eine Blutdruckmanschette anlegte, bevor er ihn zu einem nahen Hotel chauffierte und ihm riet, dort die Sauna zu besuchen. *Finesse* hieß das Haus, stellte Brandis fest, als er am nächsten Morgen die Rechnung bezahlte. Und vielleicht würde er – wenn er eines Tages wiederkam – tatsächlich in die Sauna gehen und bei einer Ganzkörpermassage die Seele baumeln lassen, wie ihm das junge Mädchen an der Rezeption empfahl. (Warum nur fand er diesen Ausdruck so bescheuert, wo Claudius Nist ihm doch versichert hatte, dass er von Tucholsky stammte?) An jenem Abend fühlte er sich dazu außerstande. Nur die Einzelteile seiner Funktionskleidung hatte er über das Zimmer verteilt und war dann in der Unterwäsche eingeschlafen.

Als dann allmählich der Frühling kam, erschien ihm der Winter wie ein Traum, wie ein wochenlanger Ausnahmezustand, der ihm außer Erfrierungen an den Händen und gelegentlicher, ihn kurzfristig berauschender Schneeblindheit nichts eingebracht hatte. Selbst die Entzugserscheinungen fielen viel weniger heftig aus, als er befürchtet hatte. Während es taute und die Gegend schmutzig braun und unansehnlich wurde, gönnte er sich eine Woche Ruhe, blieb in seiner Wohnung, selbst zum Frühstück ging er nicht hinunter. Lag mit schweren Beinen und dicken Augenlidern auf der Couch und hörte so lange dem Gluckern seiner Organe zu, bis das Wasser, das aus der durchlöcherten Regenrinne auf die Blumenkästen des darunter liegenden Balkons tropfte, irgendwann die Oberhand gewann. Er rieb seine schmerzenden Glieder mit Franzbranntwein ein. Ernährte sich von Knäckebrot und Käse. Träumte vom Bau eines gigantischen Fußballstadions aus Holz, dessen Einzelteile aus der Luft geliefert wurden, samt Arbeitern und Zuschauern, die sich gegenseitig heftig applaudierten. (Es kam häufig vor, dass er im Traum zum Erfinder wurde.) Und überlegte sogar, sich einen Hausarzt zu suchen, um das überfällige *check-up* machen zu lassen. Selbst zum Fußpfleger könnte er gehen, überlegte er, er hasste seine alten Füße.

Einige Zeit hielt er sich auch von seinem Notebook fern, so als gehe von ihm eine Gefahr aus, die es zu bekämpfen galt. Und selbst seinem Fotoapparat gewährte er eine Pause. Vielleicht würde er demnächst Schneeglöckchen und Krokusse in den Fokus nehmen, Forsythien, Osterglocken, Stiefmütterchen, all die Blumen, die im Frühling blühten. Wenn nicht im Dschungel der Villa Klestiel, dann im Park von Schloss Sanssouci oder jeder anderen städtischen Grünanlage. Sich ein Fahrrad kaufen und die dazu passende Funktionskleidung. Vielleicht ja sogar eine Filmkamera. Und ganz gewiss nicht in den Wahn verfallen, weiter nach der Vergangenheit zu graben, die er zu sich hatte locken wollen auf den schneebedeckten Feldern bei Chorin. Was war nur in ihn gefahren? Nie im Leben hatte er über seine Kindheit nachgedacht, warum sollte er jetzt damit beginnen? Die Zeit verging, er war heute der und morgen der und übermorgen ein anderer. Er wollte nicht wie seine Hausgenossen – die allesamt analysiert worden waren, wie er aus ihren Küchengesprächen schloss – über frühe Wunden lamentieren. Über die Vorzüge von Gruppen- oder Paar-Therapie diskutieren. Von *Katharsis* sprechen, ein Wort, das er googeln musste, da er kein Fremdwörterbuch besaß. (Nach Aristoteles war Katharsis die seelische Reinigung eines Menschen durch die Wirkung der antiken Tragödien, erfuhr er dort. Und auf die Psychoanalyse angewendet, hieß es nicht viel mehr, als dass einem Menschen, der sich auf die Couch legte und bereit war, sich mit seiner Vergangenheit zu konfrontieren, das Gleiche widerfuhr.)

Puh! Diese Geisteswissenschaftler! Diese Germanisten und Soziologen, die meinten, sich mit ihrer lächerlichen Ironie vor Kummer zu schützen. Diese Tintenpisser, die sich in Analogien ergingen und es nicht lassen konnten, sich selbst und andere nach Ähnlichkeiten mit Personen aus der Literatur abzusuchen wie Affenmütter ihre Jungen nach Läusen! Als wäre nicht jeder Mensch einzigartig. Er wusste inzwischen, dass Frau Stöhr nie existiert hatte, war mittlerweile grandios am *Zauberberg* und Thomas Manns manierierter Sprache gescheitert. Konnte sich sogar vorstellen, dass es für seine Winterexzesse gleichfalls Vergleiche gab, die man in Büchern fand, wenn man nur wollte. Letztlich aber hatte es ihm nicht geholfen, sich der Kälte auszusetzen, nur weil seine Mutter auf einem Acker nahe bei Berlin von einem oder mehreren Russen vergewaltigt worden und er wahrscheinlich dabei gewesen war. Das Experiment, das er erst später als solches erkannte, ging schief, es musste schief gehen.

Die Kälte und der helle Schein des Schnees hatten ihn seiner Mutter nicht näher gebracht, jener fremden Frau, die – mittlerweile an die hundert Jahre alt, geistig frisch und auch körperlich agil geblieben – in einem Münchner Altersheim lebte. Ohne Gegenwehr war sie einer Studentin in den Anfangssemestern auf den Leim gegangen, hatte sich ausfragen lassen von einer wildfremden Person und ihr von Ereignissen erzählt, die sie ihrem Sohn nicht offenbaren wollte. Seine schweigsame Mutter. Mehr als je in ihrem Leben musste sie geredet haben, ohne Punkt und Komma, widerwillig stellte er sich vor, wie ihr die junge Frau das Mikrofon hinhielt und sie begierig hineinsprach. Kein bisschen besser als die Alte mit dem verrückten Ehemann kam sie ihm vor. Selbst wenn ihre Lebensgeschichte nunmehr in Wort und Schrift existierte und den Historikern als Anschauungsmaterial diente.

Es gab Erlebnisse, von denen wusste man nichts, und es gab Erinnerungen, die sich täglich erneuerten. Seine Mutter, eine kaufmännische Angestellte mit Kind, hatte sich in wechselnder Begleitung auf den Weg in den Westen gemacht und überlebt, sie war stur, zäh, kühl – und gänzlich ohne Mitleid für sich selbst und andere. Nie vermittelte sie ihm das Gefühl, dass sie litt, dass sie traumatisiert worden war, wie man dies heutzutage nannte. Vielleicht fiel es ihm deshalb so schwer zu reagieren auf den ihm kommentarlos von der Heimleitung zugeschickten *Reader* über Flucht und Vertreibung. Und zweifellos verursachte ihm vor allem das Kind Probleme. Dieser fünfjährige Junge, der bei der Vergewaltigung seiner Mutter zugeschaut hatte: es konnte nicht anders gewesen sein. Dieser Junge mit den aus den Mantelärmeln baumelnden gestrickten Fäustlingen und den durchnässten Interlock-Hosen, der ihm nicht mehr aus dem Sinn ging. Der ihm Schmerzen zufügte, gegen die er sich nicht wehren konnte.

Warum waren ihm die rot-grauen Rauten der Fäustlinge im Gedächtnis geblieben, nicht aber die Gewalt gegen seine Mutter? Weil sie später auch Fäustlinge für ihn strickte? Weil sie damit eine Zeitlang Geld verdiente und ihm beim Erfinden neuer Muster immer so rigoros den Mund verbot? *Unglück bringt Krebs*, hatte neulich als Schlagzeile auf der ersten Seite der *BILD*-Zeitung geprangt, und natürlich war es ihm nicht der Mühe wert gewesen, über diese als neueste Erkenntnis der Wissenschaft gemeinte Schlagzeile nachzudenken. Wie immer der Satz jedoch gemeint gewesen war, er, Xaver Brandis, wollte von *seinem* Unglück nichts wissen. Nie wieder durften ihm seine Erinnerungen so nahe rücken wie am sechsten Januar in der Nähe von Chorin. Allenfalls nach Norwegen würde er reisen, um dort die Polarlichter zu fotografieren. Und dann seiner Mutter von den bunten Wollmützen der Samen erzählen. Die ihr bestimmt gefallen würden.

Wenn er Frederika abends in ihrem Kabuff besuchte – im Frühjahr arbeitete sie meist länger, weil sie mit einigen Hausbewohnern deren überfällige Steuererklärungen durchging –, begegneten ihm häufig die jungen Obdachlosen auf der Treppe, Tim und Struppi, wie sie mittlerweile von den Bewohnern der Villa Klestiel genannt wurden, weil der Junge Tim hieß und man den Namen des Mädchens nicht kannte. Sie waren auf dem Weg nach oben, Frau Zierer erwartete sie in ihrer Wohnungstür. Der Junge hatte eine Zahnbürste im Mund, auf seinem Kinn sah Brandis getrockneten Schaum. Und das Mädchen trug einen leise kläffenden Winzling von Hund in seiner Armbeuge. Gelassen schauten ihn die beiden an, und jedes Mal, wenn er bei Frederika eintrat und ihre Lavendelseife roch, hatte er sie auch schon wieder vergessen. Frederika nannte ihn *Xaver* seit einiger Zeit und ließ seinen Nachnamen weg. Und er hatte irgendwann begonnen, sie beim Vornamen zu nennen, ohne dass sie dagegen opponierte.

Es ging auf Ostern zu, meinte Brandis sich zu erinnern, als er Miriam kennenlernte, da hatte er die ersten Frühlings-Fototouren schon hinter sich und längst erfahren, dass es viele tausend Sorten von Narzissen gab. Sie sei eine Verwandte der ehemaligen Besitzer der Villa Klestiel, stellte Frederika sie etwas vage vor, anlässlich einer Europareise habe sie die Chance genutzt, einmal vorbeizuschauen. Während er ein paar Tropfen Haushaltsöl auf den Scharnieren der ewig quietschenden Bürotür verteilte, beobachtete er aus dem Augenwinkel, dass Frederika der jungen Frau das *Wetterfest*-Magazin in die Hand drückte. Und er war schon wieder auf der Treppe, als sie begann, dem Gast in einem erbarmungswürdigen Englisch das Konzept des Hauses zu erklären. Frederika und ihre verfluchte Nettigkeit. Unvorstellbar, dass sie ihm noch vor Kurzem einen Eiskrümel aus der Augenbraue gewischt hatte.

Treasure Hunting

Philipp Linnenbrink, der Verwalter, war es gewesen, der Frederika zur Einberufung einer Hausversammlung riet, nachdem sie ihm nach dem Überfall des amerikanischen Gastes eine hysterische SMS geschickt hatte. Mit welcher Vehemenz Miriam damals in ihr Büro gestürmt war! Dieses koboldhafte Wesen mit dem merkwürdigen grauen Wuschelkopf! Keine halbe Stunde nach dem Anruf, in dem sie sich als Nachfahrin des Villa-Klestiel-Erbauers zu erkennen gegeben und ihren Besuch angekündigt hatte, stand sie in der Diele – Tim und Struppi hatten wieder einmal vergessen, die Haustüre abzuschließen, sie würden es nie lernen. Trat ohne anzuklopfen ein, räumte Akten von einem wackeligen Drehstuhl, der vermutlich noch von ihren Vorfahren stammte, und setzte sich Frederika gegenüber. Dabei war diese nur zufällig noch da – das hing mit den Steuererklärungen zusammen, die ihr dieses Jahr besonders viel Mühe bereiteten – und hatte gerade mit dem Gedanken gespielt, Brandis zu einem Kinobesuch zu animieren, wenn er gleich herunterkäme. Woran jetzt, da Samuel Klestiels junge Verwandte zu sprechen begann, natürlich nicht mehr zu denken war. Ihre Stimme, die schon am Telefon kaum von der eines pubertierenden Knaben zu unterscheiden gewesen war, klang genauso rau wie die jener kratzbürstigen Schauspielerin von der Volksbühne am Rosa-Luxemburg-Platz, der die Regisseure immer die schlimmsten Exaltationen abverlangten, fand Frederika. Der armen Frau Zierer hatte die von den Kritikern geliebte, von den meisten anderen Menschen aber eher als Zumutung empfundene Darstellerin am Ende eines missratenen Interviews einmal sogar eine Zeitung auf den Kopf geschlagen, was diese in ihrem Artikel getreulich protokollierte.

Der Unterschied bestand nur darin, dass Miriam Englisch redete und sich nicht mehr – wie noch am Telefon – auf Deutsch verständigen wollte. Ein Wirbelsturm aber war sie gleichfalls. Und irgendwie genauso unberechenbar wie die Frauen, denen die besagte Mimin – immer wieder anders, immer wieder gleich – auf ihre unverwechselbare Art und Weise Gestalt verlieh.

Frederika wusste ziemlich gut Bescheid über die vormaligen Besitzer, das war notwendig gewesen damals, als die unbedarften, aber wagemutigen Pensionäre und Frührentner erfahren wollten, ob ihnen Ärger drohte, wenn sie – um den alten Kasten zu kaufen – ihre unterschiedlich großen Vermögen zusammenlegten. Keiner von ihnen nämlich war wirklich reich. Außer den Lichtblaus, die sich mit altersgerechten Wohnmodellen beschäftigt hatten und sich viel versprachen vom gemeinsamen Älterwerden, wollten die meisten aus ihrer finanziell nicht wirklich befriedigenden Lage und der Angst vor dem Pflegeheim wohl eher eine Tugend machen als eine Sozialutopie.

Samuel Klestiel hatte die Villa, welche die Leute, die später darin wohnten, Villa Klestiel nannten, was zu dessen Lebzeiten keinem eingefallen wäre, 1906 oder 1908 erbauen lassen: kein architektonisch sehr bedeutsames, kein sehr großes Gebäude mit eher mittelgroßen Zimmern, aber immerhin nah am See gelegen und mit einem Türmchen versehen, in dem jetzt Mäuse und Spinnen hausten, weil zur Renovierung das Geld gefehlt hatte. Vermutlich war Miriam die Urenkelin des Möbel-Fabrikanten. Sein Sohn Leo hatte eine Christin geheiratet und war im fünften Jahr der braunen Herrschaft von seinem Partner aus der Firma gedrängt worden. Wie er es fertigbrachte, mit seiner Frau in die Vereinigten Staaten zu entkommen, das entzog sich jedoch

Frederikas Kenntnis. Der Immobilienmakler, dem die Familie den Verkauf der Villa anvertraut hatte, sprach immer nur vage von Anrufen nach New York, die er tätigen müsse, wenn die Verhandlungen ins Stocken gerieten. Er log und betrog, sooft er den Mund aufmachte, das wurde ihr bald klar, nicht nur, weil er sie so lebhaft an ihren damals frisch von ihr geschiedenen Ehemann erinnerte. Keinem kam der Mann vertrauenswürdig vor. Während er sie schwindlig redete, trieb er den Preis in die Höhe. Und hatte wahrscheinlich von Anfang an gespürt, in welch paranoidem Ausmaß sie samt und sonders in die Villa verliebt waren und wie sie darauf brannten, dort ihren Lebensabend zu verbringen.

Das alles hätte Frederika erzählen können, als sie der so betont forsch auftretenden jungen Frau, die ein T-Shirt trug, auf dem sie ihre Liebe zum Big Apple kundtat, das erste Mal begegnete. Sie kannte sogar Fotos von Leo Klestiel, einem eher kleinwüchsigen, fast schon grazil zu nennenden Herrn: im Hochzeitsanzug, mit einem Kneifer auf der Nase und Bürstenhaarschnitt, die Braut neben ihm viel zu dick für ihr Alter. Auf Schlittschuhen in Knickerbockern am Kartenhäuschen einer Eisbahn, die sich in Lankwitz befunden hatte, wie der Rückseite des Kartons zu entnehmen war, wo auch der mit goldenen Lettern ausgewiesene Name des Fotostudios stand. In Badekleidung im Strandbad Wannsee – da schien er gut zehn Jahre älter –, an der Seite einer vollständig angezogenen, hochbusigen Dame in weißem Kleid, der es wegen ihrer Fülle peinlich gewesen sein mochte, sich zu entblößen. Und auch einige mit Eimerchen und Schippen aus Blech bewaffnete Kinder ließen sich in der Nähe blicken, die aber wohl nicht ihre eigenen waren. Die sollten noch kommen, später, in Amerika: zwei Söhne, die Miriams Vater und Onkel gewesen sein dürften.

Die Zigarrenkiste, in der sich außer den in Butterbrotpapier eingeschlagenen Fotos nur ein mit Gobelin überzogener Fingerhut, Nadeln, zerbröselte Gummiringe, ein Stückchen weißer Kreide und ein Vögelchen aus Blech mit dem dazugehörigen Schlüssel befanden, hatte Frederika bei einer der ersten Hausbegehungen zufällig in einem der Wandschränke im Treppenhaus gefunden und reflexartig in ihre Tasche gesteckt, später aber immer wieder dem Makler mitgeben wollen, damit er sie in die Staaten schickte. Er aber ließ die Kiste stets – absichtlich oder nicht – neben seinem Kuchenteller stehen, wenn sich *die lieben Erwerber*, wie er sie nannte, nach ihren Treffen in einem Café am Hagenplatz voneinander verabschiedeten, sodass sie das hölzerne Ding jedes Mal wieder mitnahm. Aus einem *Ilmenauer Havanna-Haus* stammten die Zigarren, die darin aufbewahrt worden waren, so konnte man auf dem gut erhaltenen Etikett noch entziffern. Danach hatte jemand scheinbar beliebige Utensilien in der Kiste gesammelt. Ein Hausmädchen vielleicht oder das Kind eines Hausmädchens, denn die Fabrikantenkinder dürften aufwendigeres Spielzeug besessen haben.

Einbauschränke existierten übrigens in sämtlichen Räumen der Villa Klestiel, inklusive der Toiletten, der Badezimmer und der Küche. Der Möbelfabrikant musste besessen davon gewesen sein, für die Besitztümer seiner Familie möglichst viel Stauraum zu schaffen. Und natürlich hatte Frederika – zusammen mit dem sich schon damals ständig streitenden Ehepaar Sanderling – auch die anderen Gelasse durchsucht, als es zum Kauf gekommen war, und zwar bis in die hintersten Winkel. Außer der Zigarrenkiste jedoch, die sie inzwischen reuevoll wieder an der alten Stelle deponiert hatte und Miriam übergeben wollte, wenn die sich erst einmal beruhigt haben würde, schien nichts mehr übrig geblieben zu sein von den ehemaligen Bewohnern, selbst von den Angestellten oder Soldaten der US-Dienststelle nicht, die sich nach Kriegsende in der Villa eingerichtet hatten und bis in die Wendejahre nicht wichen. Nachbarn, mit denen Frederika nach dem Einzug gesprochen hatte, vermuteten sogar, dass es die CIA gewesen war. Dass sich in diesem Haus so viel unterbringen oder gar verstecken ließ, war konspirativen Zwecken gewiss sehr dienlich, dachte Frederika. Aber auch sie schätzte die Wandschränke in ihrem Büro. Ohne die hätte sie längst die Übersicht verloren.

I'm treasure hunting, you know, hatte Miriam mit grimmigem Lächeln – eine nicht unbeträchtliche Zahnlücke zeigend – damals erklärt, derweil ihre durch die Gläser einer Nickelbrille stark vergrößerten schwarzen Augen blitzten. Und hatte der von der Vertracktheit der Steuererklärungen noch völlig absorbierten Sekretärin umstandslos Gelegenheit gegeben, ihr verschüttetes Englisch zu reaktivieren. Frederika nahm es Miriam lange übel, dass sie nicht aufgehört hatte, sie damit zu quälen, obgleich sie ihre Schwierigkeiten bemerkt haben musste. Sie war nun einmal nicht sprachbegabt. Und nachzufragen half auch nichts. Die Floskel *I didn't get you*, die sich früher, bei einem unter großem Heimweh verbrachten Schüleraustausch in einer nach Fisch riechenden südenglischen Stadt als Allheilmittel erwiesen hatte, hing die ganze Zeit zwischen ihnen, ohne dass Miriam sie wahrzunehmen bereit war. Womöglich spulte sie einen Text ab, den sie sich zuvor aufgeschrieben, vielleicht sogar auswendig gelernt hatte. *May be.* Aber dass sie Frederika dadurch nötigte, ihr das hehre, wenngleich in allen Fugen krachende Konzept der Villa Klestiel in der ihr fremden Sprache aufzutischen, so als müsste sie um Gnade betteln für die Hausbewohner, die mit Hitlers Verbrechen in ihrem eigenen Leben ja gar nichts mehr zu schaffen gehabt hatten, das schien ihr geradezu demütigend. Überdies war Xaver Brandis aufgetaucht und Zeuge ihrer Stammelei geworden, Brandis, der Bär, der auf Grund seiner Bohrinsel-Tätigkeiten garantiert besser Englisch sprach als sie, wahrscheinlich sogar ein passabler Dolmetscher gewesen wäre, wenn er sich nicht so schnell verkrümelt hätte.

Bis Miriam spürte, dass sie den Bogen überspannt hatte, verging jedenfalls eine Weile. Sie war bei dem Plädoyer, das sie zu halten schien, aufgestanden und hätte vielleicht sogar begonnen, auf- und abzugehen, wenn dies möglich gewesen wäre zwischen all den Aktenbergen zu ihren Füßen. Wohingegen Frederika wie angenagelt sitzen blieb und irgendwann verzweifelt begann, sich von den wenigen Sätzen, die sie verstanden zu haben glaubte, Notizen zu machen. Miriams Verhalten war theatralisch, keine Frage, sie kam ihr vor wie einer jener hypernervösen Advokaten, die in Goldoni-Komödien mit Locken-Perücke und Stock für den besonderen Irrsinn sorgen. Wie die überspannte Schauspielerin eben. Dass Frederika den Villa-Bewohnern nichts von dem burlesken Vorspiel erzählte, hing jedoch nicht mit der jämmerlichen Rolle zusammen, die sie selbst darin spielte, sondern damit, dass ihre Besucherin auf dem Höhepunkt der Erregung plötzlich ihre Maske ablegte, ruhiger wurde also, langsamer redete – und ihre Ansprache auf Deutsch fortsetzte. In perfektem Deutsch sogar, wenn auch mit jenem schweren Akzent, der Frederika – in einer fränkischen Kleinstadt in der Nähe eines US-Stützpunktes aufgewachsen, die man *Boom-Boom-City* nannte – als *Heißer-Kartoffel-Slang* bestens vertraut war.

Wer weiß, vielleicht hatte sie mit sich selbst oder mit ihrer exzentrischen Freundin Linda, die sie in der folgenden Woche mit in die Villa brachte, eine Wette abgeschlossen. Vielleicht ging es auch nur darum, ihr Anliegen mit genügend Leidenschaft vorzutragen und dabei durch so etwas wie darstellerische Verfremdung eine gewisse Distanz herzustellen. Sie habe doch nicht gewusst, auf was für Leute sie treffe, sagte Miriam ein paar Tage später, Frederika war da gerade beim Fischefüttern im Wintergarten, obwohl sie bei der Abstimmung über deren Anschaffung geschworen hatte, dies nie und nimmer zu tun. Hartgesottene Nazis vielleicht, Mitglieder der NPD, der DVU, der Republikaner, falls es die noch gab. Unbelehrbare. Der Sekretärin sei es schließlich nicht anzuhören gewesen, wie alt beziehungsweise wie jung sie noch war. Und dass ja sogar ihre Eltern die Nazis aus eigener Erfahrung nicht mehr hatten kennen können. Als eine *Aktion* habe sie ihren Auftritt geplant, räumte Miriam schließlich ein und jagte – mit dem Zeigefinger an die Scheibe stupsend – einen Clownfisch in die Flucht. Eingeflüstert von ihrer Freundin Linda und deren Künstlergruppe *Alter Ego*, die sich gerade mit *emotionalen Installationen* beschäftige.

Ihr Satz, dass sie sich auf Schatzsuche befinde, habe jedoch der Wahrheit entsprochen. Absolut. Davon dürfe die Sekretärin kein Jota streichen.

Irgendwo hier in diesem Haus, in einem der Wandschränke draußen im Flur, unter dem Fußboden, unter einer Türschwelle, im Dachgebälk des Türmchens, im Keller hinter dem Heizkessel, unter den Stuckrosetten, wo früher die Kristalllüster hingen, an welcher verdammten Stelle auch immer, muss sich eine flache Stahlkassette mit einer Rembrandt-Zeichnung befinden. Und die will ich mit nach Hause nehmen. Unbedingt.

Ja, das hatte Miriam tatsächlich gesagt bei ihrer ersten Begegnung. Da war die Dämmerung bereits hereingebrochen, und Frederika konnte zwar ihr Gesicht nicht mehr sehen, aber das leuchtende rote Herz auf ihrem T-Shirt.

Den Begriff *Installation* kannte sie von Maximilian Klinger, der sich häufig auf Vernissagen herumtrieb und seinen Hausgenossen danach gern erklärte – wenn er sie nicht zum Mitkommen hatte überreden können –, was Künstler sich ausdachten, um ihre Ideen zu realisieren. Das, was er erlebte und wovon er erzählte, war Frederika allerdings stets handfester vorgekommen: Rosemarie Trockels Schweinekoben auf der documenta in Kassel etwa, vor dem sich Klinger widerstrebend seinen Zynismus bestätigen ließ, ohne dass er die wirkliche Absicht der Künstlerin hatte ergründen können, wie er zugab. Oder Gregor Schneiders *Haus ur* in Venedig, von dessen innerem Labyrinth aus Müll er sich einen existentiellen Kick oder wenigstens die Heilung seiner Klaustrophobie versprach. Gefühlsinstallationen jedoch war er bestimmt nie begegnet, sonst hätte er davon berichtet. Gefühlsinstallationen konnte man ja auch gar nicht begegnen, nicht einmal Erkenntnisgewinn daraus ziehen, Gefühlsinstallationen erschienen Frederika ebenso surreal wie ihre Liebe zu Herrn Friedrich, einem alten Mann, dessen Mutation zum Messie sie nicht aufhalten konnte, obwohl sie ihm längst Frau Zierers Zugehfrau zum Aufräumen und Lüften schickte, wenn er – was nur noch selten vorkam – einen Ku'damm-Bummel machte. Gefühlsinstallationen dachten sich Leute wie Linda aus, Künstlerin der Gruppe *Alter Ego*, die vom wirklichen Leben so weit entfernt war wie ein amerikanischer Astronaut in seiner Raumkapsel vom nächsten McDonald's-Laden.

Ob man Miriam noch sympathisch fände, wenn sie jetzt gleich – auf der wegen des schönen Wetters im Garten einberufenen Hausversammlung – ihre angekündigte Rede hielt, wagte Frederika nicht vorherzusagen. Bis jetzt war man ihr mit freundlicher Zurückhaltung begegnet. Weder hatte man Einspruch erhoben, dass sie das noch nie benutzte, nur mit einer Matratze und einem Handwaschbecken ausgestattete Gästezimmer im ersten Stock bezog und dort gelegentlich ihre Freundin übernachten ließ. Noch fragte einer, wie lange sie denn bleibe. *Vielleicht ist sie ja lesbisch …*, hatte Leonor Zierer – morgens beim Zeitungholen – wenigstens einen halbherzigen Vorstoß gewagt. Frederika trank da gerade Wasser aus der Leitung und Xaver Brandis biss krachend in sein erstes Brötchen. Da jedoch keiner von ihnen reagierte, ließ sie den Satz in der Luft hängen und verließ ohne Gruß die Küche. Frederika konnte sich auch denken, warum. Sie wollte nicht an Tim und Struppi, ihre eigenen Gäste, erinnert werden, die vor wenigen Minuten – nach Zahnpasta und Duschgel duftend – das Haus verlassen hatten.

Wo doch weder sie noch Brandis etwas gesagt hätten. Mittlerweile war es kein Geheimnis mehr, wie häufig die Kritikerin dem Pärchen Unterschlupf gewährte. Aber alle schwiegen, auch Frederika, die es absichtsvoll unterließ, in den selbstverfassten Statuten der Wohngemeinschaft nachzulesen, ob es für Dauerbesucher irgendwelche Regeln gab. Denn ihr waren Fragen ja gleichfalls unangenehm, Fragen nach ihrem abwesenden Sohn etwa, der schon lange nicht mehr mit seinen Sneakers den Kies im Vorgarten umpflugte. Nur Brandis wusste, dass er – vorübergehend, wie sie ihm versicherte – bei seinem Vater wohnte und seine adlige Verwandtschaft täglich mit einem neuen, meist vorgetäuschten Tattoo schockierte. Was er nicht ahnte, war, dass Sebastian einen Lehrer tätlich angegriffen hatte und von der Polizei aus seiner Klasse abgeführt worden war. Seine Mutter hatte da gerade die Aktienkurse in der *FAZ* studiert, wer weiß, damit sie Frau Wamsganz' Fonds besser überwachen konnte. Oder im online-banking-Verfahren Frau Lichtblaus nicht enden wollende Arztrechnungen überwiesen.

Im Grunde war es wie vor der Freiluft-Premiere eines unbekannten Stückes, dachte Frederika und ließ sich von Claudius Nist helfen, die beiden Tapeziertische zu installieren, auf denen die Baupläne der Villa Klestiel ausgebreitet werden sollten. Sie konnte sich nicht vorstellen, auf welche Weise Miriam ihr Anliegen vorbringen würde, was sie alles berichten wollte vom Leben ihrer Eltern und Großeltern in Amerika und wie weit sie überhaupt ins Detail ginge. Zwar hatte sie selbst, seit Miriam im Gästezimmer wohnte, so manches erfahren. War manchmal auch dabei gesessen, wenn Linda, die Gefühlsinstallatorin, ihrer Freundin Strategien empfahl, auf welche Weise sie sich und ihre Sache am besten präsentieren könne. Schließlich würde sie mehr oder weniger verlangen, dass gestandene ältere Leute ihr Haus für sie auf den Kopf stellten, es in Stücke legten geradezu, und dies für eine läppische Zeichnung, für deren Existenz und Provenienz es keinerlei Beweise gebe. Das solle sie sich klarmachen. Und nicht zuletzt deswegen müsse Miriam den Herrschaften etwas bieten, sagte Linda und knabberte an mehreren Salzstängchen zugleich, damit sie, wie sie bekannte, nicht in Versuchung gerate, an ihren Fingernägeln zu kauen.

Umsonst ist nur der Tod. Du musst ihr Mitgefühl wecken oder zumindest ihre Sensationsgier. Auch ihr schlechtes Gewissen natürlich. Stoff hast du mehr als genug. Du musst ihn nur gut verkaufen. Halt damit bloß nicht hinterm Berg.

Linda war eine dynamische Person, und Miriam hatte mit der Kunststudentin, der sie in New York bei einem von der Performance-Gruppe *Improve Everywhere* in der Haupthalle der Grand Central Station zusammengerufenen *flashmob* begegnet war, auch sofort den Kontakt erneuert, als sie nach Berlin kam. Jetzt aber schien sie sich ihr doch lieber zu entziehen und wurde immer zurückhaltender, was ihren künftigen Auftritt anbelangte. Sie sprach kaum noch, schaute Linda bisweilen nur durchdringend an, tippte einen Satz in ihr iPhone, schüttelte ihren Lockenkopf, wollte etwas sagen und sagte dann doch nichts. Nur den Aufruf zur außerplanmäßigen Vollversammlung hatten die Freundinnen noch gemeinsam verfasst und ihn Frederika auf einem Stick zum Ausdrucken gegeben. Und waren sich fortan aus dem Weg gegangen. Bis heute.

Als Frederika Miriam die inzwischen in einer Plastiktüte verpackte Zigarrenkiste hochbrachte, die sie in ihrem Alltagstrubel völlig vergessen hatte, konnte Linda also schon nicht mehr stören. Was nicht hieß, dass sich Miriam deshalb entgegenkommender verhielt. Ursprünglich hatte Frederika auch vorgehabt, das Zimmer sofort wieder zu verlassen, das, wie sie beschämt feststellte, den Charme einer Gefängniszelle besaß mit der Matratze auf dem Boden und der von der hohen Decke herabhängenden nackten Glühbirne. Sie wollte nicht mit ansehen, was Samuel Klestiels Urenkelin mit den übriggebliebenen Utensilien ihrer Vorfahren begann, ob sie das Blechvögelchen in die Hand nahm und den Schlüssel ausprobierte, mit welchem Gesicht sie die geborstenen Gummiringe oder das abgebrochene Stück Kreide zwischen den Fingern drehte. Aber Miriam griff natürlich zuerst zu den Fotografien und wickelte sie – wie um Zeit zu schinden – so sorgfältig aus dem Pergamentpapier, als sei dieses ein

Wert an sich. Und vertiefte sich dann so lange in die Bilder ihres Großvaters als junger Mann, dass sich Frederika ihrerseits nicht von Miriams Anblick lösen konnte.

Danke. Du weißt nicht, was für ein Geschenk du mir soeben gemacht hast, sagte sie und räusperte sich mit großer Mühe die Stimme frei, wobei es schien, als hätte sie mit dem deutschen Wort *Geschenk* plötzlich Schwierigkeiten. *Ich habe meinen Großvater nur als Monster kennengelernt, musst du wissen. Diese Gestaposchweine haben ihn dreimal in die Prinz-Albrecht-Straße verschleppt, ich weiß nicht warum, eine offizielle Vorladung mussten die damals ja wohl nicht liefern. Vielleicht ging es um die Originalzeichnungen aus dem Cinquecento, die er – bevor er ging – ins Ausland verkaufen wollte. Beim letzten Verhör haben sie ihm jedenfalls das Gesicht so zugerichtet, ihm den Oberkiefer gebrochen, die Zähne eingeschlagen, die Augenbrauen und die Lippen verletzt, dass mir der schöne unversehrte Herr hier wie ein Fremder vorkommt. Als er blutend nach Hause kam, habe sie ihm den Kopf bandagiert und so das Schlimmste verhütet, erzählte zwar meine Großmutter. Für mich aber war es schlimm genug. Spätestens, als sich meine Freundinnen vor meinem Grandpa zu fürchten begannen, wollte ich nicht mehr mit ihm alleine bleiben. Ich weigerte mich auch, mich mit ihm auf der Straße oder in der Subway zu zeigen, weil man dort manchmal auf Bekannte traf. Ich schämte mich für seine Hässlichkeit, ich vermied es, ihm in die Augen zu sehen. Keiner konnte mir beibringen, ihn zu lieben. Keiner. Und als man mir eines Tages von den Torturen erzählte, war es zu spät.*

Seufzend, weil sie spürte, wie heftig ihr die Sonne auf den Nacken schien, versuchte Frederika die Baupläne mit Reißbrettstiften zu fixieren, während Miriam genauso unbeteiligt und mit verschränkten Armen neben ihr stand wie vorhin, als sie die vergilbten, leicht eingeknickten Rollen aus dem Safe geholt hatte. Heute Abend müsste sie ihren Hals mit

Aftersun behandeln und sich wieder einmal – wie immer, wenn das Frühjahr begann und sich die blassbraunen Sommersprossen auf ihrer Haut explosionsartig vermehrten – eingestehen, dass sie wahrscheinlich zu der hellhäutigsten Sorte der Menschheit gehörte. Da sich jedoch bereits einige der Bewohner in der Nähe aufhielten und die beiden Frauen hinter den Tapeziertischen immer wieder in den Blick nahmen, auch wenn sie vorgaben, mit ganz anderen Dingen beschäftigt zu sein, zögerte sie, sich aus ihrem Büro die Sonnenmilch vom vorigen Jahr zu holen. War doch die Stimmung nur vermeintlich locker. Trotz des angenehm lauen Winds, der vom See her kam, und den vereinzelt dahinsegelnden bauschigen Wolken, die den wie stets mit seiner Bildung prunkenden Maximilian Klinger an ein Gemälde von Magritte erinnerten, raffte man sich nicht einmal dazu auf, über den so erstaunlich beständigen Monat Mai zu reden, der es bereits seit Tagen erlaubte, in blau-weiß gestreiften, wohl noch aus den ursprünglichen Beständen der Villa stammenden Liegestühlen in der Sonne zu sitzen. Selbst auf Klingers Satz *Wenn ihr wissen wollt, was für schlechte Bilder dieser Kerl gemalt hat, dann müsst ihr ins Scharf-Gerstenberg-Museum gehen* … ging niemand ein. Und nur Claudius Nist gab zu, von diesem Museum noch nie gehört zu haben.

Direkt vor Frederika, auf zwei sich gegenüberstehenden Bänken, hatten es sich die Eheleute Sanderling bequem gemacht. Mit der Nachbereitung ihrer Mittelmeer-Kreuzfahrt beschäftigt, flüsterten sie miteinander, blätterten in Reiseführern, studierten Landkarten und betrachteten die Fotos, die sie kurz zuvor aus einem Drogeriemarkt abgeholt hatten. Noch blieb es friedlich zwischen ihnen. Dass sie warteten, ließen sie sich nicht anmerken.

Als sich später Frau Never, die Schriftstellerin, zu ihnen gesellte, den Zeigefinger in einem dicken Buch und ihn darin lassend, obwohl sie es in der nächsten halben Stunde nicht mehr öffnete, entspann sich ein Gespräch über Schiffsreisen. Frau Never, die mit Vornamen Bibi hieß und durch ihre vorstehenden, ewig rollenden Augen etwas kindlich Schutzbedürftiges an sich hatte, kannte sich offensichtlich aus. Einige ihrer Lesetouren – es waren die schönsten – durfte sie auf einem Dampfer in der Ägäis absolvieren und dabei täglich am Kapitänstisch sitzen. Zwei- oder dreimal habe sie auch Schreibseminare abgehalten und Ingenieure und höhere Postbeamte, Personalchefs und mittlere Angestellte auf ein Stichwort hin Gedichte und Kurzgeschichten produzieren lassen, berichtete sie. Bis zum Ende der Reise sei dann eine kleine Anthologie mit Liebeslyrik und Kindheitserlebnissen entstanden, die man den Passagieren zum Abschied überreichte.

Über die Qualität der Texte verlor Bibi Never kein Wort, und weder Herr noch Frau Sanderling wollten wissen, ob Pressereferenten oder Programmierer gute Poeten waren. Stattdessen begannen sie, ihr Fotos weiterzureichen, die Frau Never kommentar- und blicklos zurückgab, nur um neue zu erhalten. Der Gedanke, dass die Schriftstellerin, in deren Kriminalromanen die Helden weiblich und die Männer Waschlappen waren, sich bei einem Sommerfest Wackersteine in die Jackentasche gestopft hatte und damit in den See hinausgelaufen war, streifte Frederika nur flüchtig, während sie den stummen Bilderaustausch beobachtete, ohne ihn wirklich zu realisieren. Einzig interessiert daran, wie viele Bewohner an der Versammlung teilnehmen wollten, war sie nun schwer enttäuscht. Denn nicht alle hatten sich durch die ans Schwarze Brett geheftete Ankündigung, dass Miriam Klestiel ihnen heute Nachmittag etwas Wichtiges verkünden und sie um etwas Wichtiges bitten wolle, von ihren Ausflügen abhalten lassen. Obwohl die meisten doch längst wussten, dass sie eine Verwandte des Erbauers der Villa Klestiel und wahrscheinlich nicht zufällig hergekommen war.

Leonor Zierer etwa, die sich Jahr für Jahr eine Dauerkarte für die Preußischen Schlösser und Gärten leistete, war mit ihrem immer erst ab Mai wieder zugelassenen Smart nach Rheinsberg gefahren und hatte leider Herrn Friedrich mitgenommen, trotz seiner Schwierigkeiten, seine langen Beine in dem winzigen Gefährt unterzubringen. (Gestern Abend erst hatten sie sich in der Staatsoper den *Rosenkavalier* angeschaut, zur Zeit waren sie unzertrennlich.) Dass die beiden wahrscheinlich heute wieder Frühkirschen aus Werder mitbringen würden, *Knupper*, wie sie von den Bewohnern der Villa Klestiel zärtlich genannt wurden, die dann in einer großen, an den Rändern abgestoßenen Keramikschüssel auf dem Eichentisch in der Küche nicht lange überlebten, schien allerdings nur ein schwacher Trost. Denn Frau Wamsganz hatte sich gleichfalls verweigert. Sie wurde schon seit Tagen von ihrem Neffen mit wechselnden Autos zu wechselnden Cafés in Berlin Mitte chauffiert, wo sie dann – wie sie bei ihrer Rückkehr erzählte – häufig allein vor ihrem Latte macchiato saß und auf ihn warten musste, wenn er – irgendwo in der Nähe, Gott weiß wo – noch etwas zu erledigen hatte. Immer im feinen Anzug, oft mit weinroter Fliege fuhr er im steten Wechsel mit einem Mercedes, einem Opel Kapitän und einem Borgward Coupé vor der Villa vor. Jeder konnte sehen, wie schwungvoll er seiner Tante den Schlag öffnete. Und wie tief er sich verbeugte, bevor er ihr in den Wagen half.

Demnächst wird er mit einer Stretchlimousine erscheinen, meinte Maximilian Klinger, der eine böse Zunge besaß. *Und ebenso sicher wird er seine Tante irgendwann zwischen den Kugelbäumen am Gendarmenmarkt vergessen. Nur mit viel Geld kann man einen solchen Neffen verkraften. Tatsächlich ist es eine Frage der Zeit, bis er sein erstes Bordell eröffnet.*

Erik gehe es finanziell besser, hatte Frau Wamsganz zwischen den Kaffeefahrten zu erzählen versucht, so als müsste sie sich für die aufgeputzten Karossen ihres Neffen entschuldigen. Keiner aber wollte dies wissen. Selbst Frederika zeigte Fluchttendenzen, obgleich sie doch die Fonds der Witwe betreute und ihr sozusagen – schon weil sie ein kleines Extra-Gehalt von ihr bezog – von Berufs wegen hätte zuhören müssen.

Ja, und auch Xaver Brandis war heute aushäusig. Vor wenigen Minuten erst hatte sie ihn aus dem Haus gehen sehen. Nachdem er im März und April die Blütenstände aller in Berlin existierenden Narzissenarten abgelichtet und katalogisiert hatte, kaufte er sich eines Tages eine Bahncard und ein Fahrrad und blieb – sich auf die Rapsfelder im Hohen Fläming konzentrierend – nun häufig über Nacht weg. Die sich kilometerweit erstreckenden gelben Teppiche, die wie wogende Ozeane die Dörfer voneinander trennten, wirkten bald ähnlich soghaft auf ihn wie die Schneewehen, in die er vor nicht allzu langer Zeit hineingetorkelt war, erzählte er Frederika. Wie unter Zwang lege er dann sein Fahrrad am Straßenrand ab und begebe sich mit rudernden Armen hinein in die Wellen aus sattem Gelb. Um von Blütenstaub übersät und ganz und gar euphorisch wieder aufzutauchen. Sogar die Bienen halte er aus, die ihn dort sofort umsummten. Bei seiner Rückkehr zeigte er Frederika die Beulen, die er von den Stichen zurückbehalten hatte, und bekannte, dass er einmal – weil es zu viele gewesen waren – sogar im Jüterboger Krankenhaus gelandet sei. Die ihn dort liebevoll versorgende Krankenschwester habe ihn zwar für verrückt erklärt, sei aber bereit gewesen, mit ihm abends Chinesisch essen zu gehen. Und habe danach darauf bestanden, ihm in einem mitten in der Stadt gelegenen Friedhof die Gräber von Soldaten der Roten Armee zu zeigen, die tadellos in Ordnung gehalten waren.

Raps sei ein Kreuzblütengewächs, machte Brandis – bei Google kundig geworden – Frederika klar. Als systematisch denkender Mensch habe er sich auch ein Pflanzenbestimmungsbuch angeschafft, damit er die sogenannten Begleitvegetationen an Ort und Stelle identifizieren könne. Das Ackerstiefmütterchen beispielsweise, das zur Gattung der Veilchen gehöre, zähle gleichfalls zu den Kreuzblütlern. Und mit dem Sud des gemeinen Storchenschnabels, der häufig in Rapsfeldern wachse und den man wiederum zur Familie der Geranien rechne, ließen sich – wolle man Paracelsus glauben – nicht nur Ohrenabszesse, sondern auch melancholische Verstimmungen kurieren.

Dass er sich mit gleicher Post ein Fremdwörterlexikon zuschicken ließ, verschwieg er ihr lange, vielleicht, weil man es in der Villa Klestiel verabscheute, online Bücher zu kaufen. Als er es schließlich doch zugab, da er Frederika inzwischen alles beichtete, was er nicht unbedingt verschweigen wollte, hatte er nur lakonisch *Ohne so ein Ding kann man hier nicht überleben* gesagt. Sie aber interpretierte den Satz klarsichtig als Groll über die eigene Kapitulation. Und irritierend erschien ihr im Nachhinein nur der Anflug von Zärtlichkeit, den sie empfunden hatte, als er eines Abends mit dem Ungetüm von Buch unterm Arm vor ihrem Büro stand – die Selbstironie also auf die Spitze treiben wollte – und sich nicht hereintraute, weil Miriam am Schreibtisch saß und in einem Karton mit alten Akten wühlte.

Wäre sie nicht im Raum gewesen, hätte er ihr wahrscheinlich voller Entzücken die irrsinnigsten Fremdwörter und deren schrägste deutsche Entsprechungen gezeigt, da war sich Frederika sicher. So aber schloss er schnell die Tür, obwohl sie zuvor offen gewesen war, und sie konnte durch deren geriffelten Glaseinsatz sehen, dass er noch ein paar Sekunden davor stehen blieb. Kein Zweifel, seitdem der Gast aus Amerika sie so häufig in Beschlag legte, ließen sich in Xaver Brandis' Verhalten Spuren von Eifersucht erkennen.

Bald ergeht es ihm ähnlich wie mir mit Herrn Friedrich, dachte sie mitleidig, *man liebt die Falschen und wird von den Falschen geliebt. So kommt das Unglück in die Welt. Und man wird aufgefressen von der Sehnsucht oder von der verdammten Gleichgültigkeit, in die man sich flüchtet.*

Dass die neben ihr stehende, seltsam passiv wirkende Miriam ihr im Kampf gegen die sich immer wieder zusammenrollenden Baupläne nicht beistehen wollte, machte Frederika freilich kaum weniger ärgerlich als die Tatsache, dass Herr Friedrich die Gesellschaft von Frau Zierer der ihren vorzogen hatte. War doch der Vorschlag, die Pläne im Garten zu präsentieren, von den beiden Freundinnen ausgegangen. Aber auch Linda, die ein paar Meter weiter weg auf einem Plastikstuhl saß und angelegentlich ihre Fingernägel studierte, schien von einer Lähmung befallen. Dass sie es vermieden, sich anzuschauen, hatte vielleicht gar nichts zu bedeuten. Aber es gingen *bad vibrations* zwischen ihnen hin und her, spürte Frederika, die ihr Leben lang darunter gelitten hatte, dass sie die Missstimmungen ihrer Mitmenschen wie ein Seismograf empfing und lange brauchte – manchmal länger als die Betroffenen –, bis sie sie wieder in sich abgebaut hatte. (Ob der Job in der Villa Klestiel wirklich der richtige für sie war, bezweifelte sie deswegen häufig.)

Vorsichtig berührte Frederika ihren Nacken und überlegte, ob sie nicht doch noch ins Haus rennen sollte, bevor Miriam zu sprechen begann. Ein Handtuch aus der Küche würde ja völlig genügen. Womöglich käme auch Xaver Brandis noch einmal zurück, weil er etwas vergessen hatte, die Mineralwasserflasche im Kühlschrank, die Stullen mit den harten Eier, die er so gern auf seine Ausflüge mitnahm. Statt aber hineinzugehen, wartete sie ab und ließ sich die Sonne weiter auf den Hals brennen. Vielleicht würden die Villa-Klestiel-Bewohner ja endlich fragen, was es auf sich hatte mit der Bekanntmachung am Schwarzen Brett, hoffte Frederika. Sie wusste, wie neugierig und klatschsüchtig sie waren. Sie konnten doch jetzt nicht in jene grässliche Albernheit verfallen, die immer dann ausbrach, wenn es ihnen aus irgendeinem Grund die Sprache verschlug. Genau dies aber passierte. Man begann sich über die beiden Wuschelköpfe zu unterhalten, die sich auf einmal im Hause befänden, neben Frederikas rotem jetzt auch ein grauer, was statistisch gesehen bestimmt selten sei. Klinger rief Frederika zu, schon immer habe er sie einladen wollen, ihn zu ihren präraffaelitischen Schwestern in die Londoner Tate zu begleiten, ob sie nicht Lust habe. Und Claudius Nist wiederum behauptete, Miriam ähnele dem jungen Albert Einstein, ob dies noch keiner bemerkt habe.

Da ihn Miriams Frisur zudem an Angela Davis erinnerte, kam es sogar zu einer Art Ost-West-Dialog, während sich die Wartenden immer dichter um die Tapeziertische drängten. Nicht nur von den linken Studenten der BRD nämlich, auch von Erich Honecker sei die Bürgerrechtlerin hofiert worden, sagte Nist, von diesem elenden Heuchler. Der 11. September 1972 sei es gewesen, als der Staatsratsvorsitzende die *Black Panther*-Aktivistin empfing, das wisse er noch ganz genau, weil er selbst an *just jenem Tag* – so verschroben drückte er sich aus – die Abschlussprüfung eines Lehrgangs zur fachgerechten Durchsuchung von Personen und Kraftfahrzeugen abgelegt habe. Erfolgreich natürlich. Achtundvierzig Stunden später sei er zu den Grenztruppen abkommandiert worden. Nein, nein, nicht ins Sperrgebiet. Seine kleinen Freundinnen hätten ihn weiterhin besuchen können.

Ungefähr die Hälfte meines heutigen Gewichts habe ich damals auf die Waage gebracht, fügte er traurig hinzu. *Kaum zu glauben. Erst in der Freiheit habe ich mir einen Fettbauch zugelegt.*

Maximilian Klinger hingegen, der Wortspiele liebte, die andere gar nicht so lustig fanden, konnte beim Anblick der beiden Frauen – wie sie so einträchtig, als wollten sie etwas verkaufen, hinter den Tischen standen – nicht widerstehen, von den *Wawuschels* zu erzählen. Frederika, die inzwischen neben der weiterhin stoisch ins Nichts starrenden Miriam vor Ungeduld fast wahnsinnig wurde, hätte ihm am liebsten den Mund zugehalten.

Was, die kennt ihr nicht?, fragte er in die Runde. *Diese kleinen grünen Monster, die sich von Tannenzapfenmarmelade ernähren und für deren Zubereitung einen dreiköpfigen Drachen als Ofen benutzen? Die kennt ihr nicht?*

Eine Frau mit einem russisch klingenden Namen sei die Verfasserin dieses wunderbaren Kinderbuchs gewesen, Kalaschnikow oder so ähnlich habe sie geheißen. (*Irina Korschunow*, sagte Marianne Lichtblau, die nur vorbeigekommen war, um der Sekretärin den nächsten Schwung mit Arztrechnungen zu überreichen. Ihre Haare bedeckten jetzt wieder vollständig ihren Kopf, das ließ sie nicht mehr so krank aussehen. An der Hausversammlung teilzunehmen, war sie dennoch nicht gewillt. Bevor sie jemand ansprechen konnte, hatte sie sich schon umgedreht. Frederika schaute ihr nach, wie sie vorsichtig, Schritt für Schritt, mit gesenktem Kopf ins Haus zurückkehrte, und entdeckte dabei Herrn Schwartz, der zwischen den noch dünnen Fransen der Trauerweide stand und diese hin und wieder – sein Gesicht verhüllend – als Theatervorhang benutzte. Klingers Exkurs über die Wawuschels interessierte ihn nicht, Frederika konnte sehen, wie er in komischer Verzweiflung die Schultern hochzog und sich einige Male – ihren Blick suchend – bedeutungsvoll an die Stirn tippte. Und auch Linda, die Künstlerin, wollte kein Wort zur Unterhaltung beitragen, obgleich sie bekanntermaßen gut in Small Talk war und sich nicht ungern in der Küche aufhielt, wenn die Klatschorgien wogten.)

In der Nähe der Glienicker Brücke seien in den siebziger Jahren Filme über die Wawuschels gedreht worden, sogar eine Höhle aus graugrünem Styropor, bei deren Konstruktion er mitgeholfen habe, wurde dort für die Puppen gebaut, erzählte Klinger, der noch in seinem Jogging-Anzug steckte und nach Schweiß roch, als er sich jetzt direkt neben die beiden Frauen stellte. Und er hörte nicht auf, von diesem Job zu schwärmen, den ihm die Arbeitsvermittler der Freien Universität, die sich sinnigerweise *Heinzelmännchen* nannten, damals verschafften. Der beste Termin von allen sei das gewesen, in seinem zweiten Semester in Berlin, als er sich nicht viel mehr als Senf auf dem Brot leisten konnte, was eindeutig zu wenig war, wenn man die Nächte durchdiskutierte, am Tag hart arbeiten und danach vielleicht noch demonstrieren musste. Besser als Rollmöpse in Gläser zu packen, Blinden in Blindenheimen das Fleisch klein zu schneiden oder zur Aufhübschung des vom Krieg so arg ruinierten Kurfürstendamms Karyatiden in Beton zu gießen.

Viel, viel besser. Ich habe die Wawuschels wirklich geliebt.

Und er lachte sein fettes, dröhnendes Lachen, an das Frederika sich niemals gewöhnen würde, weil es aus einem so schlanken, drahtigen Körper kam. Klinger gab stets Geräusche von sich, dachte sie, während sie beobachtete, dass sich jetzt endlich auch die Sanderlings und Bibi Never von ihren Bänken erhoben. Er verschluckte sich, er hustete, prustete und nieste, zog den Rotz durch die Nase, schnaubte mit Vehemenz in sein Taschentuch. Unvorstellbar, dass man ihn im Kofferraum eines PKW in den Westen geschmuggelt hatte, wo er sich doch keine Sekunde bezähmen konnte. Und sie empfand Erleichterung darüber, dass er und Nist, der nun hinter ihr stand und wieder einmal so heftig ihre Nähe suchte, dass sie befürchtete, mit ihrem Ellbogen seinen Bauch zu berühren, nicht wieder ihren nervigen Zwist begannen. Der bezog sich darauf, dass dem früheren NVA-Soldaten und jetzigen Klavierlehrer bei der Maueröffnung die Freiheit quasi hinterhergeworfen worden sei, nichts, aber gar nichts habe er dafür getan. *Nitschewo. Nothing. Niente. Nichts.* Jedenfalls habe er nie etwas darüber verlauten lassen, was verdächtig genug sei. Während er, Klinger, damals, Ende der sechziger Jahre, bei seiner Republikflucht mit Zuchthaus und Psychofolter rechnen musste und später trotz seiner Klaustrophobie einer studentischen Fluchthelfer-Organisation beim Tunnelbau geholfen und sich – unterirdisch – sogar noch einmal auf DDR-Territorium gewagt habe. Heute könne er nicht ohne

Beklemmungen U-Bahn fahren. Zu schweigen mit dem Fahrstuhl in den achten Stock.

Wenigstens ging Klinger auf Nists reflexhaft erfolgenden Protest nicht ein. Er beschränkte sich auf die vergleichsweise unpolitische Bemerkung, dass ein in der Brutpflege begriffenes Krähenpaar in Charlottenburg Passanten attackiert habe, wie im *Tagesspiegel* von vorgestern zu lesen gewesen sei. Bevor er aber beginnen konnte, über die gar nicht einmal schleichende Machtübernahme dieser Vögel in der Innenstadt zu sprechen, die die Ratten der Lüfte, die Tauben also, längst abgelöst hätten, und seinen von allen gefürchteten Rundumschlag mit dem Satz *Krähen sind nämlich hochintelligent* einleiten wollte, fuhr ihm Bibi Never – sie hielt noch immer ihr Buch in der Hand und musste schon einen ganz steifen Finger haben – in die Parade. Alle wussten, dass sie Klinger hasste, und wunderten sich nicht, dass sie nun ihre Mitbewohner aufforderte, statt seines Geredes doch lieber dem Trommelfeuer der Buntspechte zu lauschen, diesem hinreißenden Liebeswerben der schwarz-weiß Gefiederten mit dem schönen knallroten Fleck am Rücken, auf die sie alle stolz seien könnten.

Ich für mein Teil liebe sie mehr als die so aufdringlich jubilierenden Amseln, die mich morgens – nach durchschriebener Nacht – nicht einschlafen lassen, sprach sie fröhlich. *Sie erinnern mich an das Klappern meiner alten Schreibmaschine. Jetzt habe ich einen PC. Das ist ja sooo unromantisch.*

Und tatsächlich wurde es für einen Augenblick ganz still, so still, dass man nicht nur die Vögel klopfen, sondern auch die alten Bäume ächzen hörte. Was Frederika daran erinnerte, dass Herr Linnenbrinck dies Ächzen bei seinem letzten Besuch als kein gutes Zeichen genommen hatte und deshalb einen Sachverständigen vorbeischicken wollte. Einen Dendrologen hoffentlich, sagte Brandis, der sein Fremdwörterbuch auch umgekehrt herum benutzte, später zu Frederika, und nicht nur einen einfachen Holzfachmann. Die Dendrologie sei eine Wissenschaft, die schon die alten Griechen für die Bepflanzung ihrer öffentlichen Gärten anwandten. Und auch einem alten Garten in Zehlendorf könne sie nicht schaden.

Als aber Miriam immer noch keine Anstalten machte, aktiv zu werden, nutzte die Sekretärin die Stille – selbst die Spechte schienen ihre Arbeit für ein paar Sekunden eingestellt zu haben – und bat um Aufmerksamkeit. Herr Schwartz kam daraufhin hinter seinem Vorhang hervor. Maximilian Klinger verschluckte den Satz, den er zu Bibi Nevers Schreibmaschinen-Märchen hatte äußern wollen. Und Frederika mochte es fast nicht glauben, dass Miriam tatsächlich – automatenhaft steif – mit dem gleichen Satz, mit dem sie damals in ihr Büro gestolpert war, ihre Rede begann.

Well … I'm treasure hunting, sagte Miriam also, mit einem Lächeln ihre Zahnlücke zeigend, *genauer gesagt: Ich bin auf der Suche nach einer Rembrandt-Zeichnung.* Aber ihre Stimme blieb gelassen und sie sprach sogar so leise, dass die *lieben Bewohner der Villa Klestiel*, um deren Unterstützung sie bat, näher an sie heranrücken mussten. Ein Kohlweißling – mattgrün und von mittlerer Größe – setzte sich genau in dieser Sekunde auf die rechte obere Ecke der stockfleckigen Baupläne und flatterte in der nächsten hektisch davon. Es war Frederikas erster Schmetterling in diesem Frühjahr, aber gewiss hatte dies – so beschloss sie, jeder Magie abhold – nichts, aber auch gar nichts zu bedeuten.

Aus dem Augenwinkel sah sie Tim und Struppi auf den Hintereingang zusteuern, wahrscheinlich wollten sie sich im Fernsehen eine Telenovela ansehen, das taten sie gern, wenn Frau Zierer unterwegs war, einen Schlüssel zu ihrer Wohnung besaßen sie längst. Und während sich über die Spannung, die nun alle erfasst hatte, das fröhliche Pfeifen der Reinigungskraft legte, die bei geöffnetem Fenster Herrn Friedrichs Schaukelpferd abstaubte, hörte Frederika aufmerksam zu, wie Miriam – in deutlichstem Deutsch – die Baupläne der Villa Klestiel erläuterte. Sie hatte sich offensichtlich gut vorbereitet in den einsamen Stunden oben im Gästezimmer, als sie das mit blauem Tintenstift auf Pergamentpapier gezeichnete Relikt aus der Zeit, die noch vor der Existenz der Villa lag, mit den Informationen ihres Vaters verglich, der seinerseits ja auch nur von seinem Vater informiert worden war. Wo wer wohnte, schlief und arbeitete, damals, als Leo Klestiel das Haus verlassen musste. Wo sich der Salon und das Herrenzimmer befanden, wo die Dienstboten lebten, der Chauffeur und die Köchin. Wo die Speisekammern waren, die Schuhkammern, die Wäschekammern, die Ankleidekabinen, die Vorratsschränke. Irgendwo – da oder dort – müsse die Stahlkassette mit der Rembrandt-Zeichnung zu finden sein, sagte Miriam. Sicher wisse sie nur, dass ihr Großvater sie nicht im Garten vergrub.

Natürlich habe sich inzwischen viel verändert, fuhr sie fort, die mangelnde Sensibilität des Architekten nicht erwähnend, die sie zuvor – in Gesprächen mit Frederika – noch heftig gegeißelt hatte. Für die Gründung einer Wohngemeinschaft aus lauter selbständig lebenden Individuen sei es zweifellos notwendig gewesen, dass man aus einem Zimmer zwei gemacht, Wände versetzt sowie Küchen und Duschkabinen eingebaut habe. Im Dachgeschoß zusätzliche Apartments und im Keller gekachelte Wasch- und Trockenräume entstehen mussten. Nach wie vor existent freilich seien die Wandschränke, wie sie sich habe überzeugen können. Selbst in jenem Schlauch von Gästezimmer, in dem sie die letzte Woche zugebracht habe, befänden sich zwei: einer, der zugänglich war, und einer unter der Tapete. Was den Schluss zulasse, dass sich in den anderen Zimmern und Wohnungen – mehr oder minder versteckt – ebenfalls solche Gelasse befänden.

Ihre Großeltern hätten von den Räumen ihres Berliner Anwesens wie von Ballsälen gesprochen, sagte Miriam, so sei es ihr wenigstens vorgekommen, vielleicht weil ihr selbst als Kind die Zimmer in dem Häuschen in Queens, wo ihre Großeltern und jetzt ihre Eltern lebten, so winzig erschienen. Unmöglich, darin nur einen einzigen Wandschrank zu installieren. Auch an Regale war nicht zu denken, dort, wo man lebte wie in Liliput. Weshalb ihr Großvater, der leidenschaftlich gerne schmökerte, selbst dann, als er es sich wieder leisten konnte, keine Bücher kaufte, sondern sich diese lieber von seiner Frau oder seiner Enkelin aus der New Yorker Stadtbibliothek holen ließ. Unzählige Male habe er sie dort hingeschickt, sagte Miriam, sein Bedarf an deutschen Romanen sei praktisch unersättlich gewesen. Und auch deutschsprachige Zeitungen habe sie für ihn kaufen müssen, in denen er die kleinste Meldung zur Kenntnis nahm und kommentierte.

Wenn er Zeit hatte, hieß das freilich, und nicht gerade seiner Frau beim Kochen helfen musste. Der Party-Service nämlich, der gleichsam von der Kochplatte ausgegangen war, die in dem armseligen *guesthouse* in Brooklyn stand, wo Miriams Großeltern fürs Erste unterkamen, und mit dem sie sich eigentlich nur vorerst hatten über die Runden bringen wollen, sollte sich als ihre Rettung erweisen.

Reich habe sie das Catering-Geschäft nicht gemacht, weit über sechzig seien sie gewesen, als sie endlich mit dem Kochen und Backen aufhören konnten, berichtete Miriam weiter. Und ihr Großvater habe seinen Ruhestand leider auch nicht lange genießen können … Zumal sich in seinen letzten Jahren die Folgen der Misshandlungen, die er bei einem Gestapo-Verhör erlitten habe, wieder stärker bemerkbar gemacht hätten. *Es gab Zeiten, da konnte er weder trinken noch essen und hatte unerträgliche Schmerzen*, sagte sie bedächtig, fasste sich an ihren grauen Wuschelkopf und schaute angestrengt zum Himmel, wo immer noch die Magritte-Wölkchen segelten.

Hausmannskost aus Europa sei bis in die siebziger Jahre hinein jedoch ausgesprochen gut gelaufen. Und es sei toll gewesen, was ihre Großmutter ihrer Berliner Köchin – geradezu antizipatorisch – abgeguckt und dann auf eigene Faust weiterentwickelt habe. Sowohl handgeschabte Spätzle als auch Maultaschen und Gaisburger Marsch gehörten zu ihrem Repertoire. Königsberger Klopse, Leipziger Allerlei, Salzburger Nockerln und Schlesisches Himmelreich. Kein Problem für *Klestiels Party-Service.* Und irgendwann hätten sie auch ihren Frieden mit dem amerikanischen Geschmack gemacht und ihre Torten mit rosa und blau eingefärbter Buttercreme verziert.

Einmal hat meine Großmutter sogar die US-Flagge auf eine Torte gezirkelt, fügte Miriam noch hinzu, *sie war wirklich eine Patriotin.*

Dass ihre Mutter an Multipler Sklerose erkrankt sei und seit einigen Jahren im Rollstuhl sitze, war der mit deutlich festerer Stimme gesprochene vorläufige Nachsatz. Den kannte Frederika noch nicht. Ruhig und scheinbar emotionslos informierte Miriam ihre Zuhörer über das amerikanische Gesundheitssystem, dessen Härte ihre Eltern demnächst zwingen würde, ihr Reihenhaus in Queens zu verlassen, wenn sich an ihrer finanziellen Situation nichts änderte. Ja, bedauerlicherweise hätten ihre Großeltern ihren Kindern nicht viel hinterlassen können, die von den Amerikanern und später vom Berliner Senat überwiesene Miete für die Villa sei lächerlich gering gewesen. Und das Geld, das der Verkauf einbrachte, habe gerade gereicht, die Schulden zu bezahlen, die man für das Häuschen, vor allem aber für den Kampf gegen die Krankheit aufgenommen habe. Für die jetzigen Bewohner sei die Villa Klestiel, wie sie ja nun offiziell heiße, ganz gewiss ein Schnäppchen gewesen …

Vielleicht bemerkte nur Frederika, die direkt neben Miriam stand, wie heftig sie mit ihrer linken Hand an ihrem rechten Zeigefinger zog, bevor sie weiterredete. Als ob sie das Ende ihrer Ausführungen herbeisehnte, reihte sie die folgenden Sätze rascher aneinander. *Well* … Es habe sich bis jetzt nicht aufklären lassen, wo die Kunstschätze geblieben seien, die Leo Klestiel angeblich zeit seines Lebens sammelte. Vielleicht sei es ihm ja noch gelungen, sie zu verkaufen. Oder die Nazis hätten sie eingesackt. Vor seinem plötzlichen Tod – gerade habe er einen Notenschlüssel auf eine Torte gespritzt, weil er seiner Frau beweisen wollte, wie sicher seine Hand noch sei – war dies jedenfalls nicht mehr zu klären. Und was die Rembrandt-Zeichnung anbelange, für die er viel Geld ausgegeben habe, obwohl sie gar nicht zu seiner Sammlung passte, so behauptete er immer, dass er sie noch am Abend vor seiner Flucht versteckte. *Wo, wollte er uns allerdings partout nicht verraten.*

Als Miriam geendet hatte, schlug sich ihre Freundin Linda an die Stirn, stöhnte laut auf und fing an, im Garten auf- und abzulaufen. Schon während Miriam sprach, war sie unruhig geworden, hatte vor sich hin gemurmelt, sich einmal sogar – an den beiden Sanderlings vorbei – ihrer Freundin genähert und sie am Arm gepackt. Aber auch Frederika wunderte sich und konnte nicht begreifen, warum Miriam ihren Zuhörern das Martyrium ihres Großvaters verschwieg und stattdessen das Bild erfolgreicher kleiner Geschäftsleute entwarf, die sich trotz widriger Umstände im mittleren Alter noch einmal aufgerappelt und von vorne begonnen hatten. Fast ein Idyll hatte Samuel Klestiels Urenkelin geschildert, keine Odyssee von Menschen, die man aus obskuren Gründen aus ihrer Villa warf, nach deren Leben man trachtete und die, um es zu retten, aus Deutschland fliehen mussten. Der eine kleine verzagte Satz über das schwere Leben ihres Großvater war nicht mehr als ein Aperçu. Man konnte nur hoffen, dass ihn die teilweise schon schwerhörige Belegschaft der Villa Klestiel richtig verstanden hatte. Andeutungsweise konnte Frederika nun auch begreifen, was Linda meinte, als sie sagte, es käme darauf an, wie Miriam *ihre Sache* verkaufe.

Ein Feuerwerk aus Fragen stellte sich jedenfalls nicht ein. Claudius Nist öffnete zwar den Mund und wollte *Was tun?, sprach Zeus* sagen, wie immer, wenn ihm etwas nicht geheuer war. Maximilian Klinger stieß ihm jedoch so schnell in die Seite, dass er nur die erste Satzhälfte artikulieren konnte. Und nachdem sich die meisten erst einmal schweigend über die Pläne gebeugt, ihre eigene Wohnung und die der anderen lokalisiert oder mit dem Zeigefinger nachvollzogen hatten, wo die Wände versetzt worden waren – als wollten sie vermeiden, Miriam in die Augen zu sehen –, war es dann doch er – Klinger –, der sich als Erster zu Wort meldete.

Erstens, so begann er zu fragen, warum nicht ihr Großvater gekommen sei, um die Zeichnung zu holen. Bevor die Umbauten begannen, wäre die Schatzsuche bestimmt viel leichter gewesen. Zweitens. Woher Miriam überhaupt wisse, dass die Zeichnung von Rembrandt stamme. Gerade in letzter Zeit seien immer wieder Fälschungen enttarnt geworden. Gern könne er sie ins Kupferstichkabinett begleiten, dort würden Experten sitzen, die ihr auch einmal ein Original zeigen könnten. Und drittens: Was oder wer denn zu sehen sei auf der Zeichnung. Rembrandts Spektrum sei unendlich, er habe biblische, mythologische und historische Themen auf seine Blätter gebracht, Landschaften, Männer, Frauen, Kinder und Tiere skizziert, zu schweigen von den Vorzeichnungen für seine Gemälde. Und sogar Erotisches habe er nicht ausgelassen, wie man erst kürzlich erfahren konnte …

Aber auch dieses Mal war niemand bereit, Klinger ins Gestrüpp seiner Gedanken zu folgen. Anscheinend wollte man erst einmal nicht reden. Lieber verteilte man sich im Garten, ging auf und ab und zupfte an den Zweigen der Trauerweide, wenn man dort vorbeikam. Hin und wieder warf man auch einen Blick auf Miriam, die mit gerunzelter Stirn die Reißbrettstifte von der Tischplatte löste, die Baupläne zusammenrollte, weiße Bänder darum band und Schleifen daraus fabrizierte – als verpackte sie Geschenke. Es war heiß, der heißeste Tag im Mai seit hundert Jahren, konnte man abends im *RBB* erfahren. Auf Frederikas Oberarmen wucherten die Sommersprossen, sie glühte, sie hatte Durst, ihr fiel ein, dass ältere Menschen bei Hitze viel trinken sollten.

So bat sie Linda, die sich wieder in ihren Plastikstuhl gesetzt hatte und ihre Freundin böse anstarrte, ihr in der Küche bei der Inbetriebnahme der in den Kühlschrank integrierten Eiswürfelmaschine zu assistieren, wie Xaver Brandis diesen – letztes Jahr gescheiterten – Vorgang genannt hatte. Mit dem Po wackelnd, in einem rot gepunkteten Minikleid, das ihr wenig Bewegungsfreiheit ließ, ging die Künstlerin vor ihr her ins Haus. Und fing, als sie dann in der Küche waren, sofort wieder zu rasen an.

Ich fass' es nicht. Jedem hat sie erzählt, dass ihr Großvater von den Nazis gefoltert wurde, jedem deutschen Touristen, der ihr in New York begegnete. Mir auch. Von der Tragödie, die sich in ihrer Familie abspielte. Wie schwierig es war, dem halsstarrigen Leo Klestiel das bisschen Wissen zu entreißen, das er sich in seinem Kopf bewahrt hat. Wie hochgradig verwirrt er war. Dass er sich weigerte, die Villa zu verkaufen, weil er allen Ernstes zurückkommen wollte. Und dann macht Miriam es diesen saturierten Akademikern so leicht. Und belästigt sie nur mit einem einzigen läppischen Sätzchen über seine Tortur. Verschont ihre Gefühle, lässt sie weiter albern sein … Verstehst du das, Frederika? Ich verstehe es nicht.

Sie variierte ihren Wortschwall noch ein paar Mal, da sie nicht zu den Menschen gehörte, die sich kurz fassen konnten. Und setzte erst dann mit viel Lärm und ohne Schwierigkeiten das Gerät in Gang. Während Frederika ihr den Rücken zuwandte und durchs Fenster beobachtete, dass man sich draußen, im Garten, noch immer der Geselligkeit verweigerte und vorzog, für sich zu bleiben. Selbst die Sanderlings trennten sich für kurze Zeit und gingen ein paar Runden, bevor sie es wagten, sich Miriam zu nähern. Claudius Nist zupfte Löwenzahn aus dem zur Wiese verkommenen Rasen, wobei ihm sein Bauch zu schaffen machte. Und Schwartz wimmelte Klinger, der Kontakt mit ihm aufnehmen wollte, so heftig ab, dass Frederika befürchtete, dieser würde dem zarten Schauspieler einen Kinnhaken versetzen, bevor er sich beleidigt abwandte.

Linda freilich, die inzwischen Gläser, Saftflaschen und Kekspackungen nach draußen getragen, auf die abgeräumten

Tapeziertische gestellt hatte und nun schon wieder dabei war, neue Eiswürfel in eine Glasschüssel zu schaufeln, obgleich sie schon mehr als genug davon produziert hatte, hörte nicht auf, sich über die Villa-Bewohner zu ereifern. Welch schlechte Figur diese gescheiterten Weltverbesserer doch machten, wie wenig Substanzielles von ihnen doch komme. Schon Klingers gönnerhafte Haltung sei unerträglich gewesen, noch viel ätzender aber das naive Gewäsch der Sanderlings, die – anstatt ihr Hilfe anzubieten – darauf bestanden, Miriam von ihrer Reise ins Heilige Land zu erzählen. Dort hatte sich Frau Sanderling im Garten Gethsemane den Fuß verstaucht und war von einem so netten, jungen Mann versorgt worden. Der habe Schläfenlocken gehabt, machte Linda Frau Sanderling nach, ließ ihre Stimme überschnappen und verdrehte die Augen. Und habe ihnen, den Deutschen, *trotzdem* einen Krankenwagen herbeitelefoniert.

Alle, alle sagen das Falsche, schalt sie und zog sich ungeduldig ihr hochgerutschtes Kleid über die Schenkel, *und ich weiß auch, warum. Weil sie Egoisten sind. Weil sie Spießer sind. Weil sie meinen, ihre Pflicht und Schuldigkeit getan zu haben. Weil sie in Ruhe gelassen werden wollen. Weil es Miriam nicht gelungen ist, sie aufzustören. Diese Elfenbeinturmbewohner, die noch niemals in Hellersdorf waren. Diese Wolkengucker, für die Zehlendorf zum Nabel der Welt geworden ist.*

Tatsächlich wisse sie nicht, wer sich schlimmer aufgeführt habe: die Dame mit dem gebrochenen Sprunggelenk, die Israel im Gips verlassen musste. Oder Claudius Nist, der von den antifaschistischen Aktionstagen an seiner früheren Oberschule berichtete und vielleicht ja nur, weil ihm Klinger ein zweites Mal in die Seite puffte, nicht mehr hinzufügen konnte, wie verlogen er den sogenannten Antifaschismus in der DDR gefunden habe. Einzig Bibi Never, die sich zwischenzeitlich – als ginge sie das alles nichts an – auf einer Bank in ihr Buch vertieft hatte, fand Gnade in Lindas Augen: Sie sei abrupt aufgestanden, habe Miriam heftig die Hand geschüttelt und versprochen, ihr Apartment gründlich nach Geheimfächern abzusuchen.

Ja, pffft. Und weg war sie. Das war ein Abgang. Hätten das nicht alle andern auch so halten können?

Und ich, ich habe die Sonnenschirme vergessen, dachte Frederika hinter dem Küchenfenster, als man sich draußen den Schweiß von der Stirn zu wischen begann und den Schutz der Bäume suchte, *und bin schuld daran, wenn wir heute Abend einen Sonnenstich haben.* Weil sie würgen musste, wie immer, wenn ein zu schweres Parfüm ihre Schleimhäute reizte, rückte sie ein bisschen von Linda ab. Und empfand – kurzfristig wenigstens und fast ein bisschen widerwillig – Mitleid für ihre armen, arglosen, an Rheuma oder Osteoporose leidenden Ziehkinder, die zwar immer nur das Beste wollten, letztlich aber nur ihre Bequemlichkeit liebten und nicht einmal fähig waren, Rechnungen alphabetisch abzulegen, geschweige denn ihre Finanzen in Ordnung zu halten. Und es nicht merkten, wenn man sie betrog. (Dass *sie* sie betrog vielmehr und ihrem Sohn nicht nur von Frau Wamsganz' Geld einen Rechner und eine Winterjacke gekauft, sondern längst begonnen hatte, auch andere Konten zu plündern.) Kalt erwischt hatte Miriam die Bewohner mit ihrem Ansinnen, sich an der Suche nach der Rembrandt-Zeichnung zu beteiligen. Sie fühlten sich bedroht, sie hatten Angst, dass man ihnen ihre Villa auseinandernahm. Und erwiesen sich als so wenig souverän, wie Frederika nach ihrer Rückkehr in den Garten feststellte, dass es eigentlich unmöglich war, sie – wenn auch bloß gedanklich – gegen Lindas Hass zu verteidigen.

Denn es war ja wahr. Keiner verlor ein Wort über Leo Klestiels Leiden. Statt nur ein Wort des Bedauerns zu äußern, zogen sie es vor, sich anzubiedern oder abzuwiegeln. Erzählten von den Seminaren der *Aktion Sühnezeichen*, an denen sie teilgenommen, von einer ominösen Historikerdebatte, in der sie mitdiskutiert hatten damals, als es um die Unvergleichlichkeit des Holocaust ging. Und selbst ihren Einsatz für die Errichtung der Stelen ließen sie nicht aus und schämten sich nicht für das Satz, dass Peter Eisenmans *Denkmal für die ermordeten Juden Europas* immerhin nicht unumstritten gewesen sei. Es fehlte nicht viel, und sie hätten ihre Attitude als Zivilcourage verkauft. Dabei hatte Miriam den Holocaust gar nicht erwähnt. Und auch nicht verlauten lassen, dass die Schwestern ihres Großvaters in Ravensbrück ermordet worden waren.

Ich weiß nicht, wo mein Vater war, als Leo Klestiel aus seinem Haus vertrieben wurde, blökte Maximilian Klinger schließlich so wütend wie hilflos in die Runde und klappte den Schirm seiner Baseballmütze hoch, sodass man seine unglaublich hellblauen Augen sah, *ich weiß es nicht. Bedauerlicherweise ist es aber dasselbe, das wir seit einigen Jahren bewohnen. Und im Übrigen rechtmäßig erworben haben.*

Frederika ließ nicht zu, dass der Schreck, der sie in diesem Moment durchfuhr, sie lähmte. Als pragmatische Person konnte sie es zur vollständigen Demontage ihrer Schützlinge nicht kommen lassen. Sie wollte nicht, dass die kurzfristig einberufene Hausversammlung zum Desaster wurde, dass womöglich ein Streit ausbrach. Denn – so sagte sich Frederika, die mit den Steuerklärungen längst noch nicht fertig war und morgen Abend wieder gegen das verstockte Schweigen einiger Hausgenossen anrennen müsste – immerhin bewahrten sie doch ihre Contenance, die neuen Besitzer der Villa Klestiel! Während sie Miriam umrundeten jetzt, gegen Gesprächspausen kämpften und so etwas wie eine Gesprächskultur entfalteten, obwohl sie wahrscheinlich nie – und dies vielleicht sogar ganz bewusst – zum Kern des Problems gelangten. Sie wussten sich zu benehmen. Sie waren bereit, Verantwortung zu übernehmen. Sie waren Akademiker. Sie spendeten für Greenpeace und den Kinderschutzbund, in beträchtlicher Höhe sogar, wie die ihre Bankguthaben überblickende Bürokraft wusste. Was konnte man ihnen also vorwerfen? Oder sie sich selbst? Nur Herr Friedrich war noch in der Nazizeit geboren: pünktlich zu Kriegsbeginn, am 1. September 1939, hatte er im hessischen Seligenstadt das Licht der Welt erblickt, wenn ihr Gedächtnis sie nicht trog. Aber auch er musste sich nicht schuldig fühlen. Und gegen die Dummheit der Sanderlings war ohnehin kein Kraut gewachsen. Genauso wenig wie gegen Claudius Nists mangelnden Takt und seine gigantische Unbeholfenheit.

Ihr eigener Großvater hatte in einem sowjetischen Gefangenenlager Flugblätter des *Nationalkomitees Freies Deutschland* verteilt, er war zu einer Gruppe von Kriegsgegnern gestoßen und von ihnen ideologisch umgedreht worden. Alles reiner Zufall. Oder vielmehr Glück? Ja, sie hatte Glück mit ihren Vorfahren. Von denen zumindest, die sich ihre Finger schmutzig gemacht haben könnten, war sie deutlich weiter entfernt. Und gehörte damit nicht zu jener Generation, die sich in der Villa Klestiel eingeigelt hatte. Zu diesen verklemmten Männern und Frauen, die sich schuldig fühlten, ohne schuldig zu sein, die bis zur Selbstverleugnung die Sprache der politischen Korrektheit sprachen und dahinter ihre Angst und ihre Tränen verbargen. Es machte einen Unterschied, wie nah man an der Katastrophe war. Xaver Brandis war näher dran, die Sanderlings, Marianne und Viktor Lichtblau, selbst Claudius Nist, der jüngste der Bewohner. Alle waren näher dran als sie. Näher auch als Miriam auf Seiten der Opfer. Was Zufall war. Und wiederum ihr eigenes – Frederikas – Glück. Oder das ihres Sohnes. Dem dieses Glück garantiert am Arsch vorbeiginge, wie er sich wahrscheinlich ausdrücken würde.

Und genauso war es dem Zufall zu verdanken gewesen, dass Marianne Lichtblau sich nicht über die Baupläne gebeugt hatte an diesem Nachmittag, sondern im Haus gegen die von einer neuen Hormonbehandlung ausgelöste Übelkeit kämpfte. Sie wäre vielleicht fähig gewesen, angemessen auf Miriams Ansprache zu reagieren, wenn man von angemessen in diesem Zusammenhang überhaupt reden konnte und nicht nur das meinte, was Linda, die Gefühlsinstallatorin, unter *richtig* verstand. Vielleicht hätte sie auch nur gesagt, das Wichtigste sei, genau Bescheid zu wissen. Nicht die Augen zu verschließen. Fragen zu stellen. So wie an jenem regnerischen Nachmittag im November des letzten Jahres, als in der Küche der Villa Klestiel zufällig die deutsche Vergangenheit aufs Tapet gekommen war und jeder mehr oder weniger offen über die Verstrickungen seiner Familie berichtete. Ihr Mann und sie, sie hätten immer Bescheid wissen wollen. Um buchstäblich jeden Preis.

Aber vielleicht hätte sie ja geschwiegen und nicht einmal etwas darüber verlauten lassen, dass sie sich seit Jahren in einem Netzwerk gegen Antisemitismus engagierte und alljährlich – solange sie es gesundheitlich vermochte – am 13. Februar nach Dresden fuhr, um gegen die Umzüge der Neonazis zu demonstrieren. Sie wirkte viel bescheidener in letzter Zeit, stellte Frederika fest, längst nicht mehr so besserwisserisch.

Dass sie vorhin Klinger korrigierte, geschah eher *en passant*. Und dass sie seit einigen Tagen versuchte, den rastalockigen Tim in die Mangel zu nehmen, weil sie von Leonor Zierer zufällig erfahren hatte, dass er dabei gewesen war, als Viktor Lichtblau in der S-Bahn zusammenbrach, konnte man ihr wirklich nicht verübeln. Seit es wegen der Sommerzeit länger hell war, saß sie mit dem Jungen manchmal auf einer Bank in der Abendsonne und fragte ihn aus. Wollte wissen, wie es war, als Viktor plötzlich zusammenbrach, ob er zu ihm oder den anderen Leuten etwas gesagt hatte. Immer, wenn Struppi sich ihnen mit ihrem kläffenden Hündchen nähern wollte, scheuchte Tim sie weg. Neuerdings schienen sie Probleme miteinander zu haben.

Frederika merkte, wie ihr der Faden zu reißen begann. Ihre Schützlinge überforderten sie. Sie wussten nicht, wie groß die Mühe war, mit ihnen Schritt zu halten. Gegen die tief stehende Sonne blinzelnd, nahm sie – erschöpft in Lindas Plastikstuhl sitzend – kaum wahr, wie die Freundinnen, die irgendwie zu Feindinnen geworden waren, sich entfernten, viel zu weit voneinander entfernt, um sich zu berühren. Niemand redete, niemand wollte entscheiden, wann es mit der Schatzsuche losgehen sollte. Vielleicht ja schon morgen. Erst einmal jeder für sich? Oder gruppenweise? Es war, als hätten sie alle ein Spiel gespielt und seien nun grenzenlos müde. Die Sanderlings sammelten ihre Fotos und Landkarten ein, Bibi Nevers Buch ließen sie liegen. Und Frederika sah seufzend auf die Uhr. Es ging auf sieben zu. Wieder einmal hatte sie den rechtzeitigen Absprung nicht geschafft aus dem Irrenhaus, wo sie arbeitete. Wenn Sebastian noch bei ihr lebte, müsste sie mit seiner Missbilligung rechnen. Oder – was noch unangenehmer war – er stünde im Vorgarten mit bitterbösem Gesicht. Ihr Söhnchen. Ihr Sohn. Er fand es ekelhaft, wie sehr sich seine Mutter an diese Tattergreise hängte, und weigerte sich standhaft, die Villa Klestiel zu betreten.

Dass Herr Schwartz, der im Gras zu ihren Füßen saß, sie um die Auflösung seines Mietvertrags bat, weil er sich – auf lange Sicht – entschlossen habe, in eine Schwulen-WG in der Güntzelstraße zu ziehen, war definitiv der falsche Zeitpunkt. Wahrscheinlich bildete sie sich nur ein, dass er ihre über die Stuhllehne hängende Hand kurz berührte, als sie mühsam versuchte, aufzustehen.

Wie soll das bloß weitergehen mit all diesen komplizierten Charakteren hier! Sie haben doch so gut zu uns gepasst, wollte sie gern zu ihm sagen. *Sie dürfen nicht gehen, wir brauchen Sie zu Weihnachten* …

Aber sie hatte keine Kraft mehr und vertröstete ihn auf morgen. Sie war sowieso nur noch hier, weil sie auf Brandis wartete. Und als er endlich kam, merkte sie, wie sehr sie ihn vermisst hatte. Langsam schob er sein Fahrrad durch die Wiese, die man unbedingt mähen müsste, wie ihr auffiel, vertäute es an der Regenrinne neben dem Hintereingang, kehrte zurück, reichte ihr fürsorglich die Hand, zog sie hoch und blieb in ihrer Nähe stehen. Nicht sehr viel später waren auch Leonor Zierer und Herr Friedrich zurück, *völlig erschossen*, wie sie kundtaten. Frau Zierer trug einen Strauß mit weißem Flieder im Arm. *Für den Küchentisch*, sagte sie, sich schnaufend auf der Bank niederlassend, auf der Bibi Nevers Buch lag. Während sie die nackten Beine ausstreckte, ihre Fußknöchel knacken ließ und mit ihren rotlackierten Zehen wackelte, beklagte sie sich über Herrn Friedrich, der sie viel zu schnell und viel zu lange durch den Schlosspark zu Prinz Heinrichs

Grab gehetzt habe. Sprachlos schauten alle zu, wie sie aus ihrer Handtasche ein Feuerzeug und eine Zigarettenschachtel kramte und zu paffen anfing. Nun war es also offiziell.

Weshalb das Herzflattern, das sich zuverlässig einstellte, wenn sie Herrn Friedrich sah, dieses Mal so viel schwächer ausfiel? Frederika wollte es nicht wissen. Er sah noch immer aus wie der *Gattopardo*. Schlank, elegant, groß, unnahbar. Cool. Nicht auszudenken, dass ihm eine dubiose Erscheinung wie Herzeleide Glöckel dermaßen die Fassung rauben konnte. Hoffentlich hatte die Zugehfrau nicht wieder ein Putz-Utensil in seinem Zimmer vergessen, das machte ihn ärgerlich. Wo er doch in so erkennbar guter Laune war: Plastiktüten schwenkend, in denen man Kirschen und Spargel vermuten konnte.

Und alle wussten ja auch, was nun kam: seine Aufforderung an die *lieben Mitbewohner*, sich am nächsten Morgen zum Spargelschälen einzufinden. Schon letztes und vorletztes Jahr hatte er zum großen Spargelessen eingeladen. Mit am langen Eichentisch saßen wahrhaftig Leute, die ihre Spargel auslutschten – schlabberten und spritzten also – und sich weigerten, mit dem Messer zu Werke zu gehen. Die Kartoffeln wollten sie gleichfalls nur mit der Gabel zerteilen und würden wahrscheinlich auch in diesem Mai nicht von ihren antiquierten Manieren lassen. Herr Friedrich aß einmal so und einmal so, er mochte sich nicht festlegen, hatte Frederika bemerkt. Und ihr fiel ein, dass letztes Jahr eindeutig zu viel Weißwein geflossen war. Aber auch eine schöne Stimmung geherrscht hatte in der Küche, wo das Licht so vehement durch das große kassettierte Fenster brach, dass man blinzeln musste, um sein Gegenüber zu erkennen. Und Herr Friedrich in einem hellen Leinenanzug, dessen Flecken auf dem Revers man nur sah, wenn man nahe an ihn herantrat, bella figura machte. Harro hieß er, gab sie jetzt endlich in Gedanken zu. Harro, das klang wie ein Hundename, niemals würde sie ihn so nennen.

Ihr ganzer Hals brannte wie Feuer. Schwindlig war ihr auch. Wahrscheinlich befand sie sich kurz vor einem Hitzschlag. Warum sonst hätte sie gewollt, dass ihr Brandis von seinen Träumen erzählte, jetzt, gleich, so wie er da selbstvergessen lächelnd stand. Er träumte beneidenswert deutlich, im Gegensatz zu ihr, die sich selten und wenn, dann nur an Alpträume erinnerte. Von Pferden in der Trambahn, deren Bauch er streichelte, von sich selbst erbauenden Fußballstadien, von Eisenbahnhebemaschinen, die er, ein Meister der Ingenieurskunst, erfand, während er schlief, und deren Konstruktionspläne er sofort nach dem Erwachen aufzeichnen konnte. Und sogar über Hausmittel gegen Sonnenbrand wusste er Bescheid. Auf dem Weg zurück in die Villa berührte er kurz ihren Nacken mit zwei erstaunlich kühlen Fingern und empfahl ihr, einen Teebeutel darauf zu tun. Zitronen- oder Zwiebelsaft gehe natürlich auch. Was sie bevorzuge. Alles sei vorrätig im Kühlschrank für die Allgemeinheit.

Als Brandis vorsichtig begann, ihr mit einer Zitronenscheibe den Nacken abzutupfen, ertönte von gegenüber – aus Herrn Friedrichs Zimmer – Dvořáks *Humoreske.* Mit Richard Tauber. Jussi Björling. Oder Fritz Wunderlich. Wer immer sie sang, die *Kleine Frühlingsweise.* Es war lächerlich. Herr Friedrich besaß alle drei historischen Aufnahmen und legte sie seit Anfang Mai abwechselnd auf … viel zu laut, was sie ihm endlich einmal sagen müsste. Weil es auf allen Schallplatten gleichermaßen rauschte, hatte Frederika sie nie voneinander unterscheiden können.

Der arme Herr Friedrich, fiel ihr plötzlich ein. *Er weiß noch gar nicht, dass Miriam die Villa auf den Kopf stellen will.*

Altes Herz II

Es war eine Tortur, wie Claudius Nist den Audi behandelte. Man merkte, dass er seit zwanzig Jahren nicht mehr Auto gefahren war und davor – vor dem Mauerfall – nur den Trabant seines großen Bruders. Er kam mit der Automatik nicht zurecht, gab bei Gelb zu viel Gas, trat zu heftig auf die Bremse, vergaß an der Kreuzung den Fahrradblick, war nicht fähig, ohne Schwierigkeiten nach links abzubiegen, fand es nicht notwendig, den Blinker zu setzen, wenn er die Richtung wechselte. Beim Einparken musste Marianne aussteigen und ihn in die Lücke einweisen. Und auch mit dem Programmieren des Navi kam er nicht zurecht, weil ihm die Männern doch nachgesagte Neugier für technische Geräte völlig abging. Schwer und unbeweglich saß er hinter dem Steuer – selbst in einem so hochgezüchteten Wagen ließ sich das Missverhältnis zwischen seinem dickem Bauch und seinen kurzen Beinen kaum ausgleichen. Touchierte an Zebrastreifen gelegentlich Passanten, weil er seinen Nacken kaum zu drehen wagte. Träumte vor sich hin. Überholte gerne rechts, wenn er sich – bisweilen urplötzlich – der Pferdestärken seines Gefährts bewusst wurde. Und tätschelte Marianne mit seinen pummeligen Fingern beruhigend den Arm, wenn er sie wieder einmal hochgeschreckt, das heißt, aus der *Fatigue* herausgeholt hatte, die sie auch im Auto regelmäßig überfiel.

Mit Erik, Frau Wamsganz' Neffen, der inzwischen Luxuskarossen mit sich selbst als uniformiertem Chauffeur vermietete, wäre sie vermutlich eleganter und reibungsloser durch die Stadt geglitten. Aber obwohl es seinem Geschäftsprinzip widersprach, seine Autos anderen zu überlassen und er sich schrecklich geziert hatte, beharrte Marianne – gegen einen Aufpreis – auf Claudius Nist. Ja, mit ihm, den sie am längsten kannte von allen Villa-Klestiel-Bewohnern, wollte sie ihre letzten Fahrten durch Berlin machen, so hatte sie es eines Nachmittags beschlossen, als sie ihn mit leeren Augen, aber zärtlichem Gesichtsausdruck ins Aquarium starren sah. (Wer weiß, wen er sah statt der Fische! Es war allgemein bekannt, dass sich der Arme nach Frederika verzehrte, wahrscheinlich wollte er sie abpassen, wenn sie aus ihrem Büro herauskam.) Jeden Tag eine neue Fahrt, jeden Tag ein anderes Ziel, so sollte es sein. Solange sie die Augen offen halten konnte und die Stunden im Wagen nicht gänzlich schlafend verbrachte. Bevor die nächste Chemotherapie begann. Oder sie vielleicht doch noch die Operation auf sich nehmen müsste, die ihre Onkologin bislang hinausgeschoben hatte.

Dass Nist ein lausiger Fahrer war, überraschte Marianne nicht; gut, dass Erik nicht auf einer Probefahrt bestanden hatte. An seiner Begabung zum Begleiter aber hegte sie keinen Zweifel. Rücksichtsvoll, gutmütig, nicht allzu redselig, so empfand sie ihn, seit sie ihn kannte. Seit jener Nacht, als die Mauer aufging und Viktor und sie den damals noch ganz schlanken jungen Mann mit sich nach Hause nahmen, weil er so betrunken war, dass er den Weg von der Gedächtniskirche zurück zur Grenze nicht mehr fand, musste sie ihr Bild von ihm nicht mehr korrigieren. Er sah jünger aus, als er war, stellten sie fest, als sie ihn am folgenden Morgen zur nächsten Bankfiliale brachten und einen Blick in seinen Ausweis wagten, den er vorlegte, um sein Begrüßungsgeld zu bekommen. Und er tat auch heute noch alles, dass dies so blieb, ließ sich sein Haar blondieren, das ihm – wenn er es nicht zum Pferdeschwanz band – bis über den Kragen reichte, trug nach wie vor jene Holzfällerhemden, die ihm seine westlichen Verwandten einst in die DDR geschickt hatten, wenngleich er sie inzwischen in Billigläden kaufte. Und womöglich sorgte ja auch das Dauerlächeln für sein jugendliches Aussehen, welches man ihm – väterlicher- oder mütterlicherseits – geradezu in die Mimik gekerbt zu haben schien. Für sein hartes Leben als Klavierlehrer konnte es ihm jedenfalls nur nützlich sein, fand Marianne. *Immer nur lächeln* schien für jemanden, der mit gelangweilten Charlottenburger Kindern Czernys *Schule der Geläufigkeit* durchackern musste, vielleicht wirklich nicht die schlechteste Devise.

Wichtig war ohnehin nur, dass Claudius Nist sich bereiterklärt hatte, ihren Rollstuhl zu schieben, wenn sie nicht mehr laufen konnte. Und ihr Musikprogramm akzeptierte, das sie allabendlich zusammenstellte. Widerspruchslos schob er die CDs in den Rekorder und gab niemals einen Kommentar ab, selbst dann nicht, als sie zum dritten Mal die *Tritsch-Tratsch-Polka* und den *Radetzky-Marsch* aus dem Neujahrskonzert der Wiener Philharmoniker hören wollte und von ihm verlangte, doch bitte schön – sie befanden sich auf der Straße des 17. Juni – ein paar Schlangenlinien für sie zu fahren. Ansonsten aber bot sie Nist ein buntes Programm, Mendelssohn auf dem Weg zur Liebermann-Villa am Wannsee, *Peter, Paul and Mary* oder *Simon and Garfunkel* beim Kurven durch die Ku'damm-Seitenstraßen, Rossini auf der Fahrt von Spandau nach Staaken bis zum ehemaligen Grenzübergang. Damit die Zeit reichte und sie das jeweilige Stück zu Ende anhören konnten, entschlossen sie sich manchmal auch – entgegen anderslautender Navi-Befehle – zu einem Umweg und kamen an Ecken vorbei, die sich nicht in Mariannes Routenplanung befanden, schattige Plätze, lauschige Grünanlagen, wo sie ganze Nachmittage verbrachten, Rentner beobachtend, die ihre Hunde ausführten und trotzig davon absahen, deren Exkremente einzusammeln, oder Krähen, die mit großer Lust Papierkörbe ausräumten und Schinkenreste aus Plastikhüllen pickten.

Wie weggeblasen war Mariannes Bedürfnis nach der klassischen Moderne, unvorstellbar, wie apodiktisch sie darauf bestanden hatte, den armen Viktor nach Donaueschingen zu schleppen. Sie wollte jetzt nur noch Harmonisches hören. Pompöses auch, Musik für Staatsbegräbnisse mit üppig geschmückten Katafalken und schwarzverhängten Pferden, schwermütige, unendliche Melodien, die sie sich nachts mit Hilfe eines iPods in ihre Gehörgänge flutete. Schubert war ihr Favorit zurzeit, aber sie wollte ihn noch für sich behalten, ihn nicht ins Auto lassen. Obwohl sie wusste, dass auch Nist Schubert liebte und Höllenqualen litt, wenn ihm seine Klavierschüler dessen *Impromptus* versauten.

Vielleicht war sie zu optimistisch gewesen, das Gefährt gleich für zwei Wochen zu reservieren, schon jetzt, nach acht Tagen, fühlte sie sich völlig erschöpft. Immerhin hatte sie erreicht, dass Nist den Audi nicht mehr bei Erik abliefern musste. So blieb er über Nacht vor der Villa stehen, so zärtlich wie hasserfüllt umzingelt von den Wohnungslosen, die jetzt, im Frühsommer, wieder die Ufer des Schlachtensees zu bevölkern begannen und auch gern – seit Tim und Struppi dort mehr oder weniger logierten – die Villa umkreisten. Anfänglich hatte Marianne Nist noch gebeten, nach dem Rechten zu sehen, wenn die Jugendlichen in den Abendstunden begannen, gegen die Reifen zu treten, oder versuchten, das schwarze Ungetüm in Schwingungen zu versetzen. Irgendwann aber wollte sie Nist, der für die Zeit, die er für sie tätig war, leichten Sinnes seine Klavierstunden ausgesetzt hatte, das Wächteramt nicht mehr zumuten. Weshalb es dann auch nicht lange dauerte, bis sie eines Morgens – vor der Fahrt nach Potsdam, in deren Verlauf Marianne ihn zwang, vier

Mal hintereinander die Glienicker Brücke zu überqueren, weil sie es immer wieder versäumte, die Kleine Neugierde am Rande des Schlossparks im richtigen Moment ins Visier zu bekommen – an der Beifahrertür zwei tiefe, sich schräg überschneidende Kratzer entdeckte. Für deren Vollendung zum Hakenkreuz hatte den kleinen Gangstern anscheinend die Kraft oder die Zeit gefehlt. Keine Frage, bald würden sie beginnen, ihr den Audi auseinanderzunehmen, wenn sie nichts unternahm oder die Polizei zu Hilfe rief.

Erstaunlicherweise aber tat sie gar nichts, machte nicht einmal ihren Chauffeur darauf aufmerksam. War mehr amüsiert als verärgert, eher gleichgültig als irritiert. Fand es höchstens absurd, ein so diffuses Gefühl wie Freiheit ausgerechnet im Zusammenhang mit einem Kratzer an einem Luxusauto zu verspüren. Und nicht einmal die Vorstellung, sich mit Frau Wamsganz' zeterndem Neffen auseinandersetzen zu müssen, konnte ihren neuen Gleichmut trüben.

Gemessen an dem Haufen Geld, das ich für die Miete dieses Fettautos bezahle, dachte sie, unwillkürlich den Ausdruck dafür gebrauchend, den der dem Zeitgeist verpflichtete Klinger den Jugendlichen abgelauscht hatte, wenn er abends an ihnen vorüberjoggte, *gemessen an dem Haufen Geld sind die Kosten für die Reparatur nicht weiter schlimm. Nichts mehr ist schlimm. Schlimm ist nur, dass ich nichts mehr schlimm finde. Und selbst das ist ja nicht schlimm. Weil das Schlimme ja nur schlimm ist, wenn es dauert …*

Viktor allerdings wäre unzufrieden mit ihr. Er fände es auch verwerflich, dass sie Claudius Nist ihren *Charon* über den *Acheron* nannte, ihren Fährmann über den Totenfluss also, der zugegebenermaßen sehr irdisch aussah, wenn er sie – einen Döner mampfend, während ihm weiße Soße auf sein Holzfällerhemd tropfte – über den wilden Strom ihrer Erinnerungen setzte. Über Berlins Flüsse vielmehr. Sie durch die Häuserschluchten der wiedervereinigten Hauptstadt fuhr, ihre derzeit so regennassen, nach Staub riechenden Straßen. Sie zu den Poststationen ihrer Vergangenheit brachte, die sich zufällig alle in der gleichen Metropole befanden. In dieser schwarzen Limousine, die ein bisschen wie ein Leichenwagen aussah und morgens auf sie wartete, wenn sie am Fenster stand und auf die von Kastanienbäumen gesäumte Straße hinunterblickte. Viktors Einwand, dass die Bezeichnung Charon für den dicken Claudius vielleicht doch ein bisschen zu prätentiös sei und sie sich selbst mit dieser mythologischen Verknüpfung wieder einmal unzulässig stilisiere, ignorierte sie dabei geflissentlich.

Denn Viktor war ja nicht mehr da, nicht wirklich jedenfalls. Er konnte sie nicht kritisieren, obgleich sie den Eindruck hatte, dass er es permanent tat, ja sogar ihre schiere Existenz missbilligte, wenn sie sein Krankenzimmer betrat und sein Gesicht zu grimassieren begann. Beim Rückweg durch die Lindenallee mit den rauchenden Patienten in ihren verwaschenen Bademänteln, an den bröckelnden Gründerzeit-Prachtbauten vorbei zum Parkplatz war sie dann traurig und wütend zugleich und konnte kaum atmen unter den Qualen ihres schlechten Gewissens, das sich auf alles und nichts bezog. Darauf, dass sie noch laufen konnte und er nicht, darauf, dass sie noch denken konnte und er nicht, darauf, dass sie noch selbständig aß und zum Klo ging, während er willenlos an Schläuchen lag. Eine Zeitlang traute sie sich deswegen nicht mehr, ihn zu besuchen oder gar seine Hand zu halten. War zu aufgeregt und ungeschickt, ihm die Fingernägel zu schneiden, ihm den Schweiß von der Stirn zu wischen in der gewittrigen Hitze. Und empfand Erleichterung, als ihre Onkologin ihr empfahl, wegen der *Fatigue* besser nicht mehr Auto zu fahren und ohne Begleitung möglichst auch keine öffentlichen Verkehrsmittel zu benutzen.

Traudl hatte sich zwar einige Wochen um Viktor gekümmert, obgleich sie gerade dabei war, eine neue Adoption einzuleiten und demnächst ein weiteres Kind bei sich aufnehmen würde, leider aber auch Jessica mitgebracht, das tückische, mit seinen Geschwistern noch immer verfeindete kleine Mädchen, dessen ausgestrecktes Bein – fast ein Jahr war es inzwischen her – dem sympathischen Herrn Friedrich zum Verhängnis geworden war. Wenn Traudl vormittags ins Krankenhaus fuhr, lieferte sie Jessica bei Marianne ab, die sie alsbald zu Frederika hinunterschickte. Da sie von dieser allerdings nur trockene Kekse zu essen bekam, setzte sie sich lieber gleich zu Brandis in die Küche, ließ sich ein wachsweiches Ei servieren und nippte an dem Rotkäppchensekt, den er sich morgens manchmal genehmigte. Nach wie vor erstreckten sich seine Frühstücksexzesse über Stunden. Und es schien ihm nicht unrecht zu sein, mit Jessica eine seiner für ihn so typischen, sparsam tröpfelnden Unterhaltungen zu führen.

Ob Viktor in Anwesenheit seiner Tochter ein genauso hasserfülltes Gesicht machte? Oder nur seiner Ehefrau gegenüber, die er *Schätzchen* nannte in früheren Jahren, *honey pie* oder auch *mein Augenstern*? Marianne wagte nicht, Traudl zu fragen. Es war zu qualvoll, an seine verzerrten Züge zu denken, die Düsternis zu ertragen, die darauf lag, solange sie sich bei ihm aufhielt. Sein Stirnrunzeln, sein verzogener Mund verdoppelten die Entfernung, die zwischen ihnen lag, annullierten ihre Liebe, ihre Achtung füreinander, ihre Gleichgestimmtheit, die Tatsache, dass sie sich über vierzig Jahre lang in die Köpfe geschaut und wechselseitig aus ihren Gedanken vorgelesen hatten. Kritisch, voller Sympathie, erbittert bisweilen in der Exegese. Dass sie eine Einheit gewesen waren und nicht einmal ein zweites Notebook kauften, als Viktor sich aus der Kanzlei zurückzog. Sich weder Falten noch Leberflecke verübelten, allenfalls nachlässiges Denken, weil sie es gleichermaßen hassten. Selbst ihre Lügen verzieh Viktor ihr ja, weil er verstand, dass sie gar nicht log, sondern ihr Leben nur um Wünschenswertes erweitern oder Falsches löschen wollte, wie er ihr eines Tages, vorsichtig seine Worte setzend, ihre eigene Lage erklärte und sie dabei zärtlich in die Arme nahm. Irgendwann unterließ er es allerdings, sie wissen zu lassen, wenn er sie gerade ertappt hatte. Und sie wiederum verschwieg ihm, dass ihr dies niemals entging. Was beide – ohne darüber zu reden – als ziemlich einschneidend empfanden.

Was für eine Mühe wir auf die Choreografie unserer Dialoge verschwendeten, musste Marianne deshalb öfter, als es ihr lieb war, denken, wenn sie neben ihrem Charon im Auto saß, *was für ein hohes Maß an Aufmerksamkeit. All die leeren Rituale, die wir zelebrierten …*

Warum bloß hatte sie die Geschichten, die in ihr wucherten während eines Gesprächs, nicht aufgeschrieben und daraus einen Beruf gemacht, war Schriftstellerin geworden oder zumindest Journalistin, anstatt sich so zwanghaft wie ruhmsüchtig auf dröge juristische Übersetzungen zu stürzen, die doch nur ausweglos – wenn auch meist lukrativ – von einer Kunstsprache in die andere führten? Immer nur halbherzig von der zumeist überprüfbaren Realität abzuweichen, war keine Lösung, sondern Faulheit oder mangelnder Mut. Wenn sie den Sätzen nachlauschte, die – soeben ausgesprochen – nicht in allen Punkten den Fakten entsprochen hatten, sondern nur darauf hinausgelaufen waren, gewissen Dingen den letzten Schliff zu geben, tat es ihr leid, nicht weiter, nicht weit genug gegangen zu sein. Denn bis jetzt waren es ja immer nur Nuancen gewesen, an denen Marianne bosselte, von Unwahrscheinlichem, Aberwitzigem gar sprach sie so gut wie nie.

Dass so manche Episode, die sie in ihre Unterhaltungen einflocht seit Viktors Rückzug in die Bewusstlosigkeit – praktisch fast ohne ihr Zutun – immer gewagtere Wendungen nahm, irritierte sie jedenfalls deutlich weniger, als sie vermutet hätte. Wenn sie auf Frederika traf und der liebenswürdigen, aber ach so harmlosen Sekretärin den aufrechten Charakter ihres Ehemannes pries, obgleich er doch sein Leben lang ein Hasenfuß gewesen war. Ihr von seinen Prozessen und dankbaren Mandaten erzählte, von seinen Studien am Hamburger Institut für Sozialforschung. Oder Tim, Leonor Zierers problematischem Dauergast, von Viktors Heldentaten vorschwärmte, um ihm die Zunge zu lösen. Wie er seine künftige Frau vor dem Strahl eines Wasserwerfers rettete. Wie er sie – bei der Abschlusskundgebung einer Anti-Vietnam-Demonstration vor dem Amerikahaus – noch im letzten Augenblick aus einem Polizeiwagen zerrte, bevor die Türen sich schlossen.

Was hat Viktor gesagt? Hat er was zu dir gesagt? Zu anderen? Hast du gesehen, wer ihm seine Uhr geklaut hat? So hatte sie Tim immer wieder bedrängt, aber er war stumm geblieben wie ein Fisch.

Wahrscheinlich gab es nichts, was ihn bewegen konnte, sein Schweigen zu brechen, nichts, was ihn animieren würde, zwei, drei oder vier Sätze über Viktors vielleicht letzte bewusst erlebte Viertelstunde zu äußern. Selbst ihr, mit ihrer nunmehr losgelassenen oder vielleicht ja sogar befreiten Fantasie, fiel keine Methode ein, die ihn aus seiner Erstarrung hätte erlösen können, kein Rührstück, das diesen Jungen mehr als nur äußerlich verwandelte. Ihn zu ihrer netten Friseurin schicken, die seit Monaten händeringend einen Lehrling suchte – sofern er überhaupt einen Schulabschluss besaß. Ihm den Umgang mit den Obdachlosen verbieten, die ums Haus lungerten, seine struppige Freundin zum Teufel schicken, deren Hündchen nicht stubenrein war. Vielleicht bestand die Erfolgsgeschichte ja einzig und allein in der Tatsache, dass Tim bereit war, sich mit ihr eine Gartenbank zu teilen am Abend und sie nicht zu beschimpfen. In reinlichen Klamotten und fein gegelt neben ihr saß, weil die sentimentale Literaturkritikerin aus dem ersten Stock ihn und seine dürre Gefährtin eines Tages ins Haus geholt und ihnen ihre Wohnungsschlüssel anvertraut hatte. Vielleicht hatte sie Tim ja sogar beigebracht, dass man sich öfter die Zähne putzen musste, wenn man filterlose Zigaretten rauchte, denn er roch oft nach Zahnpasta und hatte manchmal eine Bürste im Mund, wenn sie ihm im Treppenhaus begegnete. Der Umstand, dass seine Mentorin das gleiche billige Kraut rauchte, hatte damit nichts zu tun. Auch, dass sie ihn besser zum Hautarzt geschickt hätte. Weil er gewiss glücklicher gewesen wäre ohne die Pickel in seinem Gesicht, die seine stupsnasige Hübschheit zerstörten. So dachte Marianne.

Natürlich hätte sie geleugnet, sich je durch die Beugung der Wahrheit materielle oder berufliche Vorteile verschafft zu haben. Worin sollten die auch bestanden haben, da sich ihre Kursabweichungen doch nur darauf bezogen, Banales in Tiefsinn zu verwandeln oder Langeweile in Spannung? Ätzendes in Liebenswürdiges und Liebenswürdiges in Ätzendes, wenn dies einer Situation angemessener war? Kurz, sie aus ihrem eigenen Leben und dem der anderen eine Art Roman machte oder eine Short Story wenigstens, die ihr erträglicher oder interessanter erschien als die Realität?

Allenfalls dass sie log, um geliebt zu werden, würde Marianne nicht mehr abstreiten, nun, da sie hinter getönten Scheiben und in einem vollklimatisierten Wagen durch Berlin chauffiert wurde – manchmal ließ sich das hässliche Wort eben doch nicht vermeiden. Im Gegenteil, gar nicht einmal widerstrebend und mit der größtmöglichen Verzweiflung in der Stimme hätte sie jedem, der es wissen wollte, bekannt, dass sie sich niemals ausreichend geliebt fühlte, zu keiner Zeit, weder als Kind noch als Erwachsene, ja nicht einmal, als sie Viktor heiratete und eine Tochter von ihm bekam. Vielleicht konnte sie nie genug lieben, weil sie selbst nicht genug geliebt worden war. Vielleicht hatten sie und Viktor immer nur so getan, als ob, dachte sie und widerstand der Versuchung, derlei Gedanken als in Frauenzeitschriften verbreitete Küchenpsychologie abzutun. So kurz vor dem Sterben durfte man sich keiner Erkenntnis verschließen. Das Gefühl, emotional zu kurz gekommen zu sein, war schließlich kein Privileg der gebildeten Stände.

Hatten sie sich nicht einmal darüber ausgesprochen, Viktor und sie? Vor langer Zeit? Und sich bei dieser Gelegenheit gegenseitig die Kindheitswunden geleckt in der Hoffnung auf Besserung? Bevor sie sich in professionelle Hände begaben in jeweils anderen Zeiträumen? Wie merkwürdig, dass sie sich nur so ungenau daran erinnerte. Und stattdessen an Edelgard dachte voller Groll, an Edelgard, dieses Trampeltier mit den Riesenbrüsten und dem dicken Arsch. Daran, wie viel Überwindung es sie gekostet hatte, Viktors Affäre mit ihr nicht zur Kenntnis zu nehmen, den beiden Treulosen von Amerika aus hinterherzutelefonieren gar, wenn es wieder einmal so weit war mit den noch vor ihrer Abreise umständlich geplanten Rendezvous. Selbst Viktors Interesse für die liebliche Leslie hatte sie zu übersehen versucht, seine feurigen Blicke vielmehr, die sie eigentlich noch stärker kränkten, weil sie die Freundin gleichfalls liebte und durchaus nicht abgeneigt gewesen wäre, es einmal zu dritt zu versuchen. Groll tat dem Krebs nicht gut, pflegten ihre Mitstreiter aus der Qigong-Gruppe im Botanischen Garten zu sagen, Frauen und Männer, die wie sie versuchten, mit Hilfe von gelenkten Luftströmen im Körper dem Tod von der Schippe zu springen. Groll sorge dafür, dass die Metastasen ohne Unterlass streuten. Natürlich meinten sie es ganz allgemein, von Viktors Eskapaden wussten sie nichts. Auch nichts davon, dass er Marianne gerne ein Schmuckstück schenkte, wenn die Sache mit Edelgard wieder einmal überstanden war, einmal sogar eine üppige doppelreihige Perlenkette, die anzulegen sie sich weigerte.

Seit Traudls und Jessicas Abreise war sie nur noch hin und wieder ins Krankenhaus gefahren, bei abnehmendem schlechten Gewissen, aber auch nachlassender Gesundheit. Bis sie eines Tages die Idee mit dem Mietauto hatte und Claudius Nist als ihren Charon anheuerte, entschlossen, wenigstens für zwei Wochen ihre Tumormarker zu vergessen und Untersuchungstermine platzen zu lassen. Hier, in Zehlendorf, weit weg von Viktor, fand sie den Gedanken, dass Nist nichts weniger als eine lebendige Leiche transportierte, wenn sie morgens zu ihm ins Auto stieg, nicht mehr obszön, sondern fast schon lustig. Schließlich glich der dicke Audi, mit dem sie durch die Straßen kreuzten, tatsächlich einem Schiff. Ihrem Chauffeur erzählte sie natürlich nichts von dieser Anmutung. Auch das dumme Wort Krebs sollte ihr nicht über die Lippen kommen. Seinen irrsinnigen, in der Villa

Klestiel kontrovers diskutierten Plan, sich sein Bauchfett absaugen zu lassen, würde sie ihm auch so ausreden – ohne mit ihrer Erkrankung zu argumentieren. Und ihm vielleicht sogar abgewöhnen, bei jeder Gelegenheit *potzblitz*, *pardauz* und *nebbich* zu sagen. Denn als Kranke besaß sie eine neue Identität, als Kranke durfte man alles sagen. Vor allem die Wahrheit.

Und so streiften sie durch Berlin und machten zwischendurch Station, wie Nist es ausdrückte, auf dem Bürgersteig, auf dem Mittelstreifen, in der zweiten Reihe, in Parkbuchten, im absoluten Halteverbot. Er kannte kein Pardon, hielt mit laufendem Motor vor dem leer geräumten Schillertheater, wo sie vor dreißig oder vierzig Jahren Peter Weiss' *Verfolgung und Ermordung Jean Paul Marats* und Becketts *Letztes Band* gesehen und dafür eine Nacht und einen Tag lang angestanden hatte. Fuhr sie um den Theodor-Heuss-Platz, den Ernst-Reuter-Platz und den Großen Stern herum, mehrere Male sogar, weil er die richtige Ausfahrt verfehlte. Brachte sie nach Dahlem, in die schattige Gelfertstraße, haarscharf vors Philosophische Seminar, wo einst Professor Gurres mit seinen Hegel-Vorlesungen ihren Widerspruchsgeist geschult und sie sich – unglücklich – in seinen rotblonden Assistenten verguckt hatte, der ihr nach einer vermurksten Liebesnacht gestand, dass er nur dicke Frauen liebe könne und nicht solche, die ihn an kleine Mädchen erinnerten. Aber auch ans Hallesche Ufer und an den Lehninerplatz brachte Nist sie, wo sie – irgendwann süchtig geworden – in Peter Steins Tschechow-Inszenierungen erleben konnte, wie man sich – in Leinen gewandet und von einer fiktiven Herbstsonne beschienen – in nicht enden wollende Gespräche verstrickte, einander gepflegt belog und bis zum Kollaps aneinander vorbeiredete. Für Marianne lag das Glück damals in Edith Clevers ausgestrecktem kleinen Finger. Oder in Otto Sanders früh zerknittertem Trauergesicht.

Längst plante Marianne die Routen nicht mehr so präzise wie ihr Musikprogramm. Anderthalb Tage verbrachte sie sogar fast vollständig im Rollstuhl, einen halben in der Alten Nationalgalerie, wo sie sich eigentlich nur Adolph Menzels *Fuß* hatte betrachten wollen, Nist aber darauf beharrte, sie auch vor die Gemälde von Caspar David Friedrich zu befördern, weil ihm vor den Krampfadern des Künstlers und seinen aufgesprungenen Zehennägeln *zu blümerant* werde, wie er bekannte. Und dann schob er sie in Etappen vom Potsdamer Platz bis zur Warschauer Brücke – immer der nicht mehr existierenden, aber von Pflastersteinen markierten Mauer nach. Weil es gewitterte und schauerte, benutzten sie zwischendurch den Bus. Und begegneten auf dem Rückweg, am Holocaust-Mahnmal, als die Sonne wieder schien, Xaver Brandis, der – wie er erzählte – sich mittlerweile von den Pflanzen ab- und den Menschen zugewandt habe – was seine *Fotografiererei* betraf. Aber sich zugleich mit Mord und Tod beschäftige, mit der deutschen Katastrophe also *indirekt*, und zurzeit gern beobachte, wie die Leute damit umgingen. Auch dass Menschen sich selbst so gerne ins Visier nähmen, interessiere ihn. Mit den digitalen Kameras sei ein neuer Fotografiergestus entstanden, den er festhalten wolle. So jedenfalls beschreibe Maximilian Klinger den Wandel, er selbst würde es nie so geschwollen ausdrücken. Wobei Marianne nicht übersah, dass Brandis, der sich in den letzten Wochen einen Bart hatte stehen lassen und seine grauen Haare verwegen nach oben kämmte, vorzugsweise junge Mädchen aufnahm, die mit fliegenden Röckchen über die Stelen sprangen. Oder Liebespaare, die sich in den Gängen aneinander pressten. Sie und Nist blieben noch eine Weile bei ihm stehen und hörten seinen abgerissenen Sätzen zu, so lange, bis das Wasser auf den schwärzlichen Oberflächen der Betonsäulen verdunstet war. Und suchten anschließend den Audi, weil sie sich nicht mehr daran erinnern konnten, wo Nist ihn geparkt hatte.

In der Tat wurde Mariannes verstocktes, durch Medikamente und womöglich schon durch Metastasen zerfressenes Gedächtnis auf so wundersame Weise aktiviert, dass sie dazu überging, Nist als Projektionsfläche zu benutzen, als autofahrenden Analytiker sozusagen. Manchmal laut zu sprechen begann also und ihm so sprunghaft wie willkürlich Episoden aus ihrem Leben erzählte, wenn sie gerade Orte streiften, wo sie sich zugetragen hatten. Während er weiterhin nichts sagte, *mmhhhh* machte allenfalls oder die Musik leiser drehte, weil ihr Stimmvolumen nicht über Wagners *Rienzi*-Ouvertüre hinausreichte. Der Arme litt an einer Sommergrippe, wie ihr schien, er nieste und schniefte, rieb sich die Tränen aus den Augen. Und lachte gequält, als sie unbedingt *jetzt und sofort* Hühnersuppe mit ihm essen gehen wollte, nachmittags um halb vier, irgendwo in Berlin Mitte, in einem bayrischen Bierlokal, wo es wahrscheinlich nichts als Brezeln, Weißwürste und körnigen Senf dazu gab. Ja wirklich, für Viktor sei *jewish penicillin* Allheilmittel gegen jedwede Erkältung gewesen. Und vor allem während ihrer Schwangerschaften habe er sie gerne damit traktiert.

Es war mehr als eins, musst du wissen. Gegen Kinder hat sich mein Körper immer gewehrt. Spätestens nach ein paar Wochen wollte er sie loswerden, sagte sie und erschrak darüber, dass sie ausgerechnet Nist, der ihres Wissens nie mit einer Frau zusammengelebt hatte, ihre Fehlgeburten eingestand und von den Schmerzen sprach, die sie dabei erleiden musste. Er seinerseits informierte sie, dass er seit jeher von Allergien geplagt gewesen sei, selbst zu Zeiten, als deren Existenz in der DDR noch in keiner Statistik vermerkt wurde. Dann aber verstummte er wieder, bedankte sich höchstens, wenn sie ihm ein neues Papiertaschentuch reichte. Und wollte, obgleich sie ihn ausdrücklich darum bat, keine Einzelheiten preisgeben aus jenen Jahren nach der Wende, als er so plötzlich von der Bildfläche verschwunden war. Weder von seiner Arbeit als Barpianist auf einem zweitklassigen Ostsee-Dampfer noch von seinen mitternächtlichen Fressorgien. Als er sich kalte Pommes in den Mund schob, während er auf dem jämmerlichen Synthesizer, der ihm nur zur Verfügung stand, *Für Elise* spielte statt der *Ballade pour Adeline*, wozu ihn die letzten noch im Saal verbliebenen Gäste aufforderten. Oder sich die Reste des abgegrasten Buffets auf den Teller lud und damit in seine Kabine schlich. Marianne kannte die Geschichte ja schon, Nist hatte sie Viktor erzählt in jener Nacht, als er kurz vor Pfingsten, am Abend vor ihrem Umzug in die Villa Klestiel, bei ihnen hereinschneite und diesen auf eine ausgedehnte Sauftour mitnahm. Und ihr Mann hatte sie ihr weitererzählt, später, als er stark nach Alkohol riechend, aber trotzdem hellwach zu ihr auf die Matratze kroch, unbeschadet der Tatsache, dass sein Kumpel aus dem Osten im Zimmer nebenan schnarchte. Am nächsten Morgen – schwankend noch – wollte Nist sich nützlich machen und half einem schmalbrüstigen, sich ungeschickt anstellenden Antiquariatsgehilfen, Bücherkisten in den Fahrstuhl zu stapeln. Und konnte so noch ein paar obenauf liegende Partituren für sich retten. Da die Lichtblaus sich von allem Ballast befreien wollten, hatten sie nichts dagegen.

Nist hätte ihr gerne alles noch einmal erzählen können, keine Frage. Es hätte ihr nichts ausgemacht, gleichgültig, wie wütend sie gewesen war, damals, als Viktor ihm Asyl anbot, ohne sie um ihr Einverständnis zu bitten, in der Mansarde, die sich direkt neben ihrem Apartment befand, und seine Frau damit eines potenziellen Ankleidezimmers beraubte. Sein Erbarmen für den fettgewordenen Nist kannte keine Grenzen. Bestimmt glaubte er ihm auch, dass er bei den Thomanern – oder war es der Kreuzchor? – gesungen hatte, bevor ihm die Nationale Volksarmee sein Leben zerstörte. Wohingegen Marianne skeptisch blieb gegenüber seiner Leidensgeschichte. Und es sich selbst jetzt, hier, im Auto neben Nist sitzend, nur ungern eingestehen mochte, dass sie ja nur eifersüchtig gewesen war auf die Männergespräche, die sich hauptsächlich um Knabensehnsucht und Internatserziehung drehten, Phänomene, mit denen sie nie in Berührung gekommen war. Dass Nist an derselben Krankheit litt wie sie, das heißt, einen Hang zu unbewiesenen Geschichten hatte, im Gegensatz zu ihr jedoch nie dafür schief angeschaut wurde, machte ihr den Klavierlehrer nicht sympathischer.

Als Viktor von seinem Ausflug zum Hauptbahnhof nicht wiederkehrte, fiel es Marianne jedenfalls schwer, Nist weiterhin unbefangen zu begegnen. Sie mied seinen Blick, wenn sie ihn auf dem Flur traf, ja versuchte, ihm regelrecht aus dem Weg zu gehen. Gut möglich, dass ihm dies gar nicht auffiel, da man sich ohnehin kaum mehr traute, Marianne anzusprechen in ihrer stolzen Einsamkeit. Aber ihre Idee, ihn als Chauffeur zu engagieren, stürzte ihn dann doch in eine so große Verwirrung, dass er sie um Bedenkzeit bat, damals im Wintergarten, vor dem Aquarium. Sie wusste nicht, ob er wusste, wie krank sie war. Vielleicht empfand er so etwas wie Mitleid. Oder wollte seinem Freund einen Gefallen tun, dem er immer nur dann, wenn er gerade flüssig war, in kleinen Scheinen die Miete zusteckte. Denn noch in der Nacht schob

Nist ihr einen Zettel unter der Türe durch. Auf dem stand, dass er den Job übernehmen wolle.

Manchmal begegneten sie morgens vor ihrer Abfahrt Miriam und Frederika, die im Haus unterwegs waren und mit ihren Fingerknöcheln Zentimeter für Zentimeter die Wände beklopften, ja sogar ihr Ohr daran legten. Mit ernsten, konzentrierten Gesichtern waren sie zugange. In der Küche, im Büro, die Treppe hinauf, in den Fluren des ersten und zweiten Stocks, an der Holzverkleidung entlang bis unters Dach. Die Kellertreppe hinunter. Und heute Morgen musste Marianne auch Maximilian Klinger abwehren, der tatsächlich in ihre Wohnung eindringen wollte, auf der Suche nach der angeblich in der Villa versteckten Rembrandt-Zeichnung. Er stellte sogar seinen Fuß in die Tür, so dreist war er. Und flehte sie geradezu an, sie einzulassen, nun, da er sie endlich einmal erwische. Der Gast aus Amerika reise nämlich ab in den nächsten Tagen. Und das Lichtblau'sche Apartment sei – außer Herrn Friedrichs Wohnung im Erdgeschoß – der letzte Raum, der noch nicht untersucht worden sei. Erst dann könnten er und der Hausmeister auch die Schwellen entfernen. Kurzfristig natürlich. Und vielleicht auch den einen oder anderen Türrahmen.

Ach, Miriams graue Haarkugel war längst nicht mehr so schön gestylt, fand Marianne, mehr denn je sah sie einem sehr jungen, sehr vernachlässigten, sehr verletzlichen Albert Einstein ähnlich, zumal sie hin und wieder ihre Zungenspitze aufblitzen ließ, wenn sie über etwas nachdachte. Ihrer Künstler-Freundin Linda, von der ihr abends im Garten immer so schön die Frisur getrimmt worden war, hatte sie anscheinend den Laufpass gegeben, denn manchmal saß sie morgens mit einem kräftigen jungen Mann am Küchentisch, der eine Kipa trug, sich bei der Auswahl seiner Speisen aber keinen Zwang auferlegte. Während sie aßen, lasen sie sich mit vollem Mund politische Kommentare aus englischsprachigen Zeitungen vor und störten Brandis in seiner Ruhe, ja zeigten die Tendenz, ihn, was die Dauer seines Frühstücks anbelangte, deutlich zu übertreffen. Wie schade, dachte Marianne, dass sie keine Gelegenheit gefunden hatte, ein paar Worte mit der jungen Frau zu wechseln. Sie war schließlich Studentin in Harvard gewesen, wie Frederika erzählt hatte. Und sie kannte vielleicht Dotty und Betty, ihre Studien-Kolleginnen, die jetzt dort Professorinnen waren. Klingers Ansinnen, ihm doch bitte ihren Wohnungsschlüssel zu überlassen, wenn sie schon unbedingt wegfahren müsse, lehnte sie ab und tat so, als wüsste sie nicht, was es mit der Rembrandt-Zeichnung auf sich habe.

Bloß nicht aggressiv werden, ermahnte sie sich selbst, demonstrativ zweimal die Tür hinter sich verschließend, obwohl sie Klinger lieber vor die Brust gestoßen hätte. Dabei waren es gerade Aggressionen, blinde, dumme, ihr die Tränen in die Augen treibende Aggressionen, welche die verzweifelte Müdigkeit in ihr noch am ehesten vertreiben konnten. Der selbst ernannte Kunst-Experte der Villa Klestiel und Dauerjogger wusste ja nicht, dass heute, morgen oder spätestens übermorgen die letzte Etappe ihres Gedächtnisparcours stattfinden sollte. Wie ausgelaugt sie war, wie grenzenlos müde. Genauso wenig wie Nist es ahnte, dass sie ihn bald feuern würde. Zwar fuhr er nicht mehr so ruckhaft und panisch die Bordsteine hoch mit dem schweren Gefährt, das inzwischen noch ein paar andere Macken bekommen hatte sowie zahllose Verkehrsprotokolle, die irgendwann bei Erik, dem Verleiher ihrer Luxuslimousine, landen würden. Und er war auch etwas gesprächiger geworden, der Chauffeur ihrer letzten Tage, ihr Charon, ja hatte sich sogar darüber beschwert, dass Mariannes Fahrten alle so *westberlinlastig* seien – mit der Einschränkung, dass ihn dies ja gar nichts angehe und er sie fahre, wo immer sie hinwolle. Als sie ihn bat, die Puschkinallee in das Navi einzutippen, staunte er aber doch. Und sein blondiertes Haar, das er heute offen trug, leuchtete.

Die Nummer hatte sie vergessen, den Straßennamen jedoch nicht. Vielleicht würde sie ja das Haus wiedererkennen, jenes Gebäude vielmehr, wo sie in einer fremden Wohnung ein paar Wochen lang, regelmäßig dienstags und donnerstags, außer sich geraten war. Die mit ihr nach Ostberlin gekommenen Freunde aus dem Mittellatein-Seminar ließ sie jedenfalls kaltblütig sitzen, damals im Café Moskau, nachdem sie zuvor – noch einträchtig beisammen – Jürgen kennengelernt hatten, von ihm angesprochen worden waren vielmehr im Foyer der Komischen Oper. Die Gespräche über die neue, auch in Westberlin durchaus umstrittene *Carmen*-Inszenierung von Walter Felsenstein wiesen ihn nicht als Kenner aus, er war Atomphysiker, wie sich später herausstellte, und nicht einmal besonders musikbegeistert, was Marianne freilich kaum misstrauisch machte. Sie störte sich auch nicht daran, dass er unter dem Tisch ihre Hand ergriff, ihr mit dieser unter den Rock fasste und sie kurz und heftig streichelte. Im Gegenteil. Es war eine Freiheit, die sie nicht kannte. Völlig elektrisiert und ohne sich zu zieren, war sie sofort bereit, mit Jürgen in die Puschkinallee zu fahren.

Seine Frau sei gerade in Leningrad, er habe *sturmfreie Bude*, lachte er. Puschkin war ihm kein Begriff, von *Eugen Onegin* hatte er noch nie etwas gehört. Aber sie gab es bald auf, ihm von ihrer Lieblingsoper vorzuschwärmen, von Tatjanas elegischem Brief. Denn kaum hatte er die Wohnungstür geöffnet und ihr in der Diele aus dem Mantel geholfen – unter

Westberliner Studenten war so eine antiquierte Höflichkeit schon lange nicht mehr üblich –, drängte er sie in das mit weißen Schleiflackmöbeln eingerichtete Schlafzimmer, zog sie so kunstlos wie sachlich aus, warf sie aufs Bett, betätigte sich an ihrem Körper wie an einer Maschine, kundig, mit wissenden Fingern. Und setzte tatsächlich einen Mechanismus bei ihr in Gang, den man Leidenschaft nennen konnte oder Gier oder Lust. Vielleicht hatte er ihr ja auch einfach das Hirn ausgeschaltet. Wirklich, er müsse bei ihr nur auf die Knöpfe drücken, meinte er. Und jagte sie von einem Orgasmus in den anderen, setzte sie in Brand. In beige-braun karierter Bettwäsche aus Dederon, wie er ihr nach dem Beischlaf stolz erklärte, einem Gewebe, das dem westdeutschen Dralon in nichts nachstehe. Und ließ auch in den folgenden Wochen nicht davon ab, sie über das Leben im real existierenden Sozialismus aufzuklären. Dann lag er auf dem Rücken, rauchte eine West-Zigarette nach der anderen, bis sie zu husten begann, und prophezeite ihr – streng nach den Gesetzen des dialektischen Materialismus – den Untergang nicht nur der USA, sondern auch der Bundesrepublik und vor allem der *Selbständigen Politischen Einheit Westberlin*.

Die Komplimente, die er ihr machte, glichen merkwürdigerweise denen Viktors, auch er gab vor, ihre kleine Nase, ihre kleinen Ohren, ihre intelligenten grünen Augen zu lieben. Mit Viktor und ihr aber hatte erst alles begonnen, keine Rede davon, wie es weiterging und ob überhaupt, abgesehen davon, dass er kein guter Liebhaber war und es ihm selten gelang, sie – ohne dass sie heucheln musste – zum Höhepunkt zu bringen. Ach, er war so *scheißliberal*, wie man damals sagte, so bürgerlich, so wohlerzogen, dass sie sich fast für ihn schämte. Als er darauf bestand, ihr einen Strohhut zu kaufen auf dem Flohmarkt vor dem Charlottenburger Schloss, setzte er ihr immer wieder einen neuen auf und schwärmte so ungeniert von ihrem idealen Hutgesicht, dass die Leute entzückt stehen blieben. Zum Demonstrieren ging er nur mit, weil er auf sie aufpassen wollte, überall witterte er Gefahren. Und er nahm auch – Apartheid hin oder her – mit Orangen aus Südafrika vorlieb, wenn er zufällig Lust darauf hatte, und versuchte es nicht im nächsten Lebensmittelgeschäft. Das heißt, er ließ sich seine Meinung nicht vorschreiben, wenngleich er sie selten äußerte, schon gar nicht als Credo. Wohingegen Jürgen, der sich Juri nannte, ein bekennender Proletarier war, drahtig, mit einem Raubvogelgesicht, in dem ungeheuer flinke Augen saßen. Beseelt von einer großen Liebe zur Sowjetunion glaubte er, dass man von der Sowjetunion lernen müsse, um siegen zu können. Und irgendwie schien er diese Erkenntnis auch auf seine Bettverhältnisse anwenden zu wollen. Denn *ihm* gelang es, Marianne die Selbstbeherrschung zu rauben, *er* machte, dass sie schrie und frohlockte, unbeschadet dessen, dass sie doch eine *Klassenfeindin* sei, wie er sie neckte, und außerdem *ganz schön degeneriert*.

Wenn sie kurz vor Mitternacht mit ihrem orangefarbenen VW Käfer die Grenze passierte und blass und entrückt dabei zusah, wie Volkspolizisten, die ungefähr in ihrem Alter waren, das Handschuhfach durchwühlten, die Fußmatten anhoben und ihr mit undurchdringlichen Mienen ihren westdeutschen Pass zurückgaben, hatte sie das Gefühl, in einer Tragödie zu stecken, Heldin zu sein in einem unsagbar traurigen, grobkörnigen Schwarz-weiß-Film. Fragte sich, ob die Männer ihr ansahen, wie wundgeliebt sie war, wie ausgesogen, wie weh ihr alle Knochen taten. Und wie sehr sie sich freute, wenn sie zum nächsten Treffen – abermals die Grenze passierend – mit einem glorios genesenen, hellwachen Körper zurückkehrte.

Tatsächlich geschah es bisweilen, dass sie das eine oder andere Gesicht wiedererkannte und der eine oder andere

Vopo sogar ein Auge zudrückte, wenn sie Bücher schmuggelte. Den *Spiegel.* Oder den *Stern.* Was sie eines Tages geritten hatte, den *Kinsey-Report* in ihre Tasche zu stecken, wollte sie damals – aber auch heute – nicht so genau wissen. Das Buch kam jedoch gut an. Juri alias Jürgen liebte es, ihr von den Sexualpraktiken der männlichen Amerikaner vorzulesen und ließ kein gutes Haar an ihnen, nach dem Sex. So viel Prüderie könne einfach nicht gut gehen. Wahrscheinlich gebe es im Land der Imperialisten nicht einmal FKK-Strände. Und wann sie sich endlich entschlösse, fragte er Marianne, in der DDR um Asyl zu bitten. *Genossin* sei sie doch eigentlich schon.

Ach, es wurde dann doch keine Tragödie, als Jürgen eines Tages als wissenschaftlicher Beobachter zum *Kosmodrom* nach Baikonur fliegen durfte und in der Folgezeit nicht mehr bei ihr anrief. Nicht annähernd. (Wie seine Briefe in ihren Westberliner Briefkasten gelangen konnten, blieb sein Geheimnis.) Zwar war der Start der Rakete so häufig verschoben worden, dass sie es gar nicht glauben konnte, als er sich eines Abends von ihr verabschiedete, ja, sie fast aus der Wohnung drängte. Aber das Herz brach ihr nicht, wie sie erstaunt feststellte.

Vielleicht waren es dann auch nicht ganz so viele Orgasmen, dachte sie, um Selbstironie bemüht, während Nist sie die Puschkinallee auf- und niederfuhr und es ebenfalls mit einigen Seitenstraßen versuchte. Kein einziges Haus erkannte sie wieder. Nicht einmal die Gegend schien ihr vertraut. Nichts stimmte. Nichts kam zurück. Weder die östliche Tristesse noch der Geruch nach Braunkohle. Weder Jürgens Liebesduft noch ihr eigener. Nur ihre Medikamente roch und schmeckte sie, hier in diesem schwarzen Gefährt, in diesem bequemen Leichenwagen, wie stets, wie seit Jahren bereits, auf ihrer Haut, in ihrem Mund, ihrem Urin, in der Bettwäsche, wenn sie sich morgens erhob. Ihre Fingernägel splitterten, sie schaute aus wimpernlosen Augen.

Zu Viktor, der es lieber überhörte, hatte sie manchmal – damit sie es nicht vergaß und er sich daran gewöhnen konnte – gesagt *Weißt du was? Deine Frau riecht nach Tod.* Aber sie hörte deswegen nicht auf, Tabletten zu schlucken und gegen den Brechreiz zu kämpfen, den sie auslösten. Denn irgendwann – fast über Nacht – war es aus gewesen mit den Mistelspritzen, der Akupunktur, den Selbsthilfegruppen, den nächtelangen Recherchen im Internet. Den Allmachts- und Unsterblichkeitsgefühlen, der Suche nach dem höheren Sinn und der Sehnsucht nach dem richtigen Sterben. Sie war Agnostikerin, wie hatte sie das vergessen können. Sie musste sich den Fakten ergeben, der Chemie. Der Krebs war zu groß für sie. Jetzt, wo es mit ihr zu Ende ging, würde sie nicht mehr gegen all die jungen, sonnengebräunten Mediziner kämpfen, die es besser wussten.

Claudius Nist hatte Schostakowitsch aufgelegt, den wunderschönen, den abgenudelten Walzer aus der *Jazz Suite*, schon zum dritten oder vierten Mal, aber es störte sie nicht. Im letzten Augenblick, noch bevor Klinger seinen Fuß auf ihre Schwelle setzte heute Morgen, war ihr eingefallen, dass diese Musik genau die richtige Untermalung sein konnte für die Tour durch Ostberlin.

Irgendwo, im hintersten Winkel meines Gedächtnisses, befindet sich der Nachname dieses Menschen, der wahrscheinlich bei der Stasi war und mich unbedeutende Person anwerben wollte, sagte sie schließlich zu ihrem Chauffeur und tat so, als hätte sie ihn darüber informiert, warum er die Puschkinallee ansteuern sollte. *In der Russischen Botschaft habe ich mit ihm Soljanka gegessen und in seiner*

Badewanne gebadet, was ein ungeheurer Luxus war, wenn man bedenkt, dass ich mich damals, im Westen, nur in der Küche waschen konnte. Direkt neben dem schmutzigen Geschirr …

Und Nist erwiderte versonnen, ohne sie ganz ausreden zu lassen: *Könnte sein, dass ich bei denen auch unterschrieben habe, seinerzeit, als ich mich um meine Ausreise bemühte. Du kannst mich schlagen, ich weiß es nicht mehr. Warum soll es mir anders ergehen als den westdeutschen Schriftstellern, die vergessen haben, dass sie bei der SS waren … Da wir aber nun schon einmal in der Puschkinallee sind, könnten wir das Sowjetische Ehrenmal besuchen. Was hältst du davon?*

Und so ließ sie sich von Nist durch die gigantische Anlage schieben, den Rollstuhl hatten sie ja immer dabei, auch einen Schirm gegen die stechende Sonne. Zwischen den sechzehn die sowjetischen Unionsrepubliken symbolisierenden Sarkophagen aus Marmor hindurch, in denen, wie ihr ihr Charon erläuterte, keine Soldaten begraben waren, weil man sie woanders, unter den seitlich angrenzenden Platanenalleen, beerdigt hatte. An Stalins in Stein gemeißelten Sprüchen und den Kriegsszenen vorbei, wo der sozialistische Realismus in schöner Regelmäßigkeit in plakative Naivität kippte, Flugzeuge und Hütten wie flaches Spielzeug aus Holz aussahen und sowjetische Frauen und Männer ihren nationalsozialistischen Zeitgenossen aufs Haar glichen. Immer den heldenhaften riesigen Rotarmisten im Blick, der – das zerbrochene Hakenkreuz unter den Füßen – ein gesenktes Schwert in der Hand trug, aber auch ein Kind an seiner Brust, auf immer und ewig.

Es waren erstaunlich viele Touristen unterwegs, junge Japaner, die sich gegenseitig und immer wieder auch sich selbst fotografierten vor Hammer und Sichel auf den zwei großen gesenkten Fahnen aus rotem Granit sowie ihre Körper verrenkten, um mit ihren digitalen Minikameras die gewaltigen

Dimensionen in den Griff zu bekommen. Junge Amerikaner, die Hemden und ausgebeulte Jeans trugen wie Nist und einander Reden hielten. Und überhaupt keine vertrockneten ehemaligen Parteigenossen in Pullovern aus Dederon, mit denen Marianne viel eher gerechnet hätte.

Irgendwo, in der Nähe der gesichts- und geschlechtslosen *Mutter Heimat* aus hellem Stein, die ja auch schon einige Meter hoch war, im Vergleich zu dem Soldaten am anderen Ende, der ihr Sohn hätte sein können, aber verschwindend klein, ließ Nist Marianne einfach stehen. Eigentlich hatten sie sich schon wieder auf den Ausgang zubewegt, den grauen Triumphbogen fast erreicht also, durch den sie auch hereingekommen waren, als er den Rollstuhl abrupt abstoppte, kehrtmachte, sie in eine Rundung aus schattenspendenden Trauerbirken schob und – ohne ein Wort zu sagen – zurückhastete. Die Treppen zum Gräberfeld hinab, an den Grabplatten mit den ehernen Lorbeerkränzen entlang. Immer kleiner werdend vor ihren Augen den Grabhügel hochkletterte, auf dem der zwölf Meter hohe Held stand. Marianne konnte sehen, wie er seinen Körper hochschob, Stufe für Stufe, langsam, mühselig, rechts und links von leichtfüßigen Jugendlichen überholt, er war wirklich viel zu dick. Und wie er am Ende in einer Gruppe von Menschen vor dem mit einer Kuppel versehenen Pavillon verschwand. Der sei einem *Kurgan* nachgebildet, hatte Nist ihr zuvor erklärt, einem mittelalterlichen slawischen Grab, und – so wie sein Fundament – aus den Trümmern von Hitlers Reichskanzlei errichtet.

Als er zurückkehrte, unterdrückte sie die Frage, warum er unbedingt noch einmal zurücklaufen musste. Das ging sie nichts an. Sie und er hatten unterschiedliche Vergangenheiten, Erinnerungen waren grundsätzlich unvereinbar, selbst Viktor und sie, die im gleichen politischen System aufgewachsen und ungefähr gleichaltrig waren, kamen nicht auf die Idee, ihre Kindheitstraumata miteinander zu vergleichen. Wer weiß, woran Claudius Nist dachte, als er mit ihr zu Füßen des sowjetischen Riesen stand und zu dessen vorgerecktem Kinn hochstarrte. Wenn man erwachsen ist, entfaltet Gigantomanie eine deutlich geringere Faszination – obwohl selbst Marianne sich der kraftvollen Symmetrie der Anlage und der scheinbar so gegensätzlich sanften, taubengrauen Stimmung, die hier herrschte, nicht entziehen konnte. Nist aber hatte hier vielleicht als Kind an Fackelzügen teilgenommen oder die Fahne der Freien Deutschen Jugend geschwenkt. Kannte die Fakten des Großen Vaterländischen Krieges, die Anzahl der Toten, die er gekostet hatte. War beeindruckt davon, dass der Soldat ein deutsches Kind umarmte und mit diesem Kind die Deutsche Demokratische Republik begründete. Trug blaue Hosen und ein blaues Hemd und ein rotes oder blaues Halstuch, das es zu verteidigen galt. Alle Halstücher mussten verteidigt werden, selbst Pfadfinder waren in dieser Beziehung wehrhaft, wusste Marianne. Abgesehen davon, dass Nist bestimmt mit Inbrunst gesungen hatte – welche Lieder auch immer. Das Einheitsfrontlied, das Lied von der Solidarität, *Und weil der Mensch ein Mensch ist* oder *Die Partei, die Partei, die hat immer recht*. Das waren die, die *sie* kannte und in Jürgens Bett bisweilen gesungen hatte. Nach dem Sex. Dass sie dabei lachte, schätzte er wenig. Und das Leiern von Litaneien reichte ihm nicht als Kompensation. Denn wie alle Menschen, die einer Ideologie anhingen, war er humorlos.

Wie seltsam, dass sie kein Bedürfnis verspürte, zu den Stätten ihrer Kindheit zurückzukehren, dachte sie, während sie unter den Trauerbirken saß, die – dies hatte Nist ihr gleichfalls erklärt – sowohl von guten als auch von bösen Geistern bewohnt waren, wie die slawischen Völker glaubten. Anders als Viktor, der wegen seiner schlechten Träume sogar nach Hause gefahren war, obgleich seine Mutter nicht mehr lebte, ja, es auf sich genommen hatte, seinem verhassten Stiefvater zu begegnen, nur um festzustellen, dass er ihn – der inzwischen dement geworden war – noch immer hasste. Seitdem der Krebs in ihr wütete, hatte Marianne alle Brücken abgebrochen, wollte die Pfalz, in der sie und ihre Familie in den letzten Kriegsmonaten gestrandet waren, diese Gegend, die so schön war, dass es weh tat, nie mehr wieder sehen. Wahrscheinlich blühte dort gerade der Wein und ein Fest nach dem anderen wurde gefeiert. Gewiss sangen sie auch. Mit ihrem Bruder aber, der immer noch bei den Eltern wohnte und sich von seiner greisen Mutter die Wäsche bügeln ließ, wollte sie keinen Kontakt mehr. Und mit den Freunden von früher fühlte sie sich nicht mehr befreundet. Das letzte Mal, als sie durch die Straßen der Stadt gelaufen war, wo sie als kleines Mädchen einige Jahre in den eigens für die Flüchtlinge errichteten Baracken gelebt hatte, später dann aber in einer reputierlichen Doppelhaushälfte, hatte man sie nicht mehr erkannt. Weil es ja auch niemanden mehr gab, der sie erkennen konnte. Nach Berlin brachte sie nur ihre Komplexe mit, damals. Ihre Minderwertigkeitskomplexe. Du hast einen Komplex, so sagte man in den sechziger Jahren, wenn man meinte, du spinnst … Tim, der kleine Strauchdieb, würde nur verständnislos grinsen, wenn man ihn damit beschimpfte.

Hier im Rollstuhl, die Füße nebeneinander gesetzt, die Arme auf den Lehnen, die Augen geschlossen, wollte sich Marianne lieber an die kleinen Dinge halten, wie häufig in letzter Zeit, entwickelte Strategien gegen Verzweiflung und Verrat, gegen Überwältigung und Größe – auch gegen die Größe ihres Unglücks, klar. Rief sich Episoden aus ihrer Schulzeit ins Gedächtnis, Augenblicke vielmehr, da sie sich bedingungslos geliebt gefühlt hatte, es gab nicht so viele, sie war immer zu anspruchsvoll gewesen. Erlaubte sich Sentimentalitäten. Vollzog – vergebliche – Denkoperationen mit dem Begriffspaar Bedürfnislosigkeit und Glück. Erinnerte sich an Tage, wo sie glänzen konnte und man sie glänzen ließ – die Demütigungen folgten meist auf dem Fuß, sie durfte nie zu schlau sein, das mochte man nicht, dann stellte man das Kind lieber in die Ecke. Es fielen ihr jedoch auch Momente ein, wo es ihr gelang, sich aus dem Spiel herauszuhalten, Sekunden oder Minuten, wo es nicht auf sie ankam. Obgleich es ihr selten gelang, sich nicht wichtig zu finden, sich verschwinden zu lassen gar. Selbst jetzt, so kurz vor ihrem Ende, gab es nichts, was sie nicht hätte kommentieren wollen, was sie nicht wirklich und wahrhaftig besser wusste als alle anderen.

An jenem Abend aber war es so gewesen, in jener Nacht vielmehr, als sie Bruno Ganz in der U-Bahn traf, ihm hinterherlief, besser gesagt, ihn verfolgte sogar von der Akademie der Künste aus. Wie sie hatte er die Veranstaltung früher verlassen, es war eine Lesung mit anschließender Podiumsdiskussion gewesen, ein spektakuläres Treffen zwischen Schriftstellern aus Ost und West, das nicht enden wollte. Am Hansaplatz hörten sie schon auf der Treppe die Bahn, sie rannten und stürzten sich in denselben Wagen. Marianne setzte sich hin, atemlos. Er aber blieb stehen, hielt sich an der Stange fest, schaute auf seine Schuhspitzen, begann zu tänzeln und sich um die eigene Achse zu drehen. Nicht hektisch oder nervös, sondern in zärtlicher, selbstversunkener Langsamkeit. Wie es seine Art war, wie sie ihn kannte von der Bühne. Mit ausgestrecktem Arm. Und sie sah ihm Flügel wachsen, die so groß wurden, dass er sie sich um seinen Körper wickeln konnte wie ein knisterndes Kleid. Natürlich sehnte sie sich danach, dass er sie berührte, wie im Film, wie in *Der*

Himmel über Berlin, in dem er sich doch gleichfalls als Engel bewegte und Unglückliche tröstete unter der Erde, sich neben sie setzte und den Arm um sie legte, aber auch den Sterbenden auf den Brücken und Straßen beim Grenzübertritt half. Leider aber dauerte die Fahrt nur wenige Minuten. Bruno Ganz stieg am Zoologischen Garten aus. Und Marianne war lange Zeit ziemlich glücklich für ihre Verhältnisse und stolz darauf, dass sie es schaffte, nicht einmal Viktor, der sich seit Jahren dem – wie er meinte – pathetischen, wenn nicht gar hysterischen west-östlichen Dialog entzog, von der Begegnung zu erzählen. Denn der Engel hatte ihr keinen Blick gegönnt. Es war, als ob sie nicht da gewesen wäre, wenngleich es nach den Gesetzen der Logik hätte umgekehrt sein müssen, er doch der Engel war und nicht sie. *Ich habe mich in Luft aufgelöst. Das ist ein schönes Gefühl*, so sprach sie in den folgenden Tagen gelegentlich vor sich hin. Und auch heute noch fand sie, dass die Begegnung mit Bruno Ganz das zauberhafteste Erlebnis ihres Lebens gewesen war, anders konnte sie es nicht ausdrücken. Etwas für die Ewigkeit. Voll subtiler, um nicht zu sagen, abstrakter Erotik.

Ich musste da hin, sagte Nist zu Marianne, als er sie schließlich niesend und schniefend durch den Triumphbogen schob, weil ihn die Trauerbirken – oder was auch immer – allergisierten, *ich musste mir das Mosaik in der Kuppel noch einmal ansehen. Diese heroischen Männer und Frauen in ihren wallenden, frühgotisch anmutenden Gewändern. Dieses goldene Spruchband, das gleichfalls etwas Sakrales hat. Schon als Kind habe ich über den Ausdruck* Pogromheld *gegrübelt. Habe damals auch einen Lehrer gefragt, der mich aber abblitzen ließ. Weißt du, was ein Pogromheld ist? Schließen sich Pogrom und Held nicht aus? Ist ein Pogromheld nicht per se feige?* Heute erkennen alle an, dass das Sowjetvolk durch seinen aufopferungsvollen Kampf die Zivilisation Europas vor den faschistischen Pogromhelden gerettet hat. *Das steht da, das ist ein Stalin-Zitat. Ich aber bin damals an dem Wort Pogromheld verzweifelt. Ich war ein gläubiges Kind, musst du wissen. In meinen Augen durfte man nicht ironisch sein, wenn es um den Großen Vaterländischen Krieg ging, Ironie war bourgeois, es handelte sich schließlich um die Ideale des Sozialismus …*

Und er redete und redete, so viel wie nie während der letzten zehn Tage, die sie zusammen unterwegs gewesen waren. Gut, dass er Marianne keine Chance ließ, ihm zu sagen, dass sie das Wort *Pogromheld* aus der Berichterstattung über die Ausschreitungen in Mölln und Rostock-Lichtenhagen kannte, sie wollte niemanden mehr belehren. Wann war es, 1992 oder 1993? Vielleicht lag sie ja falsch – wie so oft in letzter Zeit – und hatte das Wort in ganz anderem Zusammenhang gelesen. Als sie das Auto erreichten, war der Himmel gelb bewölkt, die ersten großen Tropfen fielen. Und sie fuhren ganz ohne Musikbegleitung zurück, selbst Nist versuchte nicht, Schostakowitsch zu reaktivieren. Aber er weckte sie nicht, als sie auf der Heimfahrt einschlief, im Gegenteil, lenkte den Wagen so rücksichtsvoll wie nie. Und führte sie – zusammen mit Miriams kräftigem Freund, der gerade die Villa verlassen wollte – die Treppe zu ihrer Wohnung hoch, als er erkannte, dass sie sich kaum mehr aufrecht halten konnte.

Irgendetwas musste in der Zwischenzeit passiert sein, das spürte Marianne sofort. Nicht nur, dass Maximilian Klinger und der Hausmeister nun doch begonnen hatten, die Türschwellen herauszureißen, und der Inhalt der Regale aus dem Büro in den Flur hinaus verlagert worden war, sodass sie über Leitzordner und Aktenbündel steigen mussten. Dass ein Geruch von Holz und altem Staub die Luft erfüllte. Nein, auch Herrn Friedrichs Wohnungstür stand weit offen und bot Einblick in sein sonst so gut abgeschottetes Chaos. Er selbst lehnte an der Tür des Wandschranks, wo Frederika immer ihre Bekanntmachungen fixierte, reglos und blass. Leonor Zierer und Bibi Never lauerten oben an der Treppe. Die Sanderlings schauten aus der Küche in die Diele hinaus, mit angespannten Gesichtern. Miriam studierte die Baupläne der Villa Klestiel, man sah nur ihre Wuschelfrisur. Frederika hatte Kaffee gemacht und füllte damit einige Gläser, vermutlich, weil sie keine sauberen Tassen gefunden hatte. Ihr Anblick – sie trug ein pinkfarbenes T-Shirt, das mit ihrem kupferroten Haar nicht harmonierte – irritierte Nist so sehr, dass er fast ins Stolpern geriet. Und Herr Schwartz trug den Kopf eines hölzernen Pferdes in der Hand. Dass er heute, am Sonntag, Frauenkleider trug, war vielleicht das am wenigsten Ungewöhnliche.

So jedenfalls übte Nist sich später in bourgeoiser Ironie. Es sei Herrn Friedrichs Schaukelpferd gewesen, dessen Kopf Herr Schwartz gehalten habe. Die Obdachlosen vom Schlachtensee hätten das alte Stück zerstört, als sie am helllichten Tag durchs Fenster in seine Wohnung einstiegen und ihn ausraubten, während er im Garten mit seiner Freundin Leonor unter Bäumen saß und ihr seine neuesten Briefmarkensätze zeigte. Zuvor aber war Marianne von ihrem Charon auf die Couch gebettet worden, mit so überraschender Zartheit, dass sie einen Augenblick dachte, dass es Viktor sei, der sie hielt, und furchtbar erschrak über den weichen, warmen Bauch, an den sie sich lehnte. Hatte sie doch gerade *Wir sollten endlich mit der Einübung ins Sterben beginnen* zu ihrem Ehemann sagen wollen. Und: *Warum haben wir nie über den Tod gesprochen? Nun muss ich die Angst vor dem schwarzen Nichts ganz alleine ertragen.*

Der arme, arme Herr Friedrich, antwortete stattdessen Nist auf ihre stummen Sätze und hielt sie weiter fest, *seine Münzsammlung wurde geplündert, seine Schallplattensammlung auseinandergerissen, auf den Hüllen der historischen Aufnahmen herumgetrampelt. Und anscheinend ließen die kleinen Gauner auch ein Bündel Geld mitgehen, das er im Innern des Pferdchens versteckt hatte.*

Marianne schaute auf ihre kleine Hand in seiner gar nicht einmal so sehr viel größeren und war nicht fähig, Mitleid für Herrn Friedrich aufzubringen. Ihre Gedanken fingen an zu schlingern. Wo Tim sich wohl befand? Und Struppi, seine Freundin? Nists Finger waren so breit und so kurz, wie konnte er mit solchen Händen eine Oktave greifen? Ihre Mutter hatte ständig Abführschokolade genommen, wie eine Sucht war das bei den Frauen der Nachkriegsjahre gewesen, als ob sie damit alles Schlechte aus ihrem Körper hätten entfernen können. Aber was taten die Männer?

Ach, sie hatte noch so viel zu tun. Sie musste ihren Auszug organisieren und Viktors Papiere ordnen, Frederika Wege durch das Gestrüpp der Lichtblau'schen Versicherungen bahnen. Und sich zudem auf Ludovik Birnbaum vorbereiten, den rotblonden Assistenten, aus dem ein durch die Weltgeschichte gondelnder Finanz-Berater geworden war. Er hatte seinen Besuch angekündigt. Sein letzter war unangekündigt gewesen, kurz nach Viktors Herzinfarkt, am Bescherungstag ausgerechnet, zur Weihnachtsfeier. Für ihr Apartment, das sie ihm zur Miete anbot, falls Viktor nicht mehr zurückkäme und sie nicht mehr dort bleiben konnte, hatte er sich damals nicht erwärmen können. Aber vielleicht würde es ja dieses Mal klappen. Und es fiel ihr auch noch ein, dass sie den Mond gesehen hatte heute Nachmittag, wie er verloren neben dem gigantischen Rotarmisten am Himmel hing und aussah wie ein unbeholfen abgesäbeltes Stück Käse. Links oder rechts von der Statue, wo auch immer.

Dann erst begann sie zu träumen, einen Traum, der nicht weh tat und den sie gut kannte. Dass sie in hohem Bogen Milch in eine Tasse mit Kaffee goss, dieser aber weder überlief noch sich verfärbte. Es war ein Traum, der einen Zustand festhielt. Beim Aufwachen wusste sie nie, wie sie ihn deuten sollte.

Unstillbare Sehnsucht

Nun, da meine Sammlungen nicht mehr existieren, könnte ich auf die Idee verfallen, auf meine alten Tage mit dem Lesen zu beginnen, sagte Harro Friedrich zu Leonor Zierer, die ihn zum Kaffeetrinken eingeladen hatte.

Oder sollte ich mich nicht besser umbringen, weil meine Wohnung nach Scheuermilch stinkt und ich nicht mehr darin leben mag?

Diese Frage aber stellte er nicht. Sprach auch nicht von seinem Schmerz und davon, dass er in dem kahlen Zimmer, in dem er nachts nur mühsam einschlief und morgens nicht mehr aufwachen wollte, erst wieder würde existieren können, wenn er sich nicht mehr fremd darin fühlte.

Schon der Einzug in die Villa bedeutete einen Verlust, damals, vor vier Jahren, als er den größten Teil seiner lateinamerikanischen Schätze dem Völkerkundemuseum überließ. Da aber hatte ihm sozusagen nur jener aus vielen Gerüchen komponierte Generalduft gefehlt, den die vermutlich im Depot gelandeten Stücke gemeinschaftlich verströmt hatten und mit dessen Intensität er seine Mitbewohner nicht schockieren wollte. Nach dem Einbruch jedoch war eine ganz andere, eine beklemmende, fast unwirkliche Situation entstanden: denn nun begannen auch die Dinge zu verschwinden, an denen er persönlich hing, die Überbleibsel aus dem Leben, das vor seinem jetzigen Leben gewesen war, die sentimentalen Mitbringsel aus Brasilien, die Souvenirs seines Herzens, die längst ihrerseits Aromen entwickelt hatten und Erinnerungen in ihm auslösten, zu denen er ohne deren Reiz nicht mehr fähig gewesen wäre.

Eine schließlich von ihm selbst beauftragte Entrümpelungsfirma und nicht zuletzt Frederika, der hilfreiche Geist der Villa Klestiel, hatten ihm die Beweisstücke entrissen, die ihm sagten, dass er gelebt, gefühlt und geliebt hatte – so lächerlich und schäbig sie anderen Menschen auch erscheinen mochten. Die vergilbten Opern-Programme, anhand derer er seine *éducation musicale* nachvollziehen konnte. Die am Strand von Acapulco gekaufte, in brüchigen Brokat gekleidete Makumba-Madonna, über deren Kopf – als sonnengelber Heiligenschein – eine Neonröhre schwebte. Das Krankenhaus-Ensemble aus bemalten Terrakotta-Figuren, in dem ein Patient mit geöffnetem Bauch, über den sich ein Arzt und drei Krankenschwestern beugten, die Hauptattraktion war. Schachteln mit Krokodilszähnen, rote und lilafarbene Edelsteine, die sich leider als gefärbt herausgestellt hatten. Hängematten, mit gehäkelter Spitze drapierte Holzfrüchte, Mobiles aus Papageienfedern. Nach Zimt und Schimmel duftende Ponchos und Decken. Paranüsse, schwarzer und weißer Pfeffer in bunten Dosen.

Selbst das Leintuch mit dem Blut von Jacintha, seiner Frau, das sie als Reliquie aufbewahrte, weil sie so leidenschaftlich katholisch war, dass sie damit ihre bis zur Hochzeitsnacht verteidigte Jungfernschaft feiern wollte, hatte die Reise nach Deutschland angetreten und in schöner Eintracht neben der zusammengerollten Haut einer Mamba in einem alten Überseekoffer geruht, in den damals auch – mehr aus Versehen – die teure, ihr von einem Liebhaber spendierte Seidenunterwäsche geraten war. Jacintha hatte es ohne größere Gemütserregung ertragen, dass er kaum fünf Jahre nach der Trauung die gemeinsame Tochter bei der Familie seiner Schwester im Hessischen unterbrachte. Da war der lautstarke Ehekrieg zwischen ihnen längst dem Geröll einer sprachlosen Wut gewichen, die selbst die niedliche, mit ihrem

Hüpfseil durch die Wohnung tollende Clara nicht mehr beiseiteräumen konnte. Keiner, der ihn heute kannte, hätte sich vorstellen können, wie aufbrausend Harro Friedrich vor vierzig Jahren gewesen war. Und auch Jacintha – gut zwanzig Jahre jünger als ihr Ehemann – hatte sich gewiss mehr in sein elegantes Äußeres verguckt, in seine hohe schlanke Gestalt und seine dichten Locken, als in sein nur gelegentlich sich zeigendes und dann auch noch schnell problematisch werdendes Temperament.

Am Anfang ihrer Bekanntschaft, als sie sich während seiner Mittagspause regelmäßig vor einem Imbissstand auf der Praça da Saudade trafen, nahm sie bestimmt an, dass er Arien schmetterte am Teatro Amazonas, in dessen Buchhaltung er vor Jahren gelandet war, weil ihm bei seinem Trip durch die Welt ausgerechnet in Manaus das Geld ausging. Davon, dass er mit seinem Bürojob dann auch die besseren Karten gehabt hätte, als sie es endlich wagte, ihn ihrer strengen Familie vorzustellen, konnte allerdings nicht die Rede sein. Was zählte, war einzig, dass er den Papst liebte und weder mit den Befreiungstheologen noch den Guerilleros liebäugelte. Das machte man ihm mit Händen und Füßen deutlich, obwohl er ganz gut Portugiesisch sprach. Sonst hätte er sogar noch konvertieren müssen für dieses kaum der Schule entronnene kapriziöse Geschöpf.

Wie nah er manchmal daran war, seiner lebenslustigen jungen Frau, die mit ihrem Jungfernhäutchen auch ihre Hemmungen verloren hatte, den Hintern zu versohlen, würde er eines Tages vielleicht Leonor Zierer gestehen, die ihrerseits seit einiger Zeit Neigung zeigte, ihm ihr Herz auszuschütten. Und womöglich würde er ihr in diesem Zusammenhang auch bekennen, in welch geradezu überwältigendem Ausmaß ihn die so exzessiv tanzende Herzeleide Glöckel an Jacintha erinnert hatte. *Genau so* hätte sie aussehen können in diesem Alter, um die Fünfzig oder knapp davor, so attraktiv, so selbstbewusst, so leidenschaftlich. So … körperbetont. Da er aber Jacintha nach der Trennung nicht wiedergesehen und es sich auch selbst verboten hatte, seine Tochter, die ihre Mutter regelmäßig besuchte, nach ihr zu fragen, war er womöglich einem Trugbild nachgejagt. Er wusste nur, dass Jacintha – als Geliebte einflussreicher, reicher Männer – ihrerseits einflussreich und reich geworden war und gewiss gelacht hätte über ihren niemals von ihr amtlich geschiedenen Ehemann, der so hartnäckig Dinge von früher aufbewahrte – einen Blutfleck unter anderem, den er ihr in ihrer ersten gemeinsamen Nacht buchstäblich abgerungen hatte. Und nun trauerte, weil er ihm weggenommen worden war.

So, jetzt riecht es nicht mehr nach Amazonas, rief Frederika jedenfalls fröhlich, als sie die letzte Schnitzerei aus den Slums von São Paulo – es war ein auf einem Bein stehender Flamingo – in hohem Bogen in den vorm Haus stehenden Abfallcontainer geworfen hatte. Da war seine einfühlsame Beschützerin für ein paar Sekunden aus der Rolle gefallen, dachte er. Bedauerlicherweise. Obwohl sie ihm doch zuvor so unermüdlich beim Räumen geholfen hatte, tagelang, über ihre übliche Zeit hinaus. Ihn tröstete und jedes Ding in die Hand nahm, es hin und her wendete und betrachtete. Und ihn erst dann anblickte und fragte: *Kann das weg oder soll das bleiben?*

Vor Leonor Zierer aber sprach er in seltsamer Scheu lieber von seinen Briefmarken und Münzen als von seinen brasilianischen Erinnerungsstücken, die allesamt – teilweise vor den Augen seiner Hausgenossen – im Abfall verschwunden waren. Ja, er entwickelte gegenüber seiner Freundin sogar eine Theorie, warum er sich in den letzten Jahren so sehr auf das Sammeln kleinerer und – in seinen Augen – zweifellos harmloserer Objekte konzentriert hatte. Eine Art Gegengift sei es gewesen, behauptete er, Leonor fest in die Augen blickend, ein vor allem Platz sparendes Gegengift, mit dessen Hilfe er sein *Messietum* bekämpfen wollte. Wobei ihm – ehrlich gesagt – das Wort Messie bis vor Kurzem nicht bekannt gewesen sei. Erst Maximilian Klinger, dieser Spezialist für Zeitgeist und gesellschaftliche Befunde, habe das Wort eines Abends verschwörerisch blinzelnd in die Runde geworfen, es direkt auf ihn bezogen und ihm dringend empfohlen, sich in Therapie zu begeben.

Ob es im Deutschen eine Entsprechung für Messie gibt? Krankhafte Unordnung? Sucht nach Vermüllung? Unstillbare Sehnsucht nach Vergangenheit? Und ist es bei einem in die Jahre gekommenen Messie nicht besser, man entsorgt ihn gleich mit?

Da er sich, seit man ihm seine Wohnung zerstört hatte, erlaubte zu seufzen, seufzte er auch jetzt und begann einen selbstkritischen Monolog, dem Leonor mit gerunzelter Stirn lauschte, weil sie ihn weitgehend kannte. Vielleicht habe es ja nur daran gelegen, dass er sich beim Sammeln nicht rechtzeitig einen Schwerpunkt suchte, weder bei den Briefmarken noch bei den Münzen. Richtige Philatelisten würden sich auf Motive festlegen, auf Eisenbahnen, Pflanzen oder Tiere, auf berühmte Männer, geschichtliche Ereignisse oder doch wenigstens auf bestimmte Epochen oder Länder. Auch Numismatiker gingen systematisch vor. Er aber habe immer nur das gekauft, was ihm spontan gefiel, der schöne Schein sei ihm stets wichtiger gewesen als der Nennwert einer Marke oder Münze in den jeweiligen Fach-Katalogen. Ja, wenn es nach diesen gegangen wäre, hätte man ihn einen reichen

Mann nennen können. Zumal er – seit Frederika ihm das Notebook aufschwatzte – verstärkt begonnen habe, über das Internet zu bestellen und bei Auktionen mitzubieten. Aber wenngleich er bei jeder Neuerwerbung fest entschlossen gewesen sei, nun endlich Ordnung zu schaffen, schon um sich mit anderen Sammlern austauschen zu können, was man von echten Philatelisten wohl erwarte, gelungen sei es ihm nie. Kein Album, kein Klemmhefter oder Münzbehälter habe zum Erfolg geführt, sondern sich nur als weitere Belastung erwiesen. Er habe den beiden jungen Polizisten nicht einmal sagen können, was ihm überhaupt gestohlen worden war.

Bestimmt haben sie mich auf den ersten Blick als Messie klassifiziert, sagte er. *Keine Rede jedenfalls davon, dass sie den Tatort so untersuchten, wie man es aus dem Fernsehen kennt. Nur nach dem offen stehenden Fenster haben sie sich immer wieder erkundigt und danach, wo ich selbst mich aufgehalten habe.*

Friedrich warf Leonor Zierer, die ihm Kaffee nachschenkte und ein weiteres Stück Kuchen auf den Teller schob, ein schiefes Lächeln zu. Seit dem Einbruch vor drei Monaten, der ja in Wirklichkeit gar kein Einbruch war, sondern ein Einstieg, hatte sie ihm immer wieder – nachmittags vor allem, weil sie morgens und abends keine Menschen um sich herum ertragen konnte – Asyl gewährt, ihn vor dem Elend seiner verwüsteten Bleibe bewahrt vielmehr, die er lange Zeit so gelassen hatte, wie sie war, obwohl dies für ihn bedeutete, dass er wochenlang im Gästezimmer übernachten musste, in welchem Frederika nicht einmal einen Lampenschirm über die nackte Glühbirne gestülpt hatte. Bei Leonor war es allerdings gleichfalls nicht unbedingt ordentlich, stellte er fest. Wohin man auch sah, überall lagen aufgeschlagene oder mit Zetteln versehene Bücher, auf dem Boden, auf dem

Schreibtisch, unter und auf den Fensterbrettern und selbst im Bad neben der Toilette. Im Gegensatz zu ihm aber schien seine Freundin nie jene gefährliche Grenze überschritten zu haben, jenseits derer eine beständig nachwachsende Wohlhabenheit ins Chaos mutiert. Außer den Büchern, die Frederika in regelmäßigen Abständen zu Oxfam an den Kurfürstendamm brachte, sammelte Leonor denn auch nur Meißner Porzellan, wobei die vielen schönen Kaffee- und Mokkatassen, die Milchkännchen, die Zuckerschalen und Eierbecher, die in ihrer Vitrine standen, keine Erbstücke waren, wie sie ihm kürzlich gestand, sondern sorgfältig geplante Einkäufe in Antiquitätenläden, die sie sich immer mal wieder gegönnt und – wie sie sagte – regelrecht *vom Munde abgespart* habe, schließlich stamme sie aus dem Kleinbürgertum.

Einen solchen Satz wollte er lieber nicht kommentieren, weil er die soziologisch versierten Selbstauskünfte hasste, zu denen die Bewohner der Villa Klestiel neigten. Wirklich erschreckend jedoch erschien ihm, wie exzessiv sich Leonor inzwischen ihrer jahrzehntelang unterdrückten Lust am Rauchen hingab. Eine Zigarette nach der anderen zündete sie sich an, sie qualmte und qualmte. Und er litt und versuchte, flach zu atmen, stand höchstens gelegentlich auf und verpackte ihre von Lippenstift verschmierten Kippen in Alufolie, nachdem er sich zuvor versichert hatte, dass nichts mehr glühte. Jetzt, wo die Herbststürme zu wüten begannen, traute er sich nicht mehr, das Fenster aufzureißen, ein einziger Windstoß konnte Leonor Zierers Zettelwirtschaft durcheinanderwirbeln. Und aufgegeben hatte er auch den kindischen Versuch, gegen ihr Billigkraut mit Davidoff-Zigarillos anzustinken, wie er dies – mehr hilflos als um Humor bemüht – bei sich nannte. Es schmeckte ihm einfach nicht mehr. Nicht einmal diese alte Sucht ließ sich wiederherstellen. Höchstwahrscheinlich war es nie eine gewesen.

Bis heute wisse er nicht, was die jungen Obdachlosen bei ihm gesucht hätten, sagte er und bediente Leonor mit einem klobigen Zippo-Feuerzeug, das wohl Tim und Struppi gehörte. (*Auch Zippos hätten sich zum Sammeln geeignet*, dachte er wehmütig, obwohl es sich bei diesem hier wahrscheinlich um eine Fälschung handelte.) Nichts, was er besitze oder besessen habe, sei wirklich wertvoll, weder die indianischen Töpferwaren noch die Wandteppiche, am ehesten das Schaukelpferd, das sie ihm prompt kaputtgemacht hätten. Aber selbst um das Pferdchen, das noch aus Brasilien stamme und eigentlich seiner Tochter gehöre, tue es ihm weniger leid als um den Schneewittchensarg, auf dem diese Bengel so barbarisch herumgetrampelt seien. Und zwar nicht deswegen, weil es davon nur noch wenige Modelle gebe, eines davon im Metropolitan Museum of Art in New York, nein, gewiss nicht. Sondern darum, weil er nur auf *diesem* Gerät – viel besser als auf dem Trichter-Grammophon, das ihm seine Tochter besorgt hatte – mit Genuss seine alten Platten anhören könne. Seine schönen historischen Aufnahmen, die sie gleichfalls zerstört, aus ihren Hüllen gezerrt und mit Füßen getreten hatten. *Gleichgültig, ob echt oder reproduziert*, sagte Friedrich und konnte das Beben in seiner Stimme nun doch nicht mehr unterdrücken, *es waren Platten, hinter denen ich jahrelang her gewesen bin*. Die von Felix Weingartner dirigierte 9. Symphonie von Beethoven von 1935 etwa oder Erich Kleibers *Preziosa*-Ouvertüre von Carl Maria von Weber von 1932, welche in seinen Ohren viel authentischere Klangbilder der damaligen Berliner Philharmoniker lieferten als die Aufnahmen mit dem rasenden Furtwängler, die so hoch gehandelt wurden.

Weißt du, dass er Fu *genannt wird von den Spezialisten?*, fragte er Leonor, die ihm kurz nach dem Desaster in seiner Wohnung das Du offeriert und ihn gebeten hatte, sie Hannelore zu nennen. *Fu! Ist das nicht grässlich?* Und er nestelte sich hastig sein Hörgerät aus dem Ohr und schloss für ein paar Sekunden die Augen, als wolle er ganz für sich bleiben und durch kein Geräusch gestört werden.

Dieses Sammeln von Briefmarken und Münzen, das war ja nur ein Surrogat, fuhr er dann fort, *diese unerheblichen Dinge führten mich aus mir selbst heraus und ganz gewiss nicht in mich hinein. Sie blieben so unpersönlich, sie ließen mich so kalt. Wobei es mir allerdings mit den anderen Überlebensstrategien, die man hier im Hause pflegt, nicht anders ergeht. Kreuzfahrten, Vernissagen, Fotosafaris, ins Kino gehen. Ich hasse es, mit wildfremden Leuten im Dunkeln zu sitzen. Und auch Opern- oder Konzertbesuchen kann ich fast nichts mehr abgewinnen, … so sehr ich deine Gesellschaft schätze, Hannelore. Man stumpft so ab, findest du nicht? Da lob ich mir Schellackplatten in ihrer knisternden Ferne. Wenn es kratzt, scheppert und rauscht … sitze ich da und stellt mir die Leute vor, die das hörten, damals, in Berlin … bevor die Bomben fielen, während die Bomben fielen und danach … Was den Chor anbelangt, dem ich mich anschloss … dort hat man mir nach vier Wochen den Austritt nahegelegt, das heißt, ich habe die Probezeit nicht bestanden. Denn eigentlich kann ich gar nicht singen und eine Melodie halten erst recht nicht. Kannst du es? Triffst du den Ton? Es ist wie die Suche nach der ominösen Rembrandt-Zeichnung, für die dieses seltsame grauhaarige Kind die Villa auf den Kopf gestellt hat … Wenn man nicht genau weiß, wonach man sucht, findet man nie das Richtige …*

Da er sich nicht sicher war, ob Leonor ihm weiter zuhören wollte, brach er ab und kam auf seine Eingangsfrage zurück. Ob er denn wirklich anfangen solle zu lesen, wiederholte er, nun, da er keinen Schneewittchensarg mehr besitze. Und zu welchen Büchern sie ihm rate. Und schützte dabei eine Dringlichkeit vor, die er eigentlich gar nicht empfand.

Leonor aber, die lieber Hannelore heißen wollte, für den alten deutschen Namen aber doch ein wenig zu extravagant wirkte in ihrer schottischen Hölle, in der sie große Vasen mit Herbstlaub aus dem Garten aufgestellt hatte, war überraschenderweise nicht bereit, ihm kurz und apodiktisch bestimmte Titel zu nennen, so wie sie es bei ihren Empfehlungen für Schallplatten so gerne tat. Seltsam distanziert, hart an der Grenze zur Herablassung antwortete sie, es sei schwierig, jemandem einen Rat zu erteilen, der nie gelesen habe. Auch wisse sie ja nicht, ob er Tröstung oder Ablenkung, Ersatzbefriedigung oder ein Rauschmittel suche, das ihn süchtig mache, einen *pageturner* also, sprich, ein Buch, das ihm seine schlaflosen Nächte versüße. Ob er seine Fantasie anregen lassen wolle oder seinen Wissensdurst befriedigen. Bestätigung anstrebe oder innere Erleuchtung. Schließlich könne er nicht von sich behaupten, dass er sich freue, wieder einmal die Klassiker zu lesen, weil er sie doch gar nicht kenne. Aber auch einen Kanon müsse er in seinem Alter nicht mehr absolvieren. Weder in der Lyrik noch in der Prosa. Und genauso wenig brauche er Stoffe, die nur für Pubertierende geeignet seien, selbst wenn sie zum Standard gehörten, Hesses *Demian* oder etwa Salingers *Fänger im Roggen*.

Was nicht heiße, dass es bei Menschen jenseits der Sechzig nicht ebenfalls auf Identifizierung ankäme. Der Amerikaner Philip Roth zum Beispiel schreibe sehr schöne Romane über alternde Herren mit großen Sexgelüsten. Abgesehen davon, dass ein Buch nicht zu lang und nicht zu kurz sein dürfe. Gut, ein bisschen Fremdheit könne nicht schaden, *zu* fremd aber dürfe ein Roman ebenfalls nicht sein. Der große Proust sei für ihn eindeutig zu fremd und zu lang. Vielmehr zu lang und zu fremd. Und – wie James Joyce – wohl für Messies ohnehin nicht zu empfehlen. Spontan fielen ihr nur Bücher von Jack London oder Joseph Conrad ein, *schon wegen deiner lateinamerikanischen Vergangenheit, Harro.* Und seltsamerweise käme ihr auch der *Gattopardo* in den Sinn, jener von Giuseppe Tomasi di Lampedusa geschriebene Abgesang auf eine sizilianische Adelsfamilie. Hierzulande habe der Roman *Der Leopard* geheißen und sei außerdem verfilmt worden. Mit Burt Lancaster, diesem Götterbild von einem Mann …

Besonders ein Satz sei daraus bekannt geworden, nämlich der, dass sich etwas wandeln müsse, um bestehen bleiben zu können. Ja doch, so ungefähr heiße es dort. Und natürlich gebe es andere Sätze, die ähnlich berühmt geworden seien, wie der Beginn von Anna Karenina: *Alle glücklichen Familien gleichen einander, jede unglückliche Familie ist auf ihre eigene Weise unglücklich.* (Was sie persönlich absolut unterschreiben könne.) Oder *Jemand musste Josef K. verleumdet haben, denn ohne dass er etwas Böses getan hätte, wurde er eines Morgens verhaftet* … aus Kafkas *Prozess.* Bücher, aus deren Innerem Sätze nach außen dringen, seien jedenfalls nicht die schlechtesten. Eine Garantie dafür gebe es freilich nicht, sagte Leonor und ließ das Zippo aufflammen, nachdem er auf ihren auffordernden Blick nicht reagiert hatte. Im Grunde würden Zigarren viel besser zu ihr passen, fand Friedrich, aber diesen Ratschlag wollte er ihr lieber nicht erteilen.

Was soll's, meinte sie schließlich, sie hatte so schnell gesprochen, dass sie außer Atem geraten war. *Lesen ist eine Hilfskonstruktion. Eine unter vielen. Unter vielen.* Und da sie sein Unverständnis bemerkte, erklärte sie ihm schnell noch die Bedeutung dieses Begriffs aus der Architektur, den Theodor Fontane in seinem Roman *Effi Briest* in die Literatur überführt habe. Es gehe nicht ohne Hilfskonstruktionen, das stehe dort, vielmehr … das sage der sympathische Freund eines betrogenen Ehemanns, der sich nur wegen der Konvention und nicht etwa wegen echt empfundener Eifersucht duellieren wolle …

Sie kratzte sich kurz in den Haaren und krauste die Stirn, streckte die Beine aus und ließ ihre Fußknöchel knacken.

Was das bedeutet? Das bedeutet, man soll sich lieber Blumen und Bäume anschauen, als zu verzweifeln. Buschwindröschen, alte Eichen. Luisendenkmäler, wie Fontane sagt. Halt doch in die Oper gehen … oder eben lesen. Warum schaust du so entsetzt, Harro? Was ist los? Wolltest du mich nach dem Sinn des Lebens fragen? Dafür bin ich nicht die Richtige … Freu dich, dass du nicht mehr im Gästezimmer schlafen musst. Dass deine Wohnung aufgeräumt ist und kein Container mehr vor der Tür steht. Alles neu und leer ist. Ich stelle mir das schön vor. Ich würde auch gerne hier ausmisten … So endete die Audienz. Leonor erhob sich, um ihn zu entlassen. Es war später geworden als beabsichtigt, sie hatten sich verplaudert.

Nun graute ihm vor dem Ausflug in die dunkle regennasse Stadt, den er sich verordnet hatte. Sie dagegen würde das Heizöfchen anstellen und ihre Fellhausschuhe überziehen, sobald er das Zimmer verlassen hatte, hinter dem großen Ohrensessel stand alles bereit, sie war eine solche Frostbeule. Außerdem wartete sie bestimmt schon auf Tim, ihren Dauergast, der seit einiger Zeit im Lager eines Bio-Gemüsegroßhandels in Gatow arbeitete und längst hätte da sein müssen. Dass auch er und seine Freundin nach dem Einbruch vernommen worden waren, hatte den beiden Polizisten keine weiteren Erkenntnisse gebracht, wurde von Leonor eifrig kolportiert. Wobei es Struppi eigentlich gar nicht mehr gab, jedenfalls nicht mehr in der Nähe der Villa Klestiel und in Tims Leben. Wer weiß, wo sie sich herumtrieb, jetzt, wo der Herbst begann und es kalt wurde.

Schon morgen Nachmittag würden sie sich wieder treffen, Hannelore und er, gemeinsam an Marianne Lichtblaus Krankenbett sitzen, die nach ihrer Lungenpunktion wieder ansprechbar war, und danach vielleicht noch ein bisschen einkaufen gehen. Und auch für übermorgen hatten sie sich verabredet: zu einem Ausflug ins Naturkundemuseum, wo seine Freundin auf ihre alten Tage einen Mikroskopierkurs absolvieren wollte – dass sie es zusammen mit einer Schulklasse täte, machte ihr angeblich nichts aus. In Wahrheit aber war er sich nicht sicher, ob er sie noch zu den Dinosauriern begleiten oder nicht lieber – den frischen Moderduft ihrer Herbststräuße und den Rauch ihrer Zigaretten in der Nase – unwiderruflich Abschied von ihr nehmen wollte. Da sie sich näher gekommen waren, seit sie sich Harro und Hannelore nannten – Vornamen und Du-Sagen machten anscheinend eine Menge aus –, wäre er zwar einerseits darüber traurig. Andererseits ertappte er sich bei dem Gedanken, dass es irgendwie erfreulich sein könnte, ihr durch den Entzug seiner selbst als Dauerbegleiter ein Schnippchen zu schlagen. Das Bild vom alten Paar, das sich endlich zusammengerauft hatte, stimmte eben nicht, wenngleich es den übrigen Villa-Bewohnern nicht schlecht gefiel und sie sich für ihre Verhältnisse nur sehr zurückhaltend darüber mokierten. Er aber hätte lieber mit einer Frau wie Herzeleide Glöckel ein Gespann bilden wollen und nicht mit Leonor Zierer, der man auf Schritt und Tritt anmerkte, dass sie eine alte Jungfer war.

Gut, vielleicht würde er sich da, wo er wäre, wenn er es wirklich wagte, den Wechsel zwischen Sein und Nichtsein zu vollziehen – sich heute Nacht von einer Brücke stürzte oder in einen U-Bahn-Tunnel lief –, vielleicht würde er sich nach ihr sehnen, nach den Exkursionen mit dem lächerlichen Smart, in dem er sich die Glieder so sehr verrenkte, dass er nachts Krämpfe bekam. Nach den Spaziergängen durch den spätsommerlichen Düppeler Forst, die sie häufig auf dem Vorplatz der Kirche St. Peter und Paul unterbrachen, wo sie gemeinsam, über die Brüstung gelehnt, auf die Havel blickten und dem Glockenspiel lauschten – wenn es sich zeitlich gerade ergab. (*Jesus ist kommen* hieß die Weise, die da mechanisch gebimmelt wurde. Natürlich wusste Leonor Bescheid.)

Kein Zweifel also, dass er es der Literaturkritikerin nie vergessen würde, wie rührend sie sich um ihn gekümmert hatte. Aber auch sie konnte ihm nicht helfen, in seiner aseptisch gewordenen Wohnung wieder heimisch zu werden. Was hätte sie denn tun sollen? Ihm ein synthetisch hergestelltes Substrat der vergangenen Herrlichkeit an die Wände sprühen? Die Komposition eines Parfüms aus seinen verloren gegangenen Schätzen in Auftrag geben? Dass in diesem Jahr auch das Sommerfest ausgefallen war und damit die vage Hoffnung, Herzeleide Glöckel wiederzusehen, kam hinzu. Urplötzlich gab es nichts mehr, was sich hätte wiederholen – wieder holen – lassen. Abgesehen davon, dass die schöne Journalistin gar nicht mehr in Berlin wohnte, wie er zufällig von Frederika erfahren hatte, sondern inzwischen für einen Kölner Privatsender arbeitete, der sich hauptsächlich auf die Generation der Dreißig- bis Vierzigjährigen konzentrierte.

Als er aus seiner Wohnung trat, wo er sich umgezogen und seinen Regenmantel geholt hatte, sah Friedrich Maximilian Klinger, Claudius Nist und Frau Wamsganz, deren Vornamen keiner wusste, am langen Eichenholztisch in der Küche sitzen und gesellte sich eine Weile zu ihnen, so als ob er sich noch ein bisschen Zeit gönnen wollte, bevor er nach draußen in die Nässe ging. Die Tür zu dem Zimmer, das einmal sein Arbeitszimmer gewesen war, ließ er offen stehen, worauf sich die schlimme Mischung aus Reinigungsmilch und Desinfektionsmittel im Flur und auch in der Küche verbreitete, was außer ihm jedoch niemanden störte. Zwischen Nist und Klinger schien sich so etwas wie eine Freundschaft angebahnt zu haben in den letzten Wochen, kaum zu glauben, wenn man bedachte, wie sehr sie sich im Sommer noch angegiftet hatten. Selbst bei der *Birthler-Behörde* waren sie inzwischen gewesen, um die Herausgabe ihrer Akten zu beantragen. Und vielleicht empfand man es – gemeinsam in einem Raum sitzend – ja auch ein bisschen weniger schlimm, die dokumentierte Ausspähung seines eigenen Lebens zu studieren, die bei Klinger – wie er erzählte – nicht weniger ausführlich ausgefallen war als bei Nist, obwohl er doch schon in den Sechzigern des letzten Jahrhunderts nach Westberlin flüchtete. Auch jetzt wirkten die beiden sehr einträchtig, der dicke Nist und der schmale Klinger, wie sie auf die weinende Frau Wamsganz einredeten, die einen Kummer beklagte, der anscheinend nicht nur sie allein betraf, sondern noch einige andere Villa-Klestiel-Bewohner.

Wie war er bloß auf die Idee verfallen, mit diesen Menschen seinen Lebensabend zu verbringen, fragte er sich, nachträglich entsetzt, während er – die Hand auf sein Hörgerät gelegt, aber ohne es abzuschalten – unbeteiligt zu bleiben versuchte. Was hatte er mit ihnen zu schaffen? Mit dem so tückisch und zugleich verklemmt wirkenden Nist, der kaum den Mund aufmachte und mindestens zehn Jahre zu jung war für die Altersgruppe, die in der Villa Klestiel wohnte. Mit dem geltungssüchtigen Klinger, der sich bei den Demonstrationen gegen Castor-Transporte, die er immer wieder frequentierte, gerne an ein Gleis ketten und dabei fotografieren ließ. Erst vor Kurzem hatte er sie alle mit der bizarren Idee gequält, die Villa zu verwanzen, um die existenzielle Bedrohung der DDR-Bevölkerung zu versinnbildlichen. Zusammen mit Linda, Miriam Klestiels Künstlerfreundin, mit der er offensichtlich – vielleicht weil ihn ihre kühne Art von Kunstausübung interessierte – in Kontakt geblieben war, wollte er Löcher bohren, Leitungen legen, Mikrofone installieren, aber nicht sagen, wo. Nur drei Tage sollte das Experiment dauern, drei Tage und zwei Nächte würden völlig genügen, um wenigstens eine Ahnung davon zu bekommen, wie Menschen unter solchen Bedingungen lebten, meinten beide, als sie ihr Konzept im Garten vorstellten. Es war einer der letzten warmen Tage des Jahres gewesen, erinnerte sich Friedrich, und Marianne Lichtblau, die totenblass in einem der blaugestreiften Liegestühle saß und am nächsten Morgen ins Krankenhaus eingeliefert werden sollte, hatte mit dem Lachen nicht mehr aufhören können, aber auch mit dem Schluckauf nicht, der dem mühsam gebändigten Ausbruch folgte.

Die Menschen in der DDR hätten ja nicht gewusst, dass sie abgehört wurden, verteidigte sich Klinger pikiert, anders als die zweifelhaften Leute in den Big-Brother-Versuchsstationen, die sich freiwillig zur Schau stellten und dafür noch Geld bekamen. Keinesfalls dürfe man die Aktion mit den Auswüchsen des kommerziellen Fernsehens vergleichen, Lindas und sein Projekt habe einen moralischen Anspruch, es sei sozusagen von gefühlsinstallatorischem Charakter und vielleicht ja sogar von wissenschaftlichem Wert. Marianne aber hatte wieder einmal die Stimmung verdorben, wie so häufig in letzter Zeit, das spürte nicht nur Klinger, der sich weigerte, weiterzusprechen. Obgleich *sie* doch wenigstens gelacht hatte, während die anderen nur stumm geblieben waren vor Empörung. Tatsächlich gelang es fast niemandem mehr, sich von ihrer Krankheit und auch von ihrem armen Mann, der zwar aus dem Koma erwacht war, aber inzwischen in einem Pflegeheim lebte, zu distanzieren, sprich, sich nicht allzu sehr lähmen zu lassen. In der Tat lag es nahe, einfach zu kapitulieren vor so viel Tragik, eigentlich war es unmöglich, angemessen damit umzugehen, sie waren doch keine Therapeuten, dachte Friedrich und überlegte kurz – bevor er es wieder verwarf – noch einmal nach oben zu Hannelore zu gehen und den für morgen geplanten Krankenbesuch abzusagen. Prophylaktisch sozusagen. Schließlich wusste er nicht, wie es mit seinem eigenen Sterben weiterging. Und wie die heutige Nacht enden würde, die er dafür vorgesehen hatte.

In der Innentasche seines Sakkos knisterten die gestern von der Bank geholten zehntausend Euro. Ohne Bares konnte er nicht leben, das war schon immer so gewesen, er hasste Scheckkarten und müsste sich nun, da das Schaukelpferd beim Restaurator war, vorsichtshalber einen anderen geheimen Ort suchen. Frederika das Geld zu geben, damit sie es in den Safe einschlösse, verwarf er. Nie und nimmer würde er sich von ihr sein Taschengeld zuteilen lassen, ohnehin befand er sich schon viel zu fest in ihrer Hand. Wichtig war nur, dass er noch einmal spielen wollte, bevor es ernst wurde, bevor er Ernst machte vielmehr. Warum sonst hätte er sich in seinen jahrzehntelang nicht mehr getragenen nachtblauen Anzug geworfen, den er – zusammen mit seiner Lieblingsstrickjacke – buchstäblich im letzten Augenblick vor Frederikas Altkleidersäcken gerettet hatte. Alles passte perfekt, auch die dazugehörige Weste und das eigentlich für die nächste Beerdigung reservierte weiße Hemd, das sich noch in Zellophanpapier befand und erst von seinen vielen Stecknadeln befreit werden musste. Das sprach für seinen disziplinierten Lebenswandel, dafür, wie gut er sich gehalten hatte, er konnte nicht umhin, stolz darauf zu sein. Selbst die schwarzen Lackschuhe drückten nicht, obwohl es doch hieß, dass auch Füße sich im Alter veränderten und nicht nur Ohren und Nase.

Absichtslos spielen, anders spielen als in jener schweißtreibenden Nacht in Manaus, als er sein ganzes Geld verlor. Ja, das wollte er. Nicht mit Gier und Panik, sondern mit Würde und im Bewusstsein, dass es um nichts ging. Oder keinesfalls um alles. Wer weiß, was geschehen wäre, wenn ihn die beiden Bühnenmaler aus dem Teatro Amazonas nicht so gnadenlos abgezockt hätten damals, in dieser mit roten Lämpchen versehenen Spielhölle mit angeschlossenem Bordell, in die ihn ein zerlumptes Kind geführt hatte, das er auch später noch – zusammen mit anderen wilden Kindern – in den staubigen Parkanlagen der Stadt streunen sah. Wer weiß aber auch, wo er gelandet wäre, wenn ihn die von ihrem schlechten Gewissen geplagten Spaßvögel am nächsten Morgen nicht gesucht und ihm die Stelle eines Hilfsbuchhalters angeboten hätten. (Sie waren damals gerade dabei, das verschneite Paris aus dem ersten Akt von *La Bohème* an den Amazonas zu verpflanzen, erinnerte sich Friedrich, Leonor Zierer wäre über die Inszenierung entsetzt gewesen.) Wenn er nur ein bisschen firm mit Bilanzen und Zahlen sei, so lockten sie ihn, könne er sofort anfangen, und bescherten ihm damit – ohne dass ihnen dies im Entferntesten klar war – den Job seines Lebens, sprich, eine geregelte Arbeit, wo er schnell zur Besinnung kam.

Jacintha jedenfalls erfuhr nie etwas von diesem in einer einzigen Nacht geweckten Flämmchen seiner Spielsucht, das sofort und erschreckend intensiv zu züngeln begann, wenn Ramon und José ihn zum Black Jack einluden. Er hätte ihr allerdings auch nie erzählt, dass der Hang zum Spiel sozusagen in seiner Familie lag, dass es da einen Urgroßvater gab, der in der Gründerzeit des vorletzten Jahrhunderts nicht nur das Vermögen seiner Frau, sondern auch die ihm von seinem Schwiegervater anvertraute Fabrik verspekuliert hatte. Und dass man in dieser seither religiös gewordenen Sippe in Gelddingen korrekt und gediegen bleiben musste, um vor dem Ewigen im Himmel zu bestehen. Man spielte nicht mit Geld, weil man sonst des Teufels war, man würfelte nicht, weil man sonst Gott versuchte, mit dieser Tradition im Kopf wurden aus allen Mitgliedern der Familie Friedrich gute Angestellte. Bis in die Jetztzeit. Und auch Harro hatte seine kleine Schwäche so gut wie vergessen, als er nach Deutschland zurückkehrte. In seiner Zeit als Einkaufschef einer Armaturenfabrik sowieso, aber auch später, als es ihn nach der Wiedervereinigung nach Berlin zog und er sich in der Villa Klestiel die Parterre-Wohnung kaufte.

Wie absurd, dass mit der nach dem Einbruch so jäh explodierten Verzweiflung, die ihn immer öfter mit dem Tod kokettieren ließ, auch die Faszination am Glücksspiel wiederkam. Black Jack, Roulette, Baccara, das alles wollte er in einem gediegeneren Rahmen gerne noch einmal ausprobieren, an einem Ort, wo es nicht nach Kotze und Sperma roch und einem die Karten an den Fingern kleben blieben. Sogar auf Mahjong würde er sich einlassen, sofern es die Möglichkeit dazu gab im Berliner Casino, obgleich er dessen Regeln erst erlernen müsste, am liebsten von einer mandeläugigen Schönen, die – wie in einem chinesischen Film – Steine aus Elfenbein und Bambus aneinanderschlug, während sie ihn bedeutungsvoll anblickte. Clara, seine Tochter, war vermögend genug, es kam nicht darauf an, wie viel übrig blieb für sie von den harmlosen Aktiengewinnen, die er im letzten halben Jahr – nicht zuletzt, seit er Besitzer eines Notebooks war – verbuchen konnte. Es kam überhaupt auf fast gar nichts mehr an. Er fühlte sich frei wie nie, weit entfernt von der Notwendigkeit irgendwelcher literarisch geadelter Hilfskonstruktionen. Und brachte dem sich heute Morgen aus seinen Träumen schälenden Gedanken vom letzten Spiel, das er sich unbedingt gönnen sollte, immer stärkere Sympathie entgegen. Auch mehrere konnten es sein. Gewiss, auch mehrere.

Von Geld und Frederika sprach allerdings auch Maximilian Klinger, und zwar so laut, dass es kaum zu überhören war. Er schaute jetzt nicht mehr Frau Wamsganz an, die so verzweifelt schluchzte, dass Claudius Nist sich bemüßigt fühlte, ihr mit seinen Patschhänden den Rücken zu klopfen, sondern ihn. Ungeduldig mit der Hand vor seinem Gesicht hin und her wedelnd, als wische er eine schmutzige Glasscheibe zwischen ihnen sauber, holte er Friedrich aus seinen Gedanken. Und erzählte ihm, dass die Sekretärin sich finanzielle Unregelmäßigkeiten erlaubt habe, Erik, Frau Wamsganz' Neffe, sei ihr durch Zufall auf die Schliche gekommen. Unfassbar sei es, aber wahr: Frederika habe systematisch Frau Wamsganz' Konten abgeräumt, alle diejenigen jedenfalls, für die sie Vollmacht besaß. Nein, keine großen Beträge, Gott sei Dank, aber so regelmäßig, dass schon einiges zusammengekommen sei. Jetzt müsse jeder nachsehen, ob ihm etwas fehle. Marianne Lichtblau vor allem, die – seines Wissens – seit Viktors Herzinfarkt Frederika ihre sämtlichen Geldgeschäfte übertragen habe. Aber auch Bibi Never und Leonor Zierer. Frauen halt, die bekanntlich den Umgang mit Zahlen scheuten.

Und ohne zu fragen, warum er sich um Himmels willen so *aufgebrezelt* habe, wie es eigentlich typisch für ihn gewesen wäre, ließ Klinger seine Blicke langsam über Friedrichs schwarze Lackschuhe und seinen nachtblauen Anzug gleiten, bevor er sich wieder den auf dem Tisch ausgebreiteten Kontoauszügen widmete.

Aber Frederika ist eine so unglaublich nette Person, beharrte Nist, *so hilfsbereit, so fleißig. Sie muss sich in einer Notlage befunden haben …*

In einer Notlage, soso …, sprach er ihm nach, aber er hatte keine Lust, sich mit der Materie zu beschäftigen. Er zog sich den Mantel über, schnappte sich einen Schirm aus dem Schirmständer für die Allgemeinheit, den die praktische Frederika immer wieder mit billigen Knirpsen bestückte, nachdem allzu viele Villa-Bewohner bei absehbar schlechtem Wetter durchnässt nach Hause gekommen waren. Schloss seine Wohnungstür ab und sperrte damit auch den Desinfektionsmittelgeruch ein, der ihn heute Nacht wieder empfangen würde – vielleicht aber auch nicht. Lief auf die Straße hinaus und ließ sich – nachdem er eine Weile gegangen war – von einem zufällig vorbeikommenden Taxi zum Kurfürstendamm bringen. Von dort aus würde er einen Bus in Richtung Potsdamer Platz nehmen … irgendeinen, denn er hatte ja Zeit.

Er liebte die Leuchtbänder von Jenny Holzer. Heute jedoch blieb er nicht stehen vor dem transparenten Kubus des Mies van der Rohe, obwohl das Regenwetter ihre Wirkung noch verstärkte und man die scheinbar willkürlich aneinandergereihten Binsenweisheiten vermutlich auch von außen entziffern konnte, wenn man sich anstrengte. Das erste Mal, als er sie sah in der Neuen Nationalgalerie, war er völlig verzaubert gewesen und hatte seither häufig die Gelegenheit gesucht, diese in Reihen domestizierten, sich zu Worten und Sätzen fügenden Buchstaben im Gedächtnis zu konservieren, bevor sie gänzlich an ihm vorübergeschwommen waren. Meistens verstand er die Sentenzen nicht, die er da las, schon weil er – wie er Leonor Zierer gegenüber stets betonte – für Tiefsinn nicht zu haben war. Seine kleinen grauen Zellen aber sollten sich ruhig mit dem Entziffern der so schnell entschwindenden LED-Lettern beschäftigen, sie festhalten und wieder loslassen, sie festhalten, wieder loslassen, beschloss er, damals, als er die computergesteuerten Buchstabenautobahnen für sich entdeckte, den Kopf in den Nacken gelegt, völlig gebannt. Und hatte sich fast wider Willen dann doch einen Satz gemerkt, einen, der sogar ihm, der beim Zahnarzt gern zu den bunten Blättern griff, als Gemeinplatz erschien.

Aus Liebe sterben ist schön aber dumm war da über ihm an der Decke für ein paar Sekunden aufgeleuchtet, bevor sich der Spruch unaufhaltsam in einen gelb schimmernden Streifen verwandelte. Wogegen sich natürlich nichts einwenden ließ. Auch er wäre nie so dumm gewesen, aus Liebe zu sterben, selbst an jenem Tag nicht, als er Jacintha mit Ramon, dem jüngeren der beiden Bühnenmaler, heftig knutschend auf einer Parkbank ertappte und sie ihm nicht sehr viel später gestand, dass es bei einer Knutscherei im Park nicht geblieben war.

Erst jetzt aber, während er den Satz ein paar Mal vor sich hin murmelte, als er den Vorplatz des Museums in Richtung Staatsbibliothek überquerte, wo trotz des Regens und der Dunkelheit sich noch immer Jugendliche im Breakdance übten, entdeckte er die ihm innewohnende Ironie. Passte doch *Aus Liebe sterben ist schön aber dumm* plötzlich auch sehr gut auf ihn. Denn so war es ja. Nicht wegen der Lebensleere, die sich schon vor dem Einbruch in ihm ausgebreitet hatte, wollte er Schluss machen, sondern aus Liebe zu seinen ihm verloren gegangenen Dingen. Aus Liebe zu der Madonna mit dem Neon-Heiligenschein, die ihm lange Zeit als Nachttischlampe gedient hatte, obwohl sie unerträglich kitschig war. Aus Liebe zu seinen historischen Schallplattenaufnahmen, mit oder ohne *Fu*. Sogar aus Liebe zu so etwas Immateriellem wie einer speziellen Duftnote, die anderen Leuten nur Brechreiz bereitete. Leonor Zierer jedenfalls wäre so etwas weder zum Lieben noch zum Sterben genug gewesen. Und nie hätte er zu ihr so reden dürfen. Obgleich er wusste, dass sie Tim abends mit warmem Schokoladenpudding verwöhnte, nur damit er sich nicht mit Struppi an der Bushaltestelle traf.

Seinen Weg bewusst verzögernd, kam er trotz des Regens ins Schlendern. Gönnte sich einen Spaziergang durch das still in sich ruhende Regierungsviertel, meinte dort in der Nähe des Paul-Löbe-Hauses sogar zwei sich derzeit ständig im Fernsehen streitende Parteivorsitzende entdeckt zu haben, ihren Leibwächtern immer ein paar Schritte voraus. Der Reichstag war hell erleuchtet, es gab anscheinend eine Nachtsitzung. Obwohl es stürmisch zu werden begann, lief er auf dem Rückweg auch noch durchs Brandenburger Tor und machte eine Stippvisite auf dem Pariser Platz, in der Hoffnung, Xaver Brandis zu begegnen, dessen tägliche, immer exzessiver werdenden Fotoexkursionen – wie es sich herumgesprochen hatte – nun auch dieses Areal umfassten. (Gerne hätte er ihm wie einem alten Bekannten zugewinkt, obwohl er in seinem Leben keine drei Sätze mit ihm gewechselt hatte.) Passierte das Holocaust-Mahnmal mit seinen in Feuchtigkeit schwimmenden, sanft von unten beleuchteten Stelen. Wanderte zum Potsdamer Platz, wo ihn der Wind fast umwehte. Und steuerte dann auf das Spielcasino zu, dessen Lage er kannte, weil er sich gestern bei *google maps* den Wegeplan angeschaut hatte.

Dass ihm eine Enttäuschung bevorstünde, hatte er sich fast gedacht. Die altehrwürdigen Casinos, die er aus Filmen kannte, die in Monte Carlo, Baden-Baden oder Wiesbaden, gab es wahrscheinlich gar nicht in Berlin, jene mit riesigen Kristalllüstern versehenen Häuser im Gründerzeit-Stil, in denen Herren im dunklen Anzug und Damen in dekolletierten Roben auf Marmorböden und unter Zimmerpalmen wandelnd ihrem Spieltrieb nachgingen, ihre Sprungdeckeluhren und ihr Geschmeide zeigten, ihren Reichtum, ihre grenzenlose Nonchalance. Aber dass es so schäbig war, so nüchtern, so offen geschäftsmäßig, hätte er sich auch nicht vorgestellt. Unwillkürlich lockerte er den Knoten seiner hellblauen Krawatte, man trug hier ohnehin keine. Lief durch den sogenannten *Pokerfloor*, wo die aufeinander gestapelten und wieder auseinanderrutschenden Jetons den um ein Vielfaches potenzierten Klang aneinandergeklickter Mahjong-Steine ergaben, wie er fand, ein Geräusch, das Hoffnung machte, wenngleich die düsteren Gesichter der Spieler so aussahen, als bestünde absolut keine mehr. Und fuhr allein in einem verspiegelten Fahrstuhl in den dritten Stock hoch, wo er sich noch einmal in die Augen blickte, ein Grinsen wagte und mit den Fingern durch die Locken fuhr, bevor er das *Casino Royale* betrat. Aber auch hier gab es keinen Prunk und Pomp. Kugelige Kronleuchter hoch oben am mattgold kassettierten Deckengewölbe streckten mit Glühbirnen versehene dürre Äste aus und beschienen mit ihrem trüben Licht eine Szene, die nichts weniger als traurig war. Absolut *overdressed* fühlte sich Harro Friedrich in seinem Dreiteiler, absolut *overdressed* zwischen den jungen Leuten in T-Shirts und ausgeleierten Pullovern, den mittelalten Herren in kleinkarierten Jacketts und ausgetretenen Slippern … den wenigen langhaarigen Damen, die allerdings erstaunlich jung waren, zumeist aus Asien stammten und ihre Handtäschchen so eng an ihre schmalen Körper pressten, als müssten sie sich hier vor Diebstahl in Acht nehmen. Am liebsten hätte er seine Lackschuhe ausgezogen und sie in eine Ecke gestellt, weil sie so glänzten.

Niemand hätte bemerkt, wenn er auf Socken gegangen wäre, keiner achtete auf ihn. Sie waren alle mit sich selbst beschäftigt, mit ihren Gewinnen und ihren Verlusten, sie rannten hin und her auf dem kleinteiligen Paisleymuster des graublauen Teppichbodens, den man offensichtlich aus Kostengründen in allen drei Stockwerken des Spielcasinos verlegt hatte, rempelten ihn an, wenn er ihnen im Wege stand, umkreisten die Roulettetische, drängten sich vor an den Stellen, wo sie ihre Jetons ablegen wollten. Zupften Geldscheine aus ihren Brieftaschen. Mieden jedweden Blicketausch, warteten oft nicht ab, während sich die Kugel drehte und *nichts mehr ging*, sondern wanderten schon zum nächsten Tisch, wo sie gleichfalls ihre Einsätze platziert hatten und nach dem Rechten sehen wollten. Alles ging rasend schnell. Zu schnell für Harro Friedrichs vom grauen Star befallene Augen, die er sich demnächst operieren lassen müsste, falls er sich nicht doch entschied, aus dem Leben zu scheiden. Auch die Croupiers waren zu rasant für ihn, der aus Eitelkeit nicht einmal eine Brille trug. Wie sie mit ihren langstieligen Rechen die Spielfläche leerten, die lachsroten, blauen und grünen Kunststoffplättchen hin und her schoben und neue warfen in elegant gekonntem Schwung. So schnell vermochte er gar nicht zu schauen, geschweige denn, sich zu merken, wo er – wenn er denn gesetzt hätte – seine Spielmarken wieder finden sollte. Ihre Bewegungen hinterließen nur Lichtspuren auf seinen Netzhäuten. Er bewunderte diese Männer und Frauen in ihrer fraglosen Professionalität, sie erschienen ihm nicht schäbig im Unterschied zu ihren Kunden, sondern waren in schwarze Hosen und blütenweiße Hemden oder Blusen gekleidet, die ihnen etwas Klösterliches verliehen, zumal sie in Codes redeten mit gedämpfter Stimme, in Zahlen, nicht in Sätzen, und nicht einmal Bitte oder Danke sagten, wenn sie den Spielern ihre Jetons austeilten oder ihre Gewinne zuschoben, wobei man ihnen das blitzschnelle Kopfrechnen nicht ansah.

Ja, das war vielleicht das Einzige, was noch übrig geblieben war von den Spielcasinos vergangener Tage: die gedämpfte Stille, dass man weder hörbar jubelte noch offensichtlich verzweifelte, dass es weder hysterische Lachanfälle gab noch Entladungen von Wut, sondern nur stille Verbissenheit. *Als ob man das Glück durch Konzentration herbeizwingen könnte*, dachte er, *durch reine Willenskraft.* Aber wie konnte man sich auf Glück konzentrieren? Ließ es sich blicken? Beim Kommen, beim Gehen?

Auf den Mienen der ruhelosen Roulettespieler jedenfalls konnte man es nicht erkennen. Eher noch bei denjenigen, die an den halbkreisförmigen Black-Jack-Tischen saßen, ihrem Dealer gegenüber, der sie besiegen musste, weil er die Bank darstellte und damit für Gewinnmaximierung sorgte. Auch hier lief natürlich alles viel zu schnell für ihn. Mit atemberaubender Fingerfertigkeit holte der junge Croupier die Karten aus dem Schlitten, verteilte sie, fragte die Einsätze ab, ließ seine scharfen, jettfarbenen Blicke wie Scheinwerfer über die Gesichter gleiten, gab neue Karten aus, legte Jetons in geöffnete Hände, lauerte auf die Reaktionen seiner Kontrahenten. Zumindest aber die Regeln waren Friedrich noch bekannt, die Art und Weise, wie man sich zurückhielt, wie man im Kopf die Karten überschlug, die ausgespielt worden waren, sowie die, die sich noch im Reservoir befanden. Wann es sinnvoll war, mit dem Einkaufen Schluss zu machen, damit man nicht über die magische Punktzahl geriet. Und obwohl er sich auch hier eigentlich nur auf das Sehen und Betrachten hatte beschränken wollen, auf die Nervosität in den Augen, Mündern und Händen, weil ihm die seelenlose Atmosphäre so schwer aufs Gemüt schlug, hatte er sich irgendwann doch niedergesetzt, sein Geld umgetauscht in nicht zu klein bemessene Chargen und mitzuspielen begonnen.

Würde es schnell vorübergehen, würde er sich zügeln können? Hatte sie ihn jetzt wieder, seine Sucht? Ausgerechnet beim Black Jack? Und würde sie ihn so weit führen wie in jener Nacht in Manaus, als er sehenden Auges alles verlor und am nächsten Morgen zum Buchhalter werden musste, weil es keine andere Möglichkeit mehr gab? Vielleicht war ja seine Spielsucht eine Schimäre, die genauso schlagartig verschwände wie seine Sucht nach Nikotin, als er nach langer Zeit wieder den ersten Lungenzug machte. Vielleicht verhielt es sich mit seiner Sucht, mit seinen beiden Süchten vielmehr, genauso wie mit den Leidenschaften, die sich nicht einstellen wollten, wenn er meinte, sie zu brauchen, seinen Gefühlen, die nicht tiefer werden wollten und auch nicht anhielten – zumindest nicht für die Ewigkeit.

Immerhin war er nicht zimperlich bei seinen Einsätzen, erhöhte, verlangsamte, wartete ab, sofern dies in der herzlosen Rasanz, mit welcher der Dealer mit seinen schön manikürten Händen die Karten mischte, in den Schlitten füllte und wieder austeilte, überhaupt möglich war. Neben Friedrich saß eine Vietnamesin, vielleicht auch eine Koreanerin, die unaufhörlich Fünfzig-Euro-Scheine aus ihrem Handtäschchen zog, er hörte seinen Verschluss schnappen, er roch ihren Angstschweiß und ihr süßliches Deodorant. Vielleicht roch *sie* sein Aftershave ja auch. Angst hatte er keine. Bei zwei Durchgängen riskierte er hintereinander jeweils die Hälfte des eingewechselten Betrags. Und erhielt beim ersten einen Siebener-Drilling und beim zweiten einen Black Jack, bestehend aus einem Ass und einer Zehn. Wenigstens einen direkten Blick gönnte ihm der junge Mann in der klösterlichen Tracht, bevor er ihm seine Jetons zurückschob und ihm seinen Gewinn auszahlte. Und auch die Mitspieler hielten ein wenig die Luft an und fixierten angelegentlich die gegenüberliegende Wand, bevor sie sich auf das nächste Spiel konzentrierten.

Danach war Harro Friedrich erschöpft, nicht euphorisch, Glück war ihm suspekt, Glück durfte nicht sein. Setzte sich an die Bar, trank Mineralwasser, ging später zu Campari und dann zu Whiskey über, den er nicht mochte und deshalb nicht zu heftig konsumieren würde. Es gab niemanden, den er ansprechen konnte, keine Paare, die miteinander sprachen. Niemanden auch, der ihm spontan gefiel von diesen schwerblütigen, grauen Großstadtmenschen, die sich ohne Lust auf Erholung, einfach nur so, die Zeit vertrieben und dabei in Kauf nahmen, dass sie ein bisschen Geld verloren, das ihnen morgen fehlte. Keine Frau entzündete einen Impuls in ihm oder machte, dass sein Herz schneller schlug … wie Jacintha auf der Praça da Saudade im Kreise ihrer kichernden Freundinnen, wie Herzeleide Glöckel in ihrem eng geschnittenen Kostüm direkt vor seinem Fenster, weswegen er sich ja auch nur hatte herauslocken lassen aus seiner Messie-Höhle, damals beim Sommerfest. Obgleich ihm so etwas durchaus in den Sinn gekommen war, heute Morgen, als er aufwachte im Desinfektionsgeruch seines Schlafzimmers, das die ihm seit Monaten heimlich geschickte Putzfrau nicht weniger akribisch gereinigt hatte als sein Arbeitszimmer. Dass im Casino die Liebe ausbrach und ihn aus seiner Verlorenheit erlöste, dass etwas Unvorhergesehenes geschah. Aber die vielleicht aus Saigon oder Seoul kommende Asiatin, die mittlerweile im Sessel neben ihm saß und ihn anblickte, hatte zu hässliche Beine. Und auch ansonsten fand sich keine in der Nähe, die ihn im Entferntesten gereizt hätte. Insofern war es wie immer, wie in der Villa Klestiel fast, wenn ihm Frederika, die (warum wohl) stets grün gewandete Sekretärin, die Post ins Zimmer brachte, eine Unterschrift von ihm verlangte oder eine Quittung ausfertigte. Die Zeit verging, die Dinge nahmen ihren Lauf. Fakt war, dass er nichts verloren, sondern sein Geld – entgegen jeder Wahrscheinlichkeitsrechnung –

mehr als verdoppelt hatte. Und dass er immer noch nicht wusste, ob er sich umbringen sollte. Was an Lächerlichkeit kaum zu überbieten war.

Punkt drei Uhr morgens komplimentierte man ihn dann hinaus aus dem *Casino Royale*, worauf er sich noch zwei Stunden in den anderen Stockwerken herumtrieb, ohne vor den einarmigen Banditen und den anderen ratternden Maschinen in Versuchung zu geraten. Auch einen Espresso ließ man ihn noch trinken, bevor er auf den Marlene-Dietrich-Platz hinauswankte. Danach aber verbrachte er – immer wieder auf seine Armbanduhr blickend, in sich zusammengesunken, halb schlafend, halb wachend – noch einmal fast anderthalb Stunden unter dem Plexiglasgewölbe des Richard-Wagner-Denkmals im Tiergarten, was eine Art Mutprobe war, wie er im Nachhinein fand, weil sich in seiner Jackentasche immerhin zwanzigtausend Euro befanden. Träumte, dass er unter den Rädern einer stampfenden Lokomotive zerfleischt werde, sich seine Innereien auf den Gleisen verteilten, er aber keine Schmerzen litt. Stellte, als der Regen wieder einsetzte, fest, dass er seinen Schirm im Spielcasino stehen gelassen hatte. Massierte seine schmerzenden Arme und Beine und fror entsetzlich, weil sein Mantel viel zu dünn war. Klaubte sich das Laub von den Schuhen. Seine Suizidgedanken aber begannen zu verschwinden, ja ihn so sang- und klanglos zu verlassen wie Jenny Holzers fliegende Leuchtbuchstaben an der Decke der Neuen Nationalgalerie. Ach, er war einfach zu müde – zu langsam – zu erschöpft – zu alt, seine Todessehnsucht in die Tat zu überführen. Es gehörte Gelenkigkeit dazu, sich vor die U-Bahn zu werfen, man musste jung und frisch und rüstig sein, um geradewegs in den Tunnel zu marschieren am Ende oder Anfang eines Gleises. Zumindest die dort angebrachten Eisenketten sollte man überwinden können. Leidenschaft fehlte ihm und Mut. Stattdessen hatte er

Hunger, einen so bohrenden Hunger, dass sich ihm der Magen zusammenkrampfte.

Was für ein Narr du bist, Harro Friedrich, schrie er in die Dunkelheit hinein, ein bisschen fühlte er sich wie in einem Theaterstück, *was für ein widerlicher, alter, unbelehrbarer Narr.*

Ins Adlon, wo er für sein Leben gerne seinen Ausflug beendet hätte, würde man ihn wahrscheinlich nicht einlassen, deshalb versuchte er es gar nicht. Aber im nahe gelegenen Maritim Hotel, wo seine Tochter abstieg, wenn ihre Firma sie in Berlin auf Kunst-Auktionen schickte, und er mit ihr schon oft gefrühstückt hatte, gelang es ihm, pünktlich um halb sieben Uhr im Foyer zu stehen. Versuchte, seine Locken zu bändigen, die sich wegen der Nässe – wie einst in Manaus – besonders heftig kringelten, zog sich die Hosenbeine zurecht, die an seinen Beinen klebten. Dass er jämmerlich wirkte und keineswegs *comme il faut*, wusste er, dass sein schöner, nachtblauer Anzug kaum mehr zu retten war, desgleichen. Dass sein Hemd Blasen warf und ihm das Wasser von den Haaren in den Kragen tropfte, konnte man sehen. Und dennoch wies man ihn nicht ab, sondern behandelte ihn mit Freundlichkeit, vielleicht weil er ja doch wie ein Graf aussah oder ein verarmter Gutsbesitzer. Nahm ihm den Mantel ab und geleitete ihn in den Frühstücksraum, wo ihn auch die wenigen schon anwesenden Gäste nicht etwa unfreundlich musterten.

Gut, ein Handtuch legte ihm die Kellnerin auf den gepolsterten Stuhl, bevor er sich setzte, und eine zweites reichte sie ihm, damit er sich das nasse Gesicht abtrocknen konnte. Ansonsten jedoch machte niemand Aufhebens davon, dass er so außer Façon geraten war. Die heiße Milch mit

Honig, die er sich als Erstes bestellt hatte, wurde ihm blitzschnell gebracht, und tapfer und voller Verachtung trank er sie vollständig aus. Wie in seinen Kindertagen. Als ob er gerade einer tödlichen Bedrohung entgangen wäre, was ja wohl irgendwie stimmte. Und dass ihm prompt ein weiterer, ihm unfreiwillig im Gedächtnis gebliebener Spruch aus Jenny Holzers Wortkaskaden einfiel, war vielleicht auch kein Zufall, sondern Zeichen für seine wiederkehrende Selbstironie, die er sich vor allem dann abverlangte, wenn er merkte, was für eine schlechte Figur er gerade machte. Sicher, mit seinen Villa-Klestiel-Hausgenossen konnte er in dieser Beziehung nicht mithalten, denen stand dafür das ganze Arsenal der Weltliteratur zur Verfügung. Der Satz *Deine ältesten Ängste sind die schlimmsten* erschien ihm aber auch nicht von schlechten Eltern, ließ er sich doch auf die heiße Milch genauso gut anwenden wie auf die eklige, so schnell darauf gewachsene Haut, die er diskret am Tellerrand abstreifte. Überhaupt, erst indem man den Spruch auf die banale Gegenwart anwendete, bewirkte er so etwas wie eine höhere Einsicht. Die zumindest, dass man sich im Leben vor nichts schützen konnte. Selbst vor Erkältungen nicht, obgleich seine Mutter dies heftig bestritten hätte.

Danach aber konzentrierte sich Friedrich auf die Früchte, die in gigantischen Arrangements das Büffet schmückten. Aß köstlich schmeckende kleine Bananen, richtete sich gleich mehrere Schalen mit goldgelben Ananasscheiben und grünlich-orangeschimmernden Mango-Schnitzen. Und überließ sich für kurze Zeit der ihn seltsam selig machenden Erinnerung an die frühen Tage seiner kurzen Ehe, als Jacintha ihm hingebungsvoll den Saft von der Brust schleckte, wenn es ihm wieder einmal – trotz Unterweisung – nicht gelang, die Frucht sachkundig zu schälen und diese ihm aus der Hand flutschte. Die Einheimischen wussten, dass man sich deswegen besser entkleidete. Weil man ohnehin schnell im Bett landete, wenn es so heiß war, und Hitze und Mangos die Lust anspornten. Oder waren es doch Avocados? Große Kerne hatten sie beide. Was für eine süße, kleine, herzförmig zulaufende Zunge Jacintha besaß. Und wie ungeheuer verführerisch dieses Schulmädchen gewesen war, das es nicht erwarten konnte, ihn mit seinen besten Freunden zu betrügen. Mangos hatten bisweilen einen leicht bitteren Geschmack, auch daran erinnerte sich Harro Friedrich, obwohl er lange keine mehr gekostet hatte. Diese hier waren süß. Vielleicht weil ihre Reifung in einem dunklen Schiffsbauch stattgefunden hatte. Vielleicht weil inzwischen Züchtungen existierten, denen man die Bitternis ausgetrieben hatte.

Wie schade, er konnte Leonor Zierer nicht berichten, dass er heute Nacht zu Füßen des pathetisch auf Richard Wagner weisenden Wolfram von Eschenbach eingenickt war, direkt unter dessen Lyra, voll von Whiskey und Jammer, fiel ihm noch ein, als er darauf wartete, dass ihm die gerade ihren Dienst beginnende, junge und überaus hübsche Rezeptionistin ein Taxi rief. Denn das hätte vermutlich bedeutet, dass er seiner Freundin auch vom Spielcasino erzählen musste und womöglich sogar von seinem Gewinn. Keinesfalls hätte er es ertragen, wenn sie ihn dann Glückspilz genannt und gar behauptet hätte, genau dies könne man ihm ansehen. Noch während der Fahrt versuchte er die Hälfte der Scheine abzuzählen und sie zusammenzurollen, auf seinen Knien, hinter der Rückenlehne des Beifahrersitzes, wie seine Kleidung waren sie feucht und klebten aneinander. Sobald sich eine Gelegenheit ergab, würde er Frederika das Geld zustecken, das hatte er sich schon gestern Abend vorgenommen, unmittelbar nach seinem grandiosen Black Jack, zu einer Zeit, als es sein Kopf offiziell noch nicht wusste, ob überhaupt und wenn auf welche Weise er in die Villa Klestiel zurückkehren würde. Denn *ihn* hatte sie ja nicht ausgeraubt, dieses unermüdlich tätige, wahrscheinlich schlecht bezahlte Mädchen für alles, wenngleich sie ihm so fürsorglich wie skrupellos, in bester Absicht also, seine brasilianischen Schätze aus der Wohnung geräumt und in den Container geworfen hatte. Im Gegenteil, dadurch, dass sie ihn zu einem Notebook überredete, vermehrte sie sein Kapital. Und wenn sie sich tatsächlich darauf beschränkt hatte, Frau Wamsganz zu bestehlen, war es ja auch kein Beinbruch, dachte er, denn Frau Wamsganz besaß Geld wie Heu. Sodass es geradezu einer pädagogische Maßnahme gleichkam, ihre Konten zu erleichtern und durch selbst gewährte Gratifikationen dafür zu sorgen, dass ihr affiger Neffe nicht den ganzen Zaster abbekam.

Weil er sich für seinen zerknautschten Anzug schämte und für sein wahrscheinlich nicht minder zerknautschtes Gesicht, ließ er sich nicht bis vor die Haustür bringen, sondern in einer Parallelstraße absetzen. Das Taxi aber hätte ohnehin nicht dort halten können, denn direkt vor der Villa und halb auf dem Bürgersteig parkte ein Lastwagen mit einem ausgefahrenen Kran, und vor dem geöffneten Gartentor, das nie jemand offen gesehen hatte, weil es so schön von Efeu überwuchert gewesen war, dass man es als Kunstwerk empfand, stand ein Anhänger, auf den zwei Männer in grünen Schutzanzügen Äste warfen. Philipp Linnenbrinck, der Verwalter, diskutierte mit einem weiteren Arbeiter auf der Straße und wies auf eine Kiefer, deren Gipfel sich wie ein riesiger Fächer über Xaver Brandis' Dachfenster spannte. So konnte Harro Friedrich in den Garten schlüpfen, wo er sich vorsichtig an den hängenden Zweigen der Trauerweide vorbei auf den Hintereingang zubewegte, es war zu nass, um einfach hindurchzuschlüpfen. Wie hatte er vergessen können – wo doch so ausgiebig darüber geredet worden war –, dass sich für heute Vormittag eine Gartenbau-Firma angekündigt hatte, um die zwei gefährlich ächzenden Kiefern zu entfernen, bevor die Herbststürme begannen. Eine war schon kunstvoll gefällt worden, ihr von den Zweigen befreiter Stamm lag quer im Garten und sollte – wie zuvor abgemacht – sukzessive zersägt werden. Und obgleich der zweite Baum noch stand, die Arbeit also längst nicht beendet war, hatten die in Regenmäntel und wattierte Jacken gekleideten Villa-Bewohner bereits die Sektflöten in den Händen und prosteten sich zu. Es roch nach frisch geschlagenem Holz, ein Duft, den er schon immer geliebt hatte, und nach Kiefernnadeln, irgendwie nach dem in giftgrüne Tabletten gepressten Badezusatz vergangener Tage. Während Xaver Brandis eine Magnumflasche Rotkäppchen in der Hand hielt und den Kellner spielte. Vielleicht feierte er, dass es nun wieder hell bei ihm würde, Friedrich hatte ihn manchmal darüber klagen hören, wie dunkel seine Räume doch seien. Aber auch die anderen schienen vergnügt, obzwar sich die Sache mit Frederika mittlerweile bestimmt herumgesprochen hatte.

Sie führten sich als Empfangskomitee auf, ließen Friedrich nicht vorbei, drängten ihm ein Glas Sekt auf, fragten, wo er gewesen sei und warum er sich so *aufgebrezelt* habe. Und Maximilian Klinger trug Gummistiefel und verkündete wichtig, später wolle er die Holzfäller dazu überreden, den größeren Teil des noch aufrecht stehenden Baumes Linda zu überlassen und ihn ihr schon einmal ein bisschen zurecht zu sägen, damit sie daraus – gleich hier im Garten, im nächsten Frühling, im nächsten Sommer – eine Skulptur machen oder ihn zumindest für eine Installation nutzen könne, die sich dieses Mal ja nicht unbedingt nur um abstrakte Gefühle drehen müsse. In seinem vor Eifer glänzenden Gesicht hatten sich Sägespäne abgelagert, er war so voller Tatendrang, dass Friedrich lieber einen Bogen um ihn machte und auf Leonor Zierer zusteuerte, die zusammen mit den Sanderlings und einem ihm fremden Mann auf der untersten Stufe der Verandatreppe ein *Colloquium* abzuhalten schien.

Hannelore …, murmelte Friedrich und unterdrückte den Impuls, seiner Freundin die Hand zu küssen, weil er befürchtete, vor lauter Müdigkeit vornüber zu kippen, murmelte *Xaver und Egmont* … obwohl ihm nicht bewusst gewesen war, den Vornamen des spröden Fotografen zu kennen oder auch den des männlichen Teils des unaufhörlich miteinander streitenden Ehepaars. Automatisch griff er zu seinem Hörgerät und stellte fest, dass es ihm aus dem Ohr gefallen sein musste, bei Richard Wagner, im Hotel oder im Taxi. Und hörte doch erstaunlich gut und klar, was Leonor – seltsam aufgekratzt und mit blitzenden Augen – zu ihm sagte. Nur ein Rauschen lag über allem – unter allem oder zwischen allem –, so wie bei Caruso oder Jussi Björling, wenn sie Dvořáks *Humoreske* sangen.

Darf ich dir Ludovik Birnbaum vorstellen, Harro? Stell dir vor, er bestreitet, dass wir uns kennen. Dass es Zeiten gab, als wir Seit' an Seit' beim berühmten Gurres in der Vorlesung saßen und er mir erklärte, wie man unter die Oberfläche des Lebens schaut, indem man nur mal kurz die Decke lupft. Aber ich werde ihn schon eines Besseren belehren. Denn künftig wird er in Mariannes und Viktors Apartment wohnen, musst du wissen. Hin und wieder wenigstens. Wann immer es ihn nach Berlin treibt. Bis alles geklärt ist mit den Lichtblaus. Wir beide werden uns also immer wieder begegnen. Und heute Nachmittag begleitet er dich und mich ins Krankenhaus.

Birnbaum, auf dessen dichtem grauem Haarschopf ein merkwürdig rötlicher Schimmer lag, fragte Friedrich, ob er Werner Herzogs Film *Fitzcarraldo* kenne, wahrscheinlich hatte ihm Leonor erzählt, dass er einige Jahre in Manaus gelebt und dafür gesorgt hatte, dass die Sänger und Sängerinnen am Teatro Amazonas ihre Gagen ausbezahlt bekamen. Bevor er ihm jedoch antworten konnte, begannen die Kettensägen aufzuheulen, und Maximilian Klinger, der sich im Korb des weit ausgefahrenen Teleskopkrans befand, schwebte über ihren Köpfen, wild winkend und mit einem Sturzhelm auf dem Kopf.

Was für ein verrückter Kerl, schrie Friedrich den anderen zu und streckte Brandis lachend seine Sektflöte hin, *was ist das doch für ein verrückter Kerl!*

Linsenkopfschrauben

Xaver Brandis' Mutter starb am 2. November, an Allerseelen, einem schönen Datum, mit dem sich etwas verbinden ließ, vor allem in Bayern. Drei Tage nach der Beerdigung, der er beigewohnt hatte, die würdig genug gewesen war, wenn auch bescheiden, sagte er laut und deutlich in die Dunkelheit von Frederikas Schlafzimmer hinein:

Meine Mutter ist vergewaltigt worden, weißt du. Irgendwann im Winter 1944, irgendwo in Brandenburg. Und ich glaube, ich bin dabei gewesen.

Aber es änderte sich nichts durch diese nachgerufenen Worte. Frederika war zwar etwas dichter an ihn herangerückt und hatte ihm blind – irgendwohin – ins Gesicht gefasst. Ein paar Sekunden später aber begann sie von Herrn Friedrichs verschwundenem Finger zu sprechen, dem rechten, dem linken, ach, zum Teufel.

Als ob das eine mit dem anderen nur das Geringste zu tun gehabt hätte. Oder das eine ebenso unwahrscheinlich war wie das andere, dachte Brandis, der beim Frühstück saß und es bedauerte, nicht hinaus in den Garten schauen zu können, weil in sämtlichen Kassetten des großen Küchenfensters die Eisblumen blühten. Vielleicht nahm Frederika es ihm übel, dass er behauptete, den fehlenden Finger nie bemerkt zu haben, nachdem sie ihn so oft ermahnt hatte, endlich einmal darauf zu achten. (Wie konnte man einen fehlenden Finger sehen, das war ein Widerspruch in sich selbst.) Womöglich wollte sie ihn aber auch nur darauf aufmerksam machen, wie wenig man wahrnimmt an einem Menschen, den man täglich sieht, und ihm nicht etwa unterstellen, als

Junge etwas ganz anderes gesehen zu haben als die Ungeheuerlichkeit, die er da gerade ausgesprochen hatte.

Dabei wurde er sich immer sicherer, dass es eine Tatsache war, an die er sich erinnerte, und ganz bestimmt kein Traum. Seine Kindheit folgte ihm inzwischen überall hin, wie ein eifriger kleiner Hund, der sich nicht abhängen ließ. Dass sich Frederika als kleines Mädchen immer einen gewünscht hatte, erschien Brandis sogar von abgründiger Absurdität, obzwar er es in Gedanken nicht ganz so formulierte. Denn jetzt war der kleine Hund zu ihr ins Bett gekommen und sie wollte ihn nicht einmal ansehen. Und redete stattdessen von Herrn Friedrichs Händen, seiner Großzügigkeit und der stillen, wenn auch verblichenen Eleganz, die ihn auszeichne.

Es war die letzte Nacht gewesen, die sie miteinander verbrachten, wie immer sorgsam eingefädelt, weil Frederika sich weigerte, mit ihm hinauf in sein Apartment zu gehen. Zeitversetzt fuhren sie los – sie mit der S-Bahn, er mit dem Fahrrad – und trafen sich dann passgerecht vor ihrem Wohnhaus in Halensee. Es war aber auch das letzte Mal, dass er sie sah. Denn sie kehrte nicht mehr zurück am folgenden Tag, obgleich die Bewohner der Villa Herrn Linnenbrink gebeten hatten, Frederika auszurichten, dass sie ihr – angesichts der Geringfügigkeit der entwendeten Beträge – gerne verzeihen wollten. Immerhin, von Leonor Zierer, dieser Klatschbase, war zu erfahren gewesen, dass Harro Friedrich Frederika einen nicht unbeträchtlichen Betrag zugesteckt habe, was ihr wohl den Abschied erleichterte. Zumindest könnte sie so das entwendete Geld wieder zurückzahlen. Aber ob ihr deshalb der fehlende Finger eingefallen war? Hatte sie etwa seine Finger gezählt, als er ihr die Scheine gab? Und nicht das Geld? Womöglich wäre sie ja bereit gewesen, ihm zu erklären, warum sie Frau Wamsganz' Konten erleichtert und nicht einfach um eine Gehaltserhöhung gebeten hatte, wenn er nicht wieder einmal so mimosenhaft reagiert und so fluchtartig ihre Wohnung verlassen hätte. Auf dem Heimweg liefen ihm wegen des kalten Windes die Tränen über die Backen, und er beschloss, dass dies seine letzte Fahrradtour sein sollte in diesem Jahr. Im Winter würde er wieder die Öffentlichen benutzen, er war einfach nicht mehr der Jüngste.

Jetzt, drei Tage später, hier in der weitläufigen Küche der Villa Klestiel, während er aus großer Höhe Honig auf sein Brötchen fließen ließ, wurde er sentimental und begann sich der eigentlich unerheblichen Frage zu widmen, wer von ihnen beiden es zuerst gewagt hatte, dem anderen seine Begierde zu zeigen. Fest stand nur – und wie unglaublich lang war dies schon her – dass sich die Annäherung in Frederikas Büro vollzogen hatte, am frühen Abend jenes heißen Tages im Mai, als Miriam Klestiel die Bewohner darum bat, ihr bei der Suche nach der Rembrandt-Zeichnung zu helfen, die ihr Großvater vor seiner Emigration irgendwo-wer-weiß-wo im Haus versteckt hatte. Davor hatte Brandis – noch in der Küche – Frederikas krebsroten Nacken mit Zitronensaft abgetupft und sich getraut, mit den Augen und dann mit dem Zeigefinger an der Linie ihres Halses entlangzustreichen. Erst danach drehte sie sich zu ihm um, nahm ihn bei der Hand und führte ihn in ihr Kabuff. Und erst dort lehnten sie ihre von der Sonne aufgeheizten Körper aneinander. Herrn Friedrichs schreckliche Schallplatten rauschten und schepperten währenddessen durch die Wand hindurch. Brandis meinte, sich an das Gequäke der Comedian Harmonists zu erinnern.

Als sie sich dem Schreibtisch näherten und Frederika hektisch eine Ecke frei räumte, weil alle Stühle belegt waren, gerieten die Karteikästen und Aktendeckel auf der anderen

Seite ins Rutschen, auch die zusammengerollten, von Miriam mit Schleifchen versehenen Baupläne. Aber sie hörten und sahen es nicht. Und es dauerte auch eine Weile, bevor sie registrierten, dass – blass und schmal und zerzaust wie immer – Marianne Lichtblau im Raum stand und behauptete, durchaus vernehmlich an die Tür geklopft zu haben. Jedenfalls hatten sie an der Vorlustschwelle verharren müssen an diesem Abend, wie sie es später scherzhaft nannten, eine ganze Woche lang sogar, weil Frederika sich immer noch mitten in den Steuererklärungen befand und es mit dem Pflichtbewusstsein übertrieb. Und Brandis musste täglich aufs Neue sein Verlangen zügeln, bevor er sie in ihrer Wohnung in der Ringbahnstraße endlich in die Arme schließen konnte.

Davor waren sie anstandshalber über den verwitterten kleinen Grunewald-Friedhof geschlendert, der in unmittelbarer Nähe lag, und er hatte dabei das Grab von Hermann Sudermann entdeckt, was ein schöner Zufall war, weil seine Mutter dessen *Katzensteg* auf ihrem Nachttisch liegen hatte, wie Brandis sofort einfiel, eine in blaues Leinen gebundene Schwarte mit aufgequollenen Seiten, die auf der Flucht aus Ostpreußen wohl in eine Pfütze gefallen war und die auch nur aufzuschlagen er sich stets geweigert hatte, obwohl seine Mutter ihn – warum auch immer – dringlich darum bat, das Buch zu lesen. Jetzt, nach ihrem Tod, lag der wohl einzige Roman, zu dem sie je gegriffen hatte, bevor sie zu den Lore-Heftchen wechselte, auf seinem Nachttisch. Und er war immer noch nicht dazu gekommen, einen Blick hineinzuwerfen, glaubte aber seine Mutter zu riechen, wenn er nachts erwachte.

Es war noch hell, als sie sich endlich trauten, vom Wohnzimmer in Frederikas Schlafzimmer zu wechseln, sodass er ihre Leidenschaft nicht nur spüren, sondern auch sehen konnte, wenn ihr roter Schopf vor seinem Gesicht auf und nieder ging wie eine Fackel. Er machte sogar den halbherzigen Versuch, so etwas wie Humor zu beweisen, indem er begann, die Sommersprossen auf ihren Armen zu zählen, auch um sie etwas zu entschleunigen. Dass auf einem Stuhl direkt neben dem Bett eine große Puppe namens Paula saß, mit Porzellankopf und im Spitzenkleid, irritierte ihn nur am Anfang seiner Besuche, vielleicht, weil sie dieselben roten Haare und dieselben hellgrünen Augen hatte wie die Frau, die er gerade umarmte. Ein paar Wochen später allerdings – da war es schon dunkel, wenn sie miteinander schliefen, was ihm lieber war, weil er sich so für seinen in die Breite gegangenen Körper nicht zu schämen brauchte – fühlte er sich wunderbar bestätigt, als Frederika ihm erzählte, dass ein Onkel ihr die Puppe aus Paris mitgebracht habe, und zwar der jüngste Bruder ihrer Mutter, in den sie heimlich verliebt gewesen sei. Denn mit genau derselben Beobachtung hatte dieser das viel zu teure Geschenk, mit dem das Kind doch gar nicht richtig spielen könne, ihren Eltern gegenüber gerechtfertigt. Die Puppe habe seiner Nichte derart frappierend ähnlich gesehen, dass er einfach nicht widerstehen konnte, ein Blitzschlag habe ihn regelrecht getroffen vor dem Schaufenster am rechten Seine-Ufer. Wobei er jetzt schon prophezeien könne, dass Frederika sehr viel schöner werde, später, so schön wie keine Puppe der Welt. Selbst wenn ihre Nase nicht so klein und fein bliebe und ihre Gesichtszüge generell gröber würden.

Vielleicht war er ja doch nicht so tumb, wie er sich seit seinem Einzug in die Villa Klestiel immer fühlte, dachte Brandis. Es war ganz still im Haus, nur die Heizungsrohre gluckerten und tickten. Seine Mitbewohner schliefen alle noch, denn es war spät geworden am gestrigen Abend, man hatte heftig dem Alkohol zugesprochen im Wintergarten, bei der spontan zusammengerufenen Hausversammlung, als das *Problem Sekretärin* erörtert werden sollte. Man hatte zu streiten angefangen und bezichtigte sich selbst, aber auch die anderen der Ausbeutung Frederikas. Man gelobte Besserung in Bezug auf die jeweils eigene Haushalts- und Kontoführung, schämte sich für die freiwillige Unselbständigkeit, ja *infantile Regression*, in die man sich hatte fallen lassen. Und versicherte sich doch immer wieder gegenseitig, dass ein Leben ohne Frederika nicht möglich und sie viel mehr gewesen sei als eine Halbtagskraft fürs Büro – wie ursprünglich vorgesehen.

Zum Trost schaute man sich zusammen *Mon Oncle* an, Maximilian Klinger hatte den Film erst kürzlich der DVD-Bibliothek spendiert. Und man lachte darüber, wie eine fette Frau, die (der abwesenden) Frau Wamsganz glich, in einem neuen, schicken, würfelartigen Haus mit einer vollautomatischen Kücheneinrichtung kämpfte, um sodann in einem geometrisch angelegten Garten über ausgelegte Platten zu hüpfen, ohne dabei den Rasen zu berühren. Wie ein Dackel mit ein bisschen Schwanzwedeln eine Lichtschranke in Kraft setzte und damit sein Herrchen in die Garage sperrte. Und dass *Mon Oncle* wiederum, Monsieur Hulot also alias Jacques Tati, in einem labyrinthähnlichen Haus um etliche Ecken gehen musste, bevor er seine windschiefe Wohnung erreichte. Die Villa Klestiel lag irgendwo zwischen diesen beiden Behausungen, auch was deren Bewohner anbetraf, fand Brandis. Er hatte den Film nicht gekannt und auch nicht so häufig lachen müssen wie Egmont Sanderling, der neben ihm saß. Tatsache war, dass hier keiner über Monsieur Hulots hinreißende Naivität verfügte. Und nicht einmal in beschwipstem Zustand so liebenswert wurde, dass man ihn nicht mehr zu hassen brauchte.

Dass man sich nach dem Film nicht gleich trennen wollte, war klar. Brandis holte mehrere Flaschen Sekt aus dem Kühlschrank in der Küche, obgleich er nicht wusste, wem sie gehörten, eigentlich hatte er sich längst absentieren wollen und war bei der Flucht ertappt worden. Das Ehepaar Sanderling bot Sherry aus den Kellern von Jerez de la Frontera an, dem besonders Klinger zusprach, Leonor Zierer einen Rheinwein, den man aber erst noch ins Tiefkühlfach legen musste. (Claudius Nist, der den ganzen Abend stumm vor sich hin brütete, bestand später darauf, sich ein Stück Würfelzucker in sein Glas zu werfen, wollte es aber auch gerne bei anderen tun.) Es war wie im Landschulheim oder im Internat. Und nachdem man noch einmal Frederika ein Loblied gesungen und Brandis gebeten hatte, sich unbedingt mit ihr in Verbindung zu setzen, als wisse man, wie nah sich die beiden gekommen waren, wurde man so privat wie lange nicht mehr.

Maximilian Klinger erzählte von der Entdeckung seines Namensvetters im Berggruen-Museum, dessen Radierzyklus *Der Handschuh* ihm einen existenziellen Schock versetzt habe nach den vielen Installationen, die er sich in den letzten Monaten angetan habe, man möge ihm bitte glauben, dass er von diesem Künstler noch nie etwas gehört hatte. Sprach von den ambivalenten Gefühlen, die dieses so fein gezeichnete, auf einer Rollschuhbahn verlorene Ding aus weichem Leder jedes Mal, wenn er es sehe, in ihm auslöse. Von diesem faszinierenden Schwanken zwischen Hoffnung und Bangen, zwischen Begehren und Verzicht, zwischen Anziehung und Abwehr, das Klinger so genial mit Licht und Schatten in Szene gesetzt habe. Nein, es gehe nicht nur um einen Fetisch, dem er auf seinen Blättern bis aufs Meer hinaus sozusagen und bis nach innen, in jeden einzelnen Finger des Handschuhs hinein, folge, und der Fetisch symbolisiere auch nicht die Frau, die ihn verloren habe, nein, ihm persönlich seien Frauen seit einiger Zeit sowieso völlig wurscht, sondern …

Nur Brandis hing noch an seinen Lippen, alle anderen hörten längst nicht mehr zu. Ja, er ging sogar das Wagnis ein, sich mit dem *maître de plaisir* der Villa Klestiel zu einem Museumsbesuch zu verabreden, in den nächsten Tagen, er wusste nicht warum. Vielleicht weil Klinger mit einem ordentlichen Quantum Sandeman so viel leichter zu ertragen war. Eventuell aber auch, weil er ihm gerade einen so schmerzlich schönen, unerträglich zerrissenen, wunderbar sehnsüchtigen Gemütszustand geschildert hatte, dass Brandis nicht umhin konnte, diesen als seinen eigenen zu erkennen, und darüber hätte weinen mögen, dass er es wohl nicht schaffen würde, an Frederikas Wohnungstür zu klingeln.

Harro Friedrich hingegen sprach mit trockener, fast knarziger Stimme davon, dass er seit einigen Tagen mit dem Gedanken spiele, nach Lissabon zu ziehen, erst neulich sei ein alter Freund von ihm dorthin zurückgekehrt und fühle sich sehr wohl. Groß und schmal und durchaus ein bisschen hochmütig thronte er in dem karierten Ohrensessel, dessen Pendant oben bei Leonor Zierer stand. Da er sich auf seine Hände gesetzt hatte, konnte Brandis auch dieses Mal seinen verschwundenen Finger nicht entdecken. Während die Literaturkritikerin immer, wenn sie glaubte, ein Geräusch zu hören, auf den Flur hinaus rannte, weil Tim seit Tagen überfällig war, und sie – wie jedermann wusste – befürchtete, dass Struppi, dieses Biest, sich wieder in sein Leben drängte und ihn früher oder später mit Ecstasy versorgte. Als der Junge schließlich lange nach Mitternacht unter der Haustür stand, gab sie ihm eine so saftige Ohrfeige, als hätte sie jahrelang dafür geübt. Davor aber wollte sie nicht aufhören – kokett vor dem großen Spiegel im Flur hin und her tänzelnd – *Wie macht denn das der liebe Gott, wo ich doch immer die gleiche bin* … zu trällern und strich sich dabei mit allen zehn Fingern so entschlossen die Falten aus dem Gesicht, dass sie davon Schlitzaugen bekam. Nur mit Mühe konnte man sie daran hindern, vor dem Aquarium auf die Knie zu gehen und das gleiche Spiel mit den Fischen zu betreiben. Und als man sie in einen Sessel setzte, musste sie weinen.

Ja, wie macht das der liebe Gott …, dachte Brandis, auf die Eisblumen starrend, während ihm der Honig von seinem Brötchen tropfte, *bestimmt wussten alle, aus welcher Oper das stammt. Alle außer mir.*

Auch gestern Abend hatte er wieder die Verachtung gespürt, die ihm in der Villa Klestiel entgegengebracht wurde. Solange Frederika ihn liebte und er sie, war dies Gefühl wie weggeblasen gewesen. Jetzt aber konnte er es kaum ertragen, als sich seine Hausgenossen lauthals und johlend von einander verabschiedeten. (Zumindest auf Marianne Lichtblau mussten sie keine Rücksicht mehr nehmen, sie lebte seit Kurzem bei ihrer Tochter.) Und als sie sich zu umarmen und küssen begannen, flüchtete er die Treppe hinauf, bevor sie auch ihn zu fassen kriegten. Oben in seinem Apartment warf er seinen PC an, wie stets vor dem Schlafengehen, weil er sich noch einige seiner heute – zunehmend aus der Hüfte und heimlich – geschossenen Fotos betrachten wollte. Und hoffte inständig, dass Maximilian Klinger, den seine hartherzige Mutter gewiss nur als *holzgeschnitzten Kaspar* bezeichnet hätte, sich morgen früh nicht mehr an ihre Verabredung erinnerte.

Hier, in der Küche, am Morgen nach einer unruhigen Nacht, legte er den Kopf zurück und ließ wieder einmal seine

Blicke schweifen. Das tat er häufig, seit Klinger und Miriam Klestiel die Villa auf den Kopf gestellt, systematisch die Zimmer durchsucht, die Wände und die Fliesen in den Bädern und Duschen abgeklopft, ja sogar Stock für Stock den von Tauben bewohnten Turm unter die Lupe genommen hatten. Handwerker beauftragten, Schwellen und Türgewänder zu entfernen. Selbst Harro Friedrich, der sich lange wehrte, musste am Ende klein beigeben, denn erst durch die Entrümpelung konnte man auch seine Wohnung durchforsten. Gefunden aber wurde nichts, nicht einmal in den hinter Tapeten versteckten Geheimfächern, auf die sich vor allem Linda, Miriams verrückte Freundin, spezialisiert hatte, die eines Tages mit dem Stethoskop auftauchte. Gut, Miriam war auf ein Blecheimerchen mit Muscheln gestoßen in einem der Wandschränke im zweiten Stock sowie auf einen verstaubten fünfarmigen Seestern und hatte sich tatsächlich eine Zeitlang überlegt, ob sie die Nordsee-Souvenirs zu ihrer Mutter nach New York schicken solle. Irgendwann aber war sie abgereist. Die *liebe, liebe Frederika*, an der sie offenbar hing, erhielt gelegentlich Mails von ihr, die sie ausdruckte und an die Bewohner verteilte. Immer wieder wurden Zweifel laut, ob die ganze Sucherei nicht doch eine Kunstaktion gewesen war, eine *gigantische Verarschung*, wie Claudius Nist meinte. Wo sich Miriam befand, wusste niemand. Zur elektronischen Kommunikation war ja kein fester Wohnsitz nötig.

Manchmal tat Brandis der Schädel weh vor lauter Grübeln darüber, wo der alte Klestiel die Zeichnung versteckt haben konnte. Manchmal versuchte er auch zu träumen, dass er sie durch Zufall fand. In seinen Träumen fielen ihm jedoch eher geniale Konstruktionen zu, dreistöckige Eisenbahnbrücken, durch Windräder betriebene Raketen-Abschussrampen, Kühlschränke, die sich kraft eingebauter Laboratorien von Bakterien befreiten. Zufälle erzwingen konnte er nicht, während er schlief. Vielleicht war er ja auch deshalb so überrascht, als es ihm plötzlich wie Schuppen von den Augen fiel, wo die Zeichnung war. Und noch kauend und schluckend erhob er sich, musste ein Triumphgeheul unterdrücken, weil ihn eine so absolute, so leicht machende Sicherheit erfüllte. Rannte – zwei Stufen auf einmal nehmend – auf Strümpfen die Treppe hoch, weil er nicht wollte, dass ihm jemand in die Quere kam, dass einer aufwachte und sein zerfurchtes Gesicht durch die Türe streckte. Zog seinen Werkzeugkasten unter dem Bett hervor, lief wieder hinunter. Am liebsten wäre er das Geländer hinabgerutscht.

Es konnte gar nicht anders sein. Nein, es war so. So und nicht anders. Klestiel hatte die Rembrandt-Zeichnung im Speiseaufzug versteckt, in jenem praktischen hölzernen Gelass, wo er, Brandis, der Liebhaber streng riechender Käsesorten, bereits seit Monaten seine Vorratshaltung betrieb, irgendwo dort, unterhalb oder oberhalb der quadratischen Leere, die er nutzte, zum Ärger seiner Nase rümpfenden Mitbewohner, musste sich jenes geheime Fach befinden, das er bloß noch zu öffnen brauchte.

Wie hat der liebe Klestiel das gemacht …, sang er vor sich hin, so präzis wie Leonor Zierer bekam Brandis die Zwischentöne nicht hin. Holte das Tablett mit den Käsestücken heraus, klopfte mit dem Zeigefingerknöchel systematisch den Boden des Aufzugs ab. Glaubte zu hören, dass sich darunter ein Hohlraum befand. Jubelte, da jetzt der schlaue Brandis dem schlauen Klestiel auf die Schliche kam. Und war enttäuscht, als er keine Schrauben fand, die sich hätten lösen lassen. Ließ trotzdem nicht locker. Steckte seinen Kopf ins Dunkel. Versuchte, mit seiner rechten Hand und all seiner

Kraft den Aufzug hochzudrücken. Und siehe da, es ging, der Lift ließ sich bewegen. Für ein paar Sekunden gelang es ihm auch, den Kasten so zu kippen, dass er sah, was er suchte. Da war sie, die Blende, die der Zugang zum Hohlraum sein musste, die Blende, an deren rechter und linker Seite je zwei oxydierte Linsenkopfschrauben saßen, die nur noch gelockert werden mussten. Vielleicht war es ja doch nur ein Traum.

Die Suche nach einem Besenstiel, mit dessen Hilfe er den Aufzug in gekippter Stellung hätte halten können, brach er ergebnislos ab. Öffnete hektisch und panisch bemüht, keinen Lärm zu machen, alle Schränke in dieser chaotischen Küche, für die sich keiner zuständig fühlte, zog sämtliche Schubladen auf, bevor er in der letzten die Kochlöffel fand, die er stattdessen benutzen konnte. Auch mit diesen ließe sich das Ding in der Öffnung verkanten, auch so konnte er zu Werke gehen. Als er dann aber den Schraubenzieher ergriff, zitterten seine Hände so sehr, dass er ihn wieder hinlegen musste. Linsenkopfschrauben, das wusste der Handwerker, der in ihm steckte, bestanden aus Messing, aus einem so weichen Material, dass die Gefahr bestand, ihren Schlitz zu verletzen. Ruhig bleiben, befahl er sich also und hielt sich die fliegenden Finger fest. Rückte sich einen Stuhl vor den Aufzug. Setzte sich und streckte die Beine aus. Schloss die Augen und zählte bis fünf. Nein, wirklich. Nie in seinem Leben war er so überzeugt gewesen, das Richtige zu tun. Wie sollte er es ausdrücken?

Dem Ingenieur ist nichts zu schwör.

Es war eine Kleinigkeit, die Schrauben zu lösen, und ebenso leicht war es, die flache Stahlkassette, von der Miriam gesprochen hatte, aus dem an den Aufzugboden montierten metallenen Gehäuse langsam, Zentimeter für Zentimeter, herauszuziehen. Sie lag ganz hinten, an der entferntesten Stelle des Hohlraums, in ein rot-weiß kariertes Handtuch gewickelt, damit ja nichts klapperte, wenn man den Lift in Bewegung setzte. Als er sie endlich – weit genug entfernt von seinen Frühstücksutensilien – auf den Eichenholztisch legte, stand ihm der Schweiß auf der Stirn, obwohl es in der Küche und im Flur ungemütlich kalt war. (Niemand hatte es bisher gewagt, gegen Frederikas Spardiktat zu verstoßen und die Heizung höher zu stellen. Vermutlich wusste auch niemand, wie das ging.)

Mit langsamen, bedeutungsvollen Bewegungen, in Zeitlupe – er war schließlich einmal Ministrant gewesen, fast schaute er sich selbst dabei zu – schlug er das Handtuch auseinander, nur um eine weitere Hülle zu entfernen: dieses Mal eine Art Gummifolie, die man früher bettnässenden Kindern – also auch ihm – unter die Laken legte. Und in ähnlich feierlicher Haltung öffnete er schließlich den Deckel des Behältnisses. Und musste noch einmal auspacken und noch einmal auspacken, zärtlich, bedächtig, besorgt, bis er endlich die Umrisse der Zeichnung, die angeblich von Rembrandt war, durch das letzte, sie umhüllende Pergamentpapier schimmern sah. Bis hierher. Und nicht weiter. Nein, weiter wollte Brandis nicht gehen.

Als Bibi Never kam, saß er immer noch am Küchentisch. Sie trug einen hellblauen Morgenmantel und sah verkatert aus, obwohl sie doch gar nicht mitgefeiert hatte. Umstandslos teilte sie Brandis mit, dass sie gerade das letzte Kapitel ihres neuen Romans beendet habe. Wieder ein Krimi, wieder ein Roman ganz ohne Liebe, aber mit viel Sex. Seit Wochen schon würde sie die Nacht zum Tag machen, weil sie so sehr im Verzug sei, monatelang habe sie ja gar nicht mehr schreiben können, wie er bestimmt wisse. Bis sie vor einem dreiviertel Jahr wieder die Muse küsste. Oder ihr Dämon. Sie habe gar kein gutes Gefühl.

Ob er vielleicht ein paar Löffel Nescafé für sie übrig habe, fragte sie Brandis, ihrer sei leider alle. Und sie hielt ihm einen Becher hin, auf dem *The Devil is a Woman* stand.

Dann aber rief sie: *Oh Mann, Brandis, oh Mannomann, was ist denn hier los. Das ist ja unglaublich. Hast du etwa den Schatz entdeckt?*

Wahrscheinlich befand sie sich noch mitten unter ihrer raubeinigen Krimi-Gesellschaft und sprach ihn deshalb nur mit seinem Nachnamen an. Kopfschüttelnd trat sie vor den gekippten Aufzugskasten, bückte sich und schaute in die Öffnung des Geheimfachs. Musterte Brandis, der sich plötzlich ganz schuldbewusst fühlte. Betrachtete die aufgerissenen Schränke und Schubladen und das Papier und die Gummifolie auf dem Fußboden. Und näherte sich dann dem Küchentisch, wo der unscheinbare flache Gegenstand lag, der die Bewohner der Villa Klestiel monatelang in Aufregung versetzt hatte. Mehr oder weniger. Nicht jeden gleichermaßen intensiv. Bibi Never zum Beispiel so gut wie gar nicht. So tippte sie auch nur flüchtig mit dem Zeigefinger auf die Stellen, wo das Papier von der Schnur zusammengehalten wurde, die Leo Klestiel oder seine Ehefrau darum gewunden hatte. Es war eine kunstvolle Art von Schnürung, die heutzutage keiner mehr fertigbrachte. Über alle vier Ecken, quer durch die Mitte und wieder zurück. Wenn man an der richtigen Stelle zog, öffnete sich alles in Sekundenschnelle. Auch seine Mutter hatte die Pakete an ihren Sohn derartig verpackt

– in der Zeit, als es noch keine Klebebänder gab. Es waren wenige, aber Brandis konnte sich noch gut daran erinnern.

Von oben hörte Brandis Schritte, Maximilian Klinger trat seine tägliche Joggingtour rund um den Schlachtensee an. Wahrscheinlich herrschten Minusgrade. Er aber würde wie immer nur kurze Hosen und ein flatteriges T-Shirt tragen, höchstens eine Wollmütze setzte er im Winter auf, weil ihm sonst, wie er behauptete, die Ohren zu sehr glühten. Unwillkürlich die Muskeln anspannend, stellte Brandis sich vor, wie er beim Laufen das Wasser zwischen den Bäumen glitzern sah. Und atmete auf, als Klinger – entgegen seiner Gewohnheit, ihn beim Frühstück zu stören – nur *Guten Morgen* in Richtung Küche rief und kurz darauf die Haustür hinter ihm zufiel.

Bibi Never wollte freilich nicht so schnell verschwinden. Sie hatte sich hingesetzt und blätterte ein Aktenbündel durch, das Brandis vorhin achtlos beiseitegelegt hatte, weil er sich nur für die Zeichnung interessierte. Es handelte sich um jenes dünne, lappige Durchschlagpapier, das man früher benutzte, wenn man auf der Schreibmaschine Kopien herstellen wollte. Dieses aber war handschriftlich beschrieben. Brandis, der hinter Bibi Nevers Stuhl trat, konnte Zahlen, Namen und Anschriften erkennen, notiert in großer akkurater Schrift, und verfolgte mit den Augen, was die Schriftstellerin – immer schneller werdend und fast in einer Art Rapgesang endend – ihm vorlas.

August Macke, Erich Heckel, Max Pechstein, Ernst Ludwig Kirchner, Emil Nolde, Karl … Einige der Namen kannte er, die meisten nicht. Zu schweigen von den Bildtiteln, die Bibi Never herunterleierte. Eigenwillig, wie sie war, las sie nicht von rechts nach links, wie es sich gehört hätte, sondern fuhr mit dem Finger die Spalten hinunter, sodass sie am Ende, nach einer ganzen Weile vielmehr, auf der rechten Spalte bei den Zahlen landete. Und auch diese vorlas. *So und so viele Reichsmark. So und so viele Reichsmark.* Überschlag. Neue Seite. *So und so viele Reichsmark.* Das war dann der Zeitpunkt, als er sich von ihr entfernen und ihr – mit dem Rücken zum Aufzug gewandt – ins Gesicht sehen wollte.

Oh, Brandis, Mannomann, oh Mannomann, wiederholte sie, und er hätte sich gewünscht, dass sie nicht wieder in ihren Krimi-Slang verfiel. *Es ist unglaublich. Wir müssen Miriam verständigen. Sie anrufen, ihr ein Telegramm oder eine Mail schicken. Du hast nicht nur die Rembrandt-Zeichnung gefunden, sondern auch die Liste mit allen Verkäufen, die der alte Klestiel tätigte, bevor er Deutschland verließ. Oder tätigen musste. Das sind mindestens fünfzig Namen und noch mehr Kunstwerke. Weißt du, was das bedeutet? Kannst du ermessen, was das heißt … Man wird jetzt sehen, wo die Bilder gelandet sind, wer Raubkunst an seinen Wänden hängen hat, welche Museen sich an dem Geschäft beteiligten … ach, ach …*

Sie ereiferte sich so sehr, dass sie gar nicht merkte, dass Brandis die Küche verließ und nach oben spurtete, um sich seinen Anorak überzuziehen. Einsam blieb sie sitzen, in ihrem Morgenmantel, der schon bessere Tage gesehen hatte, mit dem Becher in der Hand, den ein Filmplakat von früher schmückte. Sie war eine Frau, die probiotische Joghurts aß, für Biokartoffeln und altes Leinen schwärmte und ihre Bücher mit einem teuren, bei Manufactum gekauften Füllfederhalter signierte. Es konnte noch viel passieren in ihrem Leben. Er aber musste unbedingt an die frische Luft, an den Schlachtensee, ans Wasser, selbst auf die Gefahr hin, dass er seinem joggenden Hausgenossen begegnete. Bäume und Sträucher waren von Eis überzuckert. Der Winter begann. Er hatte Lust, sich rücklings in Schnee fallen zu lassen. Und in einer der Feldsteinkirchen auf die Kanzel zu steigen und eine stumme Predigt zu halten.

Niemand brauchte ihn zu hören. Es ging ja alles seinen Gang.